Contents

곰곰곰 베어 6

저자 쿠마나노
일러스트 029
옮긴이 김보라

스킬

▶이세계 언어
이세계의 언어가 일본어로 들린다.
이야기를 하면 이세계의 언어로 상대방에게 전달된다.

▶이세계 문자
이세계의 문자를 읽을 수 있다.
글자를 쓰면 이세계 문자가 된다.

▶곰의 이차원 박스
흰 곰의 입은 무한으로 벌어지는 공간이다.
어떤 물건이라도 넣을(먹을) 수 있다.
단, 살아 있는 것을 넣는(먹는) 건 안 됨.
들어가 있는 동안에는 시간이 멈춘다.
이차원 박스에 넣은 물건은 언제든 꺼낼 수 있다.

▶곰 관찰경
흑백 곰 옷의 후드에 있는 곰의 눈을 통해 무기와 도구의 효과를 볼 수 있다.
후드를 쓰지 않으면 효과는 발동되지 않는다.

▶곰 탐지
곰의 야생의 힘으로 마물이나 사람을 탐지할 수 있다.

▶곰 지도 ver.2.0
곰의 눈이 본 장소를 지도로 만들 수 있다.

▶곰 소환수
곰 장갑에서 곰이 소환된다.
검은 곰 장갑에서는 검은 곰이 소환된다.
흰 곰 장갑에서는 흰 곰이 소환된다.
소환수 꼬맹이화(化) : 소환된 곰을 아기 곰으로 변화시킬 수 있다.

▶곰 이동 문
문을 설치하여 서로의 문을 왔다 갔다 할 수 있게 된다.
문을 3개 이상 설치한 경우에는 행선지를 상상하여 이동할 곳을 정할 수 있다.
이 문은 곰 장갑을 사용하지 않으면 열리지 않는다.

▶곰 폰
먼 곳에 있는 사람과 대화할 수 있다.
곰 폰을 만든 후, 술자가 없앨 때까지 존재한다. 물리적으로 망가뜨릴 수 없다.
곰 폰을 건넨 상대를 상상하면 연결된다.
곰의 울음소리로 착신을 알린다. 소지자가 마력을 주입해 전원을 켤 수 있고 통화가 가능하다.

마법

▶곰 라이트
곰 장갑에 모은 마력으로 곰 형태의 빛을 생성한다.

▶곰 신체 강화
곰 장비에 마력을 통하게 함으로써 신체를 강화할 수 있다.

▶곰 불 속성 마법
곰 장갑에 모은 마력으로 불 속성의 마법을 사용할 수 있다.
위력은 마력, 상상에 비례한다.
곰을 상상하면 위력이 더욱 올라간다.

▶곰 물 속성 마법
곰 장갑에 모은 마력으로 물 속성의 마법을 사용할 수 있다.
위력은 마력, 상상에 비례한다.
곰을 상상하면 위력이 더욱 올라간다.

▶곰 바람 속성 마법
곰 장갑에 모은 마력으로 바람 속성의 마법을 사용할 수 있다.
위력은 마력, 상상에 비례한다.
곰을 상상하면 위력이 더욱 올라간다.

▶곰 땅 속성 마법
곰 장갑에 모은 마력으로 땅 속성의 마법을 사용할 수 있다.
위력은 마력, 상상에 비례한다.
곰을 상상하면 위력이 더욱 올라간다.

▶곰 치유마법
곰의 상냥한 마음에 의해 치료가 가능해진다.

장비

▶검은 곰 장갑(양도불가)
공격 장갑. 사용자의 레벨에 따라 위력 UP.

▶흰 곰 장갑(양도불가)
방어 장갑. 사용자의 레벨에 따라 방어력 UP.

▶검은 곰 신발(양도불가)
▶흰 곰 신발(양도불가)
사용자의 레벨에 따라 속도 UP.
사용자의 레벨에 따라 장시간 걸어도 피로도가 오르지 않는다.

▶흑백 곰 옷(양도불가)
겉모습은 인형 옷. 양면으로 입을 수 있음.
겉면: 검은 곰 옷
사용자의 레벨에 따라 물리, 마법 내성 UP.
내열, 내한 기능 있음.

안면: 흰 곰 옷
입으면 체력, 마력이 자동 회복된다.
회복량, 회복 속도는 사용자의 레벨에 따라 변한다.
내열, 내한 기능 있음.

▶곰 속옷(양도불가)
오랫동안 입어도 더러워지지 않는다.
땀, 냄새도 배지 않는 훌륭한 아이템.
장비자의 성장에 따라 크기도 변한다.

121 곰 씨, 왕도에 가다

나는 피나와 슈리를 데리고 떠났던 미릴러 마을로의 짧은 여행에서 돌아왔다.

두 사람 모두 처음 보는 바다에 좋아해준 것 같다. 해변에서 놀고 배도 탈 수 있었으며, 데거 씨의 해산물 요리도 먹을 수 있었다. 함께 죽순도 캤다.

"즐거웠어요. 유나 언니, 고마워요."

"유나 언니, 고마워."

두 사람은 크리모니아에 도착하자 고맙다는 인사를 건넸다.

"그럼, 또 가자."

"네!"

"우와~!"

두 사람은 기뻐했다. 다음에는 날씨가 풀리고 헤엄칠 수 있게 됐을 때쯤 가볼까? 그때는 고아원 아이들도 함께 데려가고 싶다.

피나와 슈리의 미소를 보고 있으니 뿌듯했다. 데려가길 정말 잘했다.

두 사람을 데려다 주기 위해 티루미나 씨를 만나러 갔다. 빌렸던 건 확실하게 돌려줘야지. 그것이 바로 사람과 길게 사귈 수 있는 비결이다.

"그럼, 빌렸던 따님들을 돌려드릴게요."

티루미나 씨의 집으로 가서 피나와 슈리를 티루미나 씨에게 돌려줬다.

"어머니, 다녀왔어요."

피나와 슈리가 티루미나 씨에게 안기자, 그녀는 그런 딸들의 머리를 쓰다듬었다.

"두 사람 모두 즐거웠니?"

"네, 즐거웠어요. 바다가 엄청 넓었어요. 배도 탔어요."

"바다, 짰어."

"후후, 소금물이니까."

두 사람은 여행에서 있었던 일을 신나게 이야기했다. 티루미나 씨는 그것을 기쁘게 들었다. 사이가 좋은 가족이란 좋은 거구나. 여기에 겐츠 씨까지 있다면 좋을 테지만, 겐츠 씨는 모험가 길드에서 일하는 중이다. 한 가족의 기둥이다. 열심히 일해야지.

"유나, 딸들에게 귀중한 경험을 시켜줘서 고마워."

"다음번엔 티루미나 씨도 같이 가요."

"그래, 다음엔 껴서 같이 가볼까?"

피나와 슈리는 여행의 피로가 몰려온 건지, 아니면 집으로 돌아와 긴장이 풀린 건지 졸린 듯 눈을 깜빡이기 시작했다.

"후후, 졸려 보이네. 두 사람 모두 저녁 때 깨워줄 테니 한숨

자렴."

"응. 유나 언니, 고마워요."

"편히 쉬어."

피나는 슈리의 손을 이끌고 자신들의 방으로 향했다.

티루미나 씨와 둘이 남겨진 나는 안즈에 대해 이야기를 나눴다. 새로운 가게에서 일할 사람의 수가 늘어났다는 것, 그녀와 일행은 터널이 완성되면 찾아올 예정이라는 것에 대해 말이다.

"그럼, 그 아이들이 오면 보살피면 된다는 거네."

안즈에게는 크리모니아로 왔을 때 내가 있을 거라는 보장은 없으니, 고아원으로 가 있으라고 이야기를 해두었다. 티루미나 씨에게 이야기를 전해두면 내가 없어도 괜찮을 것이다.

"만약 제가 없으면 가게로 안내를 해주시고 가게에 필요한 것을 물어봐서 준비해주세요."

"유나, 없을 거야?"

"잠시 왕도에 갈 예정이 있어서 없을지도 몰라요."

내키지는 않지만 엘레로라 씨의 부탁으로 학생들의 호위를 하게 되었다. 터널 완성 시기는 모르지만 겹쳐질 가능성도 있었다.

"유나는 바쁜 것 같아. 너무 무리하면 안 돼. 유나에게 무슨 일이 생긴다면 저 아이들이 슬퍼할 거야."

티루미나 씨는 피나와 슈리의 방이 있는 2층으로 눈을 돌렸다.

"위험한 일은 안 할 테니까 걱정 마세요."

"타이거 울프랑 블랙 바이퍼를 쓰러뜨리는 일이 위험하지 않다고 생각하는 것부터가 무서운데?"

"그건, 우연한 일이었죠. 아이들이 곤란해하고 있었기도 했고……."

"후훗, 농담이야. 그래도 정말 위험한 일은 하면 안 된다."

"네."

나는 티루미나 씨의 말에 순순히 대답했다. 그 후, 우리는 안즈 일행이 왔을 때의 일에 관하여 이야기를 나눴다.

미릴러 마을에서 돌아와 유유자적하게 지내다 보니 엘레로라 씨와 약속한 날이 다가왔다. 마음이 내키지 않았지만 엘레로라 씨와의 약속을 지키기 위해 곰 이동문을 통해 왕도로 향했다.

의뢰 내용은 학생들의 실전 훈련 중에 그들을 호위하는 것. 게다가 호위 대상인 학생들은 나와 나이 차가 그렇게 나지 않는다고 했다. 마음이 무거웠다. 엘레로라 씨와 국왕이 인식시키겠다고는 했지만, 학생들이 곰 인형 옷을 입은 여자아이를 호위로 순순히 받아들여 줄 거라고는 생각되지 않았다. 겉으로는 승낙을 해도 마음속으로는 어떻게 생각하고 있을지 모르는 일이다.

그때는 어쩌다 받아들여 버리긴 했지만, 다시 돌아간다면 그때의 나를 저지하고 싶다. 그나마 다행인 것은 시아가 있다는 것 정도였다.

왕도에 도착해 엘레로라 씨의 집으로 향했다. 스쳐 지나가는 사람들이 나를 바라봤다. 몇 번이나 왕도에 왔는데 이 시선만은 아직도 사그라지지 않았다.

물론, 크리모니아에서도 완전히 사라진 것은 아니지만, 내가 자주 이동하는 범위에서는 줄어들었다.

"유나 님, 오랜만이에요."

저택에 도착하자 메이드인 스릴리나 씨가 맞아주었다. 그리고 방으로 안내를 받고 있는데 엘레로라 씨가 다가왔다.

"유나, 와줬구나."

"일단은 약속이니까요. 그래서, 내일인 거죠?"

"그래, 좀처럼 와주질 않아서 잊어버린 줄 알았잖니."

그도 그럴 게, 마음이 내키지 않았는걸. 그래서 약속 날짜가 다 돼서야 오게 되었다.

"그래도 와줘서 다행이야. 시아도 유나가 호위를 해준다고 하니까 기뻐했거든."

"시아는요?"

"지금 스릴리나가 데리러 갔으니까 곧 올 거야."

엘레로라 씨의 말대로 시아가 트윈 테일 머리를 양옆으로 흔들며 방으로 들어왔다.

"어머님, 유나 씨가 왔다고 하던데, 진짜예요?"

그 순간 시아와 눈이 마주쳤다.

"유나 씨, 오랜만이에요. 여전히 곰 복장이시네요. 귀여워요."

동갑인 여자아이에게 귀엽다는 말을 들으니 미묘한 기분이 들었다. 연하 취급하는 건 아니겠지?

"오랜만이에요. 탄신제 이후 처음인가?"

"네, 맞아요. 왕도에 오시면 저희 집에도 들러주세요. 어머님께 가끔 왕도에 왔었다는 말을 들어요. 들리는 바에 의하면 맛있는 음식을 매번 가져오신다던데……."

"그건 플로라 공주님에게 드리려고 가져온 건데 엘레로라 씨가 매번 어디선가 나타나서 같이 먹게 된 것뿐이에요."

"어머님의 정보망은 대단하죠?"

대단하다니, 의문투성이인 사람이야. 이세계의 7대 불가사의에 넣어도 될 정도로 말이지.

"그나저나, 노아는 잘 지내고 있나요?"

"잘 지내고 있어요. 틈만 나면 저택을 빠져나와 제 가게로 오니까 말이에요."

"저번에 유나 씨가 가게를 열었다는 이야기를 아버님께 들었어요. 게다가 엄청 맛있어서 가게도 번창하고 있다고 하던데, 노아가 부럽네요. 빨리 크리모니아로 돌아가고 싶어요."

시아가 크리모니아 마을을 떠올리고 있는지 그렇게 말했다.

"그건 그렇고, 이번 시험에 유나 씨가 호위 담당을 맡아줄 줄은 몰랐어요."

시아는 정말 기뻐하는 표정을 지었다. 조금 전의 엘레로라 씨의 말에 거짓은 없는 모양이다.

"뭐, 엘레로라 씨에게 부탁을 받았거든요. 그렇지만 정말 학생들이 내가 호위하는 걸 납득한 건가요?"

시아는 둘째 치고 다른 학생들이 납득할 것 같진 않았다. 정말 국왕과 왕비님, 플로라 님까지 설득에 나선 건 아니겠지.

"괜찮아. 확실하게 우수한 여성 모험가라고 모두에게 말해뒀으니까."

"제가 곰 복장을 하고 있는 건요?"

그게 가장 중요한 포인트였다. 보통이라면 이야기를 듣는 순간 거절할 텐데?

"물론 얘기 안 했지."

이 사람은…….

"거짓말은 안 했어. 선생님에게 잘 전달하기도 했고, 학생들이 어떻게 받아들이는가는 자유야. 물론 유나에게 폭언을 내뱉으면 감점이니까 보고해야 돼."

그건 100퍼센트 폭언을 당할 거라는 뜻이군요. 이거 혹시 내 멘탈 붕괴시키기 이벤트 아냐?

"약속하고 다르잖아요."

"미안. 유나를 만났을 때의 학생들 반응을 확인하고 싶었어. 그렇지만 소개할 때는 나도 동행할 테니까 안심해."

안심할 수 있는 요소가 어디에도 없는데. 불안함만 한가득하다.

"저기, 유나 씨는 그 모습으로 호위를 오시는 거죠?"

곰 장비가 아니면 호위는 불가능하니 나는 고개를 끄덕일 수밖에 없었다.

"모두 높은 랭크의 모험가가 호위로 온다고 기뻐하고 있어요. 저는 어머님에게 들어서 놀라진 않았지만, 그 설명으로는 모두 분명 착각하고 있을 거예요."

"음, 참고로 엘레로라 씨는 어떤 설명을 하셨죠?"

"젊은 나이에 모험가가 되어서……."

그 젊은 나이라는 건 몇 살을 말하는 거지? 열다섯 살이라고는 생각하지 않겠지.

"여자이면서도 타이거 울프와 오크 등의 마물을 토벌했고, 이 외에도 대형 마물을 토벌했다고 설명했어."

분명 그렇긴 하지만…… 틀린 말은 아니네.

"모두, 멋진 언니를 상상하고 있어요."

그게 뭐야, 멋대로 정해놓지 말아줬으면 좋겠는데. 실제로는 다르다고. 곰이라고.

"시아도 유나를 확실히 도와야 해. 인간관계를 이어주는 것도 채점 항목 중 하나이니까 말이야."

"으~, 어려워요."

"간단하면 의미가 없잖아. 게다가 시험 내용을 알려줬으니 다른 사람들보다 유리하잖니."

유리한 건가?

정답을 알고 있어도 정답으로 가기 위한 공식을 세우는 게 어려울 것 같다. 그래도 시아는 내가 폭발하지 않도록 열심히 도와줘야 한다. 나도 학생들을 고블린 서식지에 내팽개치는 건 싫으니까 말이다.

"저와 유나 씨의 관계는 이야기해서는 안 되는 거죠? 게다가 저보다 키도 작고 귀여운 곰이라는 것도요. 어떻게 서포트를 하면 좋을까요."

그런 말을 내게 해봤자 곤란한걸. 마음에 안 들면 네 어머니에게 말해야지.

"남들 위에 서는 사람은 입이 무거워야 하는 경우도 있는 법이야. 그걸 마음속에 묻어두고 모두가 화내지 않고 불쾌해하지 않도록 만들고, 서로의 사이를 잇게끔 해야지. 너도 귀족의 딸로 태어났으니 열심히 해보렴."

분명 나에 대해 모르는 학생과 나에 대해 알고 있는 시아로는 대응이 어려울 것이다. 처음 시아를 만났을 때는 시아가 나에 대해 믿지 못해 갑자기 시합을 요구해 왔을 정도였으니까. 내가 그렇게 말을 하자—.

"어쩔 수 없죠. 느닷없이 곰 차림을 한 귀여운 여자아이가 노아를 호위하고 왔다는 말을 들으면 믿을 수 없으니까요. 게다가 시합을 시킨 건 어머님이라고요."

"그야, 그렇게라도 하지 않으면 시아는 납득하지 않았을 거잖아?"

"그렇긴 하지만……."

시아는 입을 살짝 삐죽거렸다.

"저기, 시아도 곤란해하고 있으니까, 지금이라도 거절하는 건……?"

"물론, 불가능하지."

엘레로라 씨는 싱긋 미소를 지었다.

나와 시아는 동시에 한숨을 내뱉었다. 민폐 끼쳐서 미안. 그렇지만 내 잘못은 아니야. 이것도 전부 눈앞에 있는 너희 엄마가 잘못한 거야.

"그래서 호위라는 건 어디까지 가는 건데요?"

나는 포기하고 의뢰 내용을 묻기로 했다. 며칠 동안의 호위라고는 들었지만 자세한 내용은 듣지 못했다.

"마차로 이틀 정도 거리의 마을이야. 그곳까지 짐과 밀가루를 옮겨주기로 되어 있어. 왕복으로 4~5일 정도 걸릴 거야."

마차 속도를 고려했을 때, 곰돌이와 곰순이를 타고 가면 하루면 왕복이 가능할 것 같았다. 그러고 보니 곰돌이와 곰순이를 불러도 되는 건가? 이동하는 거라면 곰돌이와 곰순이를 타는 게 좋은데.

“이동은 마차를 타고 가는 거죠? 저는 곰돌이와 곰순이를 타고 가도 되나요?”

“으음~, 그건 허락하기 힘들겠는데. 곰이 지켜준다고 생각하면 곤란하기도 하고, 유나의 실력도 숨겨줬으면 하니까.”

확실히 곰돌이와 곰순이에게 의지하게 돼도 곤란했다.

“그러면 새끼 곰은 괜찮나요?”

“새끼 곰?”

이동 수단으로 곰돌이와 곰순이를 쓸 수 없어도 위험 감지는 해주니까 한밤중에 자고 있을 때 안심할 수 있다. 나는 꼬맹이로 변한 곰돌이와 곰순이를 소환했다. 두 사람의 눈앞에 조그마한 곰돌이와 곰순이가 나타났다.

“뭐, 뭐야?!”

“귀여워!”

엘레로라 씨와 시아가 각각 곰돌이와 곰순이를 껴안았다.

“이거, 설마, 곰돌이와 곰순이의 아이들?”

뭐, 그렇게 생각할 만하지.

“아니에요. 곰돌이와 곰순이예요. 제 소환수는 특별해서 작아질 수도 있거든요.”

가능하게 된 건 최근의 일이지만.

“뭐, 이거라면 괜찮으려나?”

일반적인 사이즈는 안 되지만 꼬맹이 사이즈로는 허락을 받았다. 이것으로 폭신폭신한 잠자리는 확보할 수 있었다.

그 후 두 사람은 꼬맹이가 된 곰돌이와 곰순이를 내가 돌아갈 때까지 놓아주질 않았다.

122 곰 씨, 학원에 가다

다음 날, 나는 무거운 발을 이끌며 엘레로라 씨의 집으로 갔다.

"좋은 아침이야, 유나. 힘이 없네."

누구의 탓이라고 생각하시는 거죠? 앞으로의 일을 생각하니 침울해졌다. 피나 자매와 즐겁게 바다에 갔던 게 옛날 옛적의 일 같이 느껴졌다.

"그럼, 학원으로 안내해줄게."

"시아는 없나요?"

시아의 모습이 안 보였다.

"시아라면 먼저 학원으로 갔어. 유나와 만나는 건 다른 학생들과 동일하게 호위로서 소개할 때야."

나는 포기하고 엘레로라 씨와 둘이서 학원으로 향했다.

학원이 가까운지 주변 여기저기에 교복을 입은 학생들이 돌아다니고 있었다. 처음 만났을 때 시아가 입었던 교복으로, 왕도를 돌아다닐 때도 가끔 본 적이 있는 블레이저 타입의 귀여운 교복이었다. 그런 아이들과 함께 학원으로 향했다.

학생들은 내 쪽을 슬쩍슬쩍 쳐다봤다. 이제 와서 생각하는 거지만, 마차라도 준비해줬으면 좋았을걸. 눈에 띄어서 견디기 힘드네. 옆을 걷는 엘레로라 씨는 신경 쓰는 낌새도 없다. 나는 얼굴을 가리기 위해 후드를 깊게 눌러썼다.

주위의 학생들이 「곰?」, 「어째서 곰이 학교에?」, 「뭐야, 저 이상한 차림새는?」, 「곰 옆에 있는 분, 엘레로라 님 아냐?」, 「엘레로라 님과는 무슨 관계지?」, 「아니면 시아 님의 친구일지도 몰라」, 「귀엽긴 하지만 창피한 옷차림이네」, 「대박, 저렇게 웃긴 옷차림은 처음 봐」, 「연극이라도 하나?」, 「안 창피한가?」, 「나는 귀엽다고 생각해」, 「손 좀 봐, 곰이야」, 「발은 어떻고」, 「어디서 저런 옷을 파는 거지?」, 「그렇지만 귀여운 것 같아」, 「가까이 다가가면 잡아먹히는 거 아냐?」, 「나는 껴안고 싶어」, 「응, 귀여워」, 「저런 차림으로 돌아다니다니 말도 안 돼」, 「나, 전에 돌아다니는 거 본 적 있어」, 「나도 지인에게 들은 적이 있어」 등, 여러 이야기가 들려왔다.

"돌아가도 될까요?"

"당연히 안 되지."

놓치지 않겠다는 듯 엘레로라 씨가 팔을 붙잡았다. 힘을 줘 몸부림칠 수도 있었지만, 일반인인 엘레로라 씨에게 그런 짓은 할 수 없어서 참았다.

"안 도망칠 테니까 팔 좀 풀어주시면 안 될까요?"

"응, 안 돼."

나는 엘레로라 씨에게 연행되어 갔다. 그러는 사이에도 들려오는 건 「곰」이라는 단어뿐이었다.

정말, 돌아가고 싶어.

내 HP(히트 포인트)가 0에 다다를 즈음에야 학원에 도착했다. 학원은 넓었고, 학교로 보이는 건물도 여럿 세워져 있었다. 마치 작은 성 같았다.

“여기가 학원…… 크다…….”

나는 학원을 올려다봤다.

“어느 정도 돈은 필요하지만, 기본적으로 왕도에 있는 일반 가정부터 귀족까지, 모든 아이들이 다니고 있으니까.”

“서민과 귀족이 같은 학원에 다니고 있는 건가요?”

“그래, 그렇지만 공부 내용은 물론 달라.”

뭐, 귀족과 평민의 공부 내용이 다른 건 어쩔 수 없지. 장래에 나아갈 길이 다르니까. 원래 세계에도 전문학교라는 게 있으니 말이야.

“아, 맞다. 유나, 곰돌이와 곰순이를 부르려면 여기서 불러줄 수 있을까. 갑자기 곰이 나타나면 놀랄 거 아냐.”

건물에 들어서자 엘레로라 씨가 그렇게 말했다. 하긴, 소환수라는 것을 설명하는 것도 귀찮기도 하니 나는 꼬맹이화 된 곰돌이와 곰순이를 소환했다.

“크~응.”

곰돌이와 곰순이를 소환한 나는 엘레로라 씨와 교무실로 보이는 곳으로 향했다. 우선은 학생들의 담임교사를 만나는 모양이었다.

어쩐지 교무실이라고 상상하는 것만으로 기분이 우울해지는데……. 그건 내가 학교에 다니지 않았던 탓일지도 모른다. 교무실로 들어가자 30대로 보이는 남성이 있는 곳으로 이끌려 갔다.

"슈그 선생님."

"아, 엘레로라 님, 그리고…… 곰?"

그 곰이라는 거 나를 보고 말한 건가? 물론 곰돌이와 곰순이를 보고 말한 거겠지.

"이 여자아이가 호위를 부탁한 모험가인 유나예요."

엘레로라 씨가 내 소개를 했다. 선생님은 나와 엘레로라 씨를 번갈아 쳐다봤다. 그런 눈으로 쳐다보지 않아도 하고 싶은 말이 뭔지는 알고 있습니다.

"엘레로라 님, 농담이시죠? 제 눈에는 호위할 학생보다 어린 여자아이로밖에 안 보이는데요……."

뭐, 이게 일반적인 반응이지. 그래도 나는 호위 대상과 같은 나이인데요. 아주 살짝, 또래보다 키가 작을 뿐이에요.

"그녀는 어엿한, 우수한 모험가예요."

선생님은 의심하는 눈초리로 이쪽을 바라봤다. 일반적으로 생각했을 때 곰 옷차림을 하고 있는 여자아이가 강할 거라고는 생각되지 않겠지. 엘레로라 씨가 길드 카드를 보여주라고 해서 어쩔 수 없이 카드를 보여줬다.

"직업, 곰?"

어디를 보고 있는 거야. 볼 곳이 틀렸잖아.

“랭크를 봐주세요.”

“아, 미안. 모험가 랭크 C. 정말? 가짜는 아니죠?”

“진짜예요. 엘레로라의 이름을 걸고 보증하죠.”

그건 귀족의 이름을 걸겠다는 건가?

“당장에 믿기지는 않지만 엘레로라 님을 믿겠습니다. 게다가 그녀가 호위를 할 반에는 엘레로라 님의 따님도 계시니 위험한 일에 맞닥뜨리게 할 거라고는 생각되지 않네요.”

이럴 땐 「믿기지 않으니까 중요한 학생들은 맡길 수 없습니다」라는 말을 해야 하는 거 아닌가? 그렇게 되면 돌아갈 구실도 되는데. 그만큼 엘레로라 씨가 신뢰받고 있다는 건가. 그래도 곰 복장을 한 여자아이라고. 정말 괜찮은 거야?

길드 카드를 돌려받고 곰 박스에 넣었다.

“그래서, 유나 씨라고 했나요. 이번 실전 훈련에 대해 설명이 필요한가요?”

“위험이 있을 때만 호위를 하고 학생들의 행동을 보고하기만 하라고 들었어요.”

“네, 기본적으론 학생들의 자주성을 지켜주세요. 이동할 곳, 행동, 그게 틀렸을 때도 말씀은 말아주세요. 그렇지만 그것에 위험이 동반될 경우엔 막아주세요.”

역시, 귀찮은 의뢰를 받아버린 것 같다. 나이가 비슷한 상대를 호위한다니, 귀찮은 일밖에 떠오르질 않는다.

이후, 어제 엘레로라 씨에게도 들었던, 학생들에게 주어진 과제를 설명받았다.

"즉, 밀을 옮기는 동안, 위험 요소가 없는 한에서는 마차 안에서 자고 있어도 된다는 거네요."

"그렇게 되네."

"엘레로라 님!"

"농담이야. 하지만 기본적으론 여유롭다는 건 확실하지. 유나가 하는 방식으로 지켜주면 되니까, 마음대로 해도 돼."

선생님은 한숨을 내쉬었다. 그 마음 알아요. 나는 마음속으로 「알지, 알아」 하며 고개를 끄덕였다.

한 차례 설명을 듣고 내가 호위할 학생들이 있는 교실로 향했다.

교실 안으로 들어서자 교복을 입은 학생이 네 명 있었다. 남자 두 명, 여자 두 명이었다. 그중에는 시아도 있었다. 이 네 명이 내 호위 대상이 될 학생들인 듯했다.

간단하게 네 명을 표현하자면, 조금 긴 머리에 명석해 보이는 남자아이가 한 명, 짧은 머리의 건방져 보이는 남자아이가 한 명, 공주님풍의 여자아이가 한 명, 마지막으로 시아가 되겠다.

"곰?"

"어째서, 곰이?"

"곰 맞지?"

모두의 시선은 어디를 향해 있는 걸까?

곰돌이와 곰순이겠지. 난 아닐 거야.

"자, 조용히."

선생님이 소란스러운 학생들에게 주의를 줬다.

"선생님, 그 곰은 뭐예요?"

어떤 곰 말이죠?

저요? 아니면 곰돌이와 곰순인가요?

"혹시 저희 파티의 추가 멤버라는 말씀을 하시려는 건 아니죠?"

"작기도 하고, 그럴 일 없겠죠."

학생들이 멋대로 얘기를 하고 있는 동안, 사정을 알고 있는 시아는 주위 사람들에게 들키지 않도록 손을 작게 흔들고 있었다.

"아니다. 이 곰은, 크흠, 여기 유나 씨는—."

지금 곰이라고 했지? 맞지? 선생님은 내 이름을 고쳐 불렀다.

"모험가이신, 너희의 호위를 맡아줄 분이다."

"하! 무슨 말씀이세요, 선생님. 어떻게 봐도 우리보다 어리잖아요."

키가 살짝 작을 뿐이야.

"맞아요, 선생님. 농담도 정도껏 하셔야죠."

짧은 머리의 소년과 공주님이 화를 냈다.

"농담이 아니란다. 이분은 어엿한 모험가셔. 이분은, 너희의 호위를 위해 내가 부탁해서 와주신 거야. 설마 내 얼굴에 먹칠하는 짓 같은 건 안 하겠지?"

엘레로라 씨가 눈을 가늘게 뜨며 째려보듯 학생들을 바라봤다. 엘레로라 씨가 어느 정도의 위치인지는 모르겠지만 학생들은 입을 다물었다. 역시, 대단한 사람인 거야? 그런 거야?

"그렇지만……."

"안심하렴. 이분의 실력은 내가 보증하지."

나라면 안심이 안 될 것 같은데……. 자기들보다 어려 보이는 여자아이. 게다가 곰 옷차림을 하고 있다. 내 모습을 보고 모험가라고는 생각이 안 들기도 할 테고, 어딜 봐도 안심할 수 있는 요소가 없네.

이것으로 학생들이 거부하면 돌아갈 수 있나?

"엘레로라 님, 정말 저 곰 복장을 한 여자아이가 모험가란 말인가요? 길드 카드를 확인시켜주실 수 있나요?"

"그 말은 즉, 내 말을 믿지 않는다는 뜻인 건가?"

어라? 그렇게 흘러가는 거야?

이건 길드 카드를 보여주고 납득을 시킬 수 있는 부분이라고 생각하는데……. 뭐, 보여줘도 믿어줄 것 같지도 않지만.

"아뇨, 그럴 리가요. 하지만, 믿기 위해선 그게 가장 좋다고 생각합니다."

"어쩔 수 없네. 유나, 괜찮을까?"

나는 길드 카드를 곰 인형 장갑의 입에 물리고 모두가 볼 수 있도록 들었다.

"직업, 곰."

"곰이에요."

"곰이다."

그러니까, 볼 곳이 틀렸다니까. 어째서 그쪽으로 눈이 가는 거야? 볼 곳이 틀렸어.

"모험가 랭크 C?"

"랭크 C?"

"C?"

봐야 할 곳은 맞았는데, 이번엔 굳어 있었다.

"혹시, 그건가?"

"그거 같네."

"그거네요."

그거라니, 뭘 말하는 거지?

"엘레로라 님, 무슨 일이 생겼을 경우에 저희가 구해주지 않아도 되는 거죠? 랭크 C니까."

"상관없어."

그럴 땐 도와줘. 곰이잖아.

"저희 책임이 되지 않는다면 저는 아무 말 않겠어요."

"저도 좋아요. 애당초 모험가 호위가 없어도 이 정도의 실전 훈련은 가능하니까요."

어째서 호위가 없는 것처럼 흘러가는 거지? 길드 카드를 봤는데. 모험가 랭크 C인데. 곰, 센데.

시아 쪽을 바라보자 공주님과의 대화가 들려왔다.

"있지, 시아. 학원도 무시하고 있는 걸까? 저런 아이를 우리의 호위로 삼다니, 오히려 우리가 저 사람을 지켜줘야 하는 거 아냐?"

"귀여우니 괜찮지 않아? 게다가 이번 실전 훈련이라는 거, 호위는 필요 없을 정도로 가까운 거리야. 신경 쓰지 않아도 된다고 생각해."

그건 신경 좀 써줘.

"확실히 그렇긴 하네. 마물에게 습격을 당할 일은 분명 없을 거야. 이것도 실전 훈련이라고 생각하고 받아들여야지."

그 부분은 받아들이지 말고 큰 소리로 거절해주지 않겠어? 그러면 돌아갈 수 있을 텐데.

"카틀레야도, 시아도 괜찮지?"

"괜찮아요."

"물론, 저도 괜찮아요."

카틀레야라고 불린 공주님풍 여자아이와 시아가 승낙했다.

으……, 이만 집으로 돌아가고 싶어.

123 곰 씨, 실전 훈련을 위해 출발하다

학생들에게 각각 자기소개를 받았다.

머리카락이 짧고 입이 거친 혈기왕성한 남자아이는 마릭스.

머리카락이 조금 길고 똑똑해 보이는 남자아이는 티몰.

긴 은빛 머리카락에 카추샤를 한 공주님풍의 여자아이는 카틀레야.

그리고 마지막으로 엘레로라 씨의 딸인 시아.

자기소개도 간소하게 끝났다.

"그런데, 계속 신경 쓰였는데…… 저 곰들은 뭐예요?"

카틀레야가 내 발밑에 있는 곰돌이와 곰순이를 가리켰다.

"내 곰들인데."

내 말에 마릭스가 웃기 시작했다.

"펫 지참이라니. 도대체 어디 공주님인 거야."

공주님? 설마, 나?

게다가 곰돌이와 곰순이는 펫이 아닌데. 내 소중한 가족이라고!

내 마음속의 외침은 누구에게도 들릴 리 없었고, 우리는 학원 밖에 세워져 있는 마차로 이동하기로 했다. 선생님과 엘레로라 씨와는 이곳에서 헤어졌다. 교실을 나온 순간부터 실전 훈련이 시작되는 것이다. 내가 가장 뒤에서 걷고 있는데 시아가 걷는 속도를 늦춰 내 옆에 나란히 서더니 작은 목소리로 말을 걸어왔다.

"유나 씨. 잘 부탁드릴게요. 그리고 곰돌이도 곰순이도."

시아는 종종 걸어가 곰돌이와 곰순이에게도 인사를 했다.

"정말 도와줘야 돼. 시아만 믿고 있으니까."

"물론이죠."

지금은 그 믿음직한 말을 믿을 수밖에 없었다.

"그래서, 아까 말했던 『그거』라는 게 뭐야?"

"『그거』 말인가요?"

내 길드 카드를 본 세 사람이 「그거」라는 말을 했다. 나로서는 의미 불명이었다.

"그래, 『그거』."

"아마도, 유나 씨를 어딘가의 아가씨로 착각해서 돈으로 랭크를 샀다고 생각하고 있는 것 같아요."

아……, 높은 랭크의 모험가와 같이 의뢰를 받아서 랭크를 올리는 녀석 말이구나.

"뭐, 그 방법으로 랭크를 올려도 모험가 사이에서는 진실이 알려져 있으니까 의미가 없지만요."

즉, 돈으로 랭크를 사서 취미로 모험가를 하는 아가씨라고 생각하고 있다는 건가. 그래서 곰돌이와 곰순이를 펫이라고 생각했던 거고.

"그래서, 유나 씨가 아가씨라는 것으로 모두 납득을 한 모양이에요."

이상한 납득 방법이야. 뭐, 곰 인형 옷을 입은, 겉보기에 어려 보이는 여자아이가 모험가 랭크 C라고 해도 믿기는 어렵겠지. 그거라면 아가씨의 취미라고 인식하는 쪽이 타당할 거야.

우리는 학원 밖으로 나와 건물 뒤로 향했다. 건물 뒤에는 작은 창고가 있었고, 안으로 들어서자 마차가 한 대 준비되어 있었다. 마차 차고도 있네. 여기가 이런 용도의 창고였구나.

"역시, 우리가 가장 마지막이야."

마릭스가 조급하게 주위를 둘러보며 말했다.

"가장 마지막?"

"우리 이외에도 파티가 있어서 각자의 과제를 해결하는 거예요. 마릭스는 다른 남자아이들과 어느 쪽이 빨리 돌아올지 승부를 걸었거든요."

"시시해."

카틀레야가 남자아이들의 행동에 한심해했다. 그 말에는 동감이다.

"뭐 하고 있는 거야. 바로 준비해서 출발할 거야."

재빨리 마차를 움직이며 마릭스가 우리를 향해 소리쳤다. 마차의 짐칸에는 덮개가 덮여져 있었다. 이거라면 비가 내려도 젖지 않겠지?

마차에는 말 두 마리가 연결되어 있었다. 두 마리면 마차를 끌기에 충분할까. 마부석 옆을 지나 뒤로 돌아가려는데 마릭스가 말을 걸었다.

“네가 뭐 때문에 우리와 가는지 모르겠지만 방해만은 하지 마.”

“그래요. 방해해서 우리의 평가가 떨어지지 않도록 해주세요.”

남자아이 두 명이 무시하는 것처럼 말했다. 정말이지, 그냥 돌아가고 싶어. 시아가 없었다면 틀림없이 돌아갔을 거야.

“두 사람 모두, 유나 씨에게 실례야. 우리의 호위를 해주는 건데, 제대로 예의를 갖추고 대해야지.”

“이런 곰에게 예의 같은 건 필요 없어. 게다가 그런 거짓 랭크를 가지고 우쭐대고 있는 이상한 곰이라니.”

나, 우쭐대고 있지 않은데. 내 섬세한 유리 심장에 금이 간다고.

“어쩌면, 이 여자를 지키는 것도 우리의 테스트 중 하나일지도 몰라.”

티몰이라고 소개했던 남자아이가 그런 말을 꺼냈다.

“그런가? 그렇다면 이 여자를 지켜야 하는 거야?”

“예상 중 하나야. 그렇지만 그녀를 지키는 것이 테스트 중 하나라고 생각하면 여러 가지로 앞뒤가 맞아. 이런 거짓 정보를 줘서 우리들의 행동을 선생님에게 보고하는 것일지도 모르지.”

“어이, 그런 거야?”

마릭스가 내게 물었다.

"나는 모두를 호위하라고 들었어."

"어쩌면 본인에게는 말 안 했을지도 모르지."

티몰이 그런 주장을 펼쳤다.

"귀찮네. 시아, 카틀레야, 너희가 그 이상한 여자랑 곰들 좀 맡아. 같은 여자잖아."

"뭐야, 제멋대로……."

카틀레야가 불만을 말하려는 순간 시아가 말을 막았다.

"상관없어. 내가 유나 씨와 곰들을 돌볼게."

"시아?"

"너, 분명 말했다. 말했으니 제대로 돌봐야 해. 우리는 안 볼 거니까."

남자아이 둘은 방해물 떠밀기에 성공한 것을 기뻐하며 웃음을 짓고 마부석으로 향했다. 시아도 그들과 같이 웃음을 짓고 있었다. 아마 서로의 미소의 의미는 다르리라.

"그럼, 유나 씨. 저희도 마차에 타요."

시아에게 이끌려 마차 뒤의 짐칸에 올라탔다.

짐칸 안에는 과제대로 마을로 옮길 밀가루가 담긴 자루가 쌓여 있었다. 나는 빈 공간을 찾아 앉았다. 곰돌이와 곰순이는 내 옆으로 오더니 무릎 위에 올라탔다.

"곰들을 돌보는 건 상관없지만, 시아는 정말 괜찮은 거야?"

"카틀레야야말로 괜찮겠어? 유나 씨를 돌보는 건 나 혼자서도 괜찮아."

"아니, 어린아이를 돌보는 건 숙녀의 소양이니까 상관없어."

으음, 두 사람을 돌보는 건 내 일인데 말이지. 입장이 바뀌어버렸다. 이것도 모두 외관 때문인 거지.

"카틀레야, 고마워."

"신경 쓰지 않아도 돼. 그럼, 거기 곰 씨. 무슨 일 있으면 우리에게 말해주세요."

이거, 카틀레야에게 호위로서 신뢰를 받고 있지 않다는 거겠지? 그 이전에 호위라고 생각하고 있지도 않을 거야. 이 곰 씨, 슬퍼서 울 것 같아.

"그건 그렇고, 조금 더 좋은 마차는 없었나……."

카틀레야는 마차 내부를 보면서 중얼거렸다.

"카틀레야, 그건 어쩔 수 없어. 짐을 옮기는 마차니까."

"알고 있어. 그래도 며칠 동안 이 마차를 타고 다닐 생각을 하니 우울해지네."

그에 대해서는 카틀레야 말에 동감이다. 이동이라면 최고급 모피로 감싸인 곰돌이와 곰순이가 좋은데. 게다가 곰 하우스도 사용 못하니 목욕도, 푹신푹신한 침대에서 자는 것도 불가능했다. 여러 가지로 불편한 여행이 될 것 같다.

시아와 카틀레야를 보니 아이템 봉투에서 쿠션을 꺼내 앉아 있었다. 과연, 쿠션으로 진동을 완화시키는 거군. 두 사람 모두 준비성이 철저했다.

"유나 씨, 괜찮으시다면 제 쿠션을 쓰세요."

시아는 자신이 앉고 있던 쿠션을 건넸다. 보아하니 그거 하나뿐인 것 같았다. 설마 자신의 쿠션을 빌려주려는 건가?

"괜찮아. 가지고 있어."

나는 곰 박스에서 쿠션을 꺼냈다. 쿠션에는 곰 그림의 자수가 놓여 있었다. 고아원 아이 중 한 명이 고마운 마음을 담아 선물했던 거다.

그때 선물을 받고 기뻐서 곰 박스에 담아두었다. 나는 마음속으로 쿠션을 만들어준 여자아이인 셰리에게 고마워하며 쿠션을 세팅했다.

"귀여운 쿠션이네요."

시아가 내 근처에 쿠션을 두었다.

"저기, 곰이 아니라 유나 씨였죠. 다시 한 번 잘 부탁드려요. 제대로 지켜드릴 테니 안심해주세요."

카틀레야는 내가 랭크 C인 모험가라는 것을 믿지 않는 모양이지만 성격은 좋은 아이 같았다. 뭐, 이 정도면 며칠 동안의 여행도 어떻게든 지나가겠지.

시아는 내 옆에 앉더니 내 무릎 위에 올라타 있는 곰돌이를 껴안았다.

"역시 부드럽네요."

"저기, 저도 곰을 만져봐도 될까요?"

카틀레야가 조금 쑥스러워하며 물었다. 내가 고개를 끄덕이자 카틀레야는 머뭇머뭇 손을 뻗어 곰순이의 머리를 쓰다듬었다. 곰순이는 눈을 감고 기분 좋은 표정을 지었다.

"순하네요."

"뭐, 위해를 끼치지 않으면 아무 짓도 안 해."

"곰은 무서운 동물이라고 생각했는데, 이렇게 보니 귀엽네요."

카틀레야도 곰순이를 껴안았다. 곰돌이는 시아가 데려가고 곰순이는 카틀레야에게 빼앗긴 순간이었다. 조금 쓸쓸해졌다. 그런 내 기분과 상관없이 마부석에 앉아 있던 마릭스가 마차 안을 향해 외쳤다.

"그럼, 출발한다."

"언제든 상관없어."

"좋아."

두 사람의 대답으로 마차가 움직이기 시작했다.

마차는 왕도 내부를 지나 이윽고 왕도 밖으로 빠져나왔다.

"그럼, 당분간은 우리가 몰 테니까 낮에 교대하기로 하자."

마차는 움직이지, 곰돌이는 시아에게, 곰순이는 카틀레야에게 안겨있지, 나는 혼자서 외롭게 마차에서 흔들렸다.

곰 옷 덕분에 마차의 흔들림에도 엉덩이가 아프지 않았고, 쿠션이 알맞아서 딱 좋았다. 쿠션을 만들어준 셰리에게 고맙다고 인

사해야겠다. 고마움의 표시로 왕도에서 기념품을 사서 돌아가는 것도 나쁘지 않겠어.

마차는 순조롭게 나아가다가 점심 식사 겸 말을 쉬게 하기 위해 휴식 시간을 가졌다. 각자 아이템 봉투에서 빵 등의 간단한 음식을 꺼내고 있었다. 참으로 조촐한 식사 메뉴다.

내 곰 박스에는 따뜻한 요리가 많이 들어 있었다.

그렇지만 아무래도 온기가 있는 요리를 꺼낼 수는 없었기 때문에 모린 씨가 만들어준 샌드위치를 먹기로 했다.

달걀 샌드위치, 치즈 샌드위치, 야채 샌드위치, 감자 샐러드 샌드위치, 고기 샌드위치 등 여러 가지가 있었다.

역시 모린 씨야, 다 맛있어 보여.

"유나 씨, 맛있겠네요."

시아가 샌드위치를 훔쳐보고 있었다.

"먹을래?"

"괜찮아요?"

"괜찮아. 많이 있으니까. 거기, 카틀레야였나? 너도 먹을래?"

카틀레야도 먹고 싶은 듯 보고 있었기 때문에 물어봤다.

"괜찮나요?"

나는 샌드위치를 건넸다. 카틀레야는 감사 인사를 하고 샌드위치를 한입 먹었다.

“맛있어. 우리 집 요리사가 만든 것보다도 맛있어요.”

“우수한 제빵사가 만들었거든.”

내가 칭찬받는 것처럼 기뻤다.

셋이서 샌드위치를 먹고 있는데 조금 떨어진 곳에서 마릭스가 이쪽을 보고 있었다. 내가 바라보자 그는 시선을 피했다. 뭐였지?

휴식도 끝나고, 이번에는 여자아이들이 마차를 몰았다. 아무래도 나는 남자아이들과 같이 짐칸에 있을 정도로 무감각하지 않기 때문에 시아, 카틀레야와 함께 마부석으로 향했다.

마부석에 어떻게든 셋이서 앉을 수 있었다. 고삐는 시아가 잡았고, 나는 곰돌이를 껴안고 오른쪽에 앉았다. 드디어 곰돌이를 다시 손에 넣을 수 있었다.

참고로 곰순이는 카틀레야의 무릎 위에 있었다. 카틀레야는 곰순이가 마음에 든 모양이다.

124 곰 씨, 어디까지 말해야 할지 고민하다

날이 저물기 시작해서 시아와 일행은 야영 준비를 시작했다.

준비라고 해도 하는 일은 적었다. 말을 돌보거나, 불을 준비하는 정도였다. 식사는 각자 먹었고, 나머지는 자는 것뿐이었다.

"그럼, 망보는 순서는 나, 티몰, 카틀레야, 시아의 순서로 괜찮아?"

"좋아."

전원 수긍을 하는데, 내 이름이 없다는 것은 자도 된다는 거겠지.

마릭스는 불 앞에 앉아 불 담당을 맡았다. 시아와 카틀레야는 마차 안으로 들어갔다.

"티몰, 괜찮겠어?"

카틀레야가 마차 밖에서 잘 준비를 하는 티몰에게 말을 건넸다.

"나에게는 여자와 같이 잘 용기가 없어. 마릭스와 같이 밖에서 잘게."

"그건 고마워. 나도 남자와 같이는 못 자니까 말이야."

카틀레야가 티몰에게 감사 인사를 했다.

비좁은 마차 안에 셋이서 잘 장소를 확보했다. 누우면 세 사람으로 꽉 차는 상태였다. 티몰은 그 사실을 알고 거절한 것일지도 모른다.

시아와 카틀레야는 좁은 구석에서 이불을 휘감고 누웠다.

"이리 와."

나는 이불을 펼쳐 곰돌이와 곰순이를 불렀다. 곰돌이와 곰순이는 기뻐하며 내가 있는 곳으로 왔다. 배 위로 둘의 무게가 전해졌지만 곰 옷 덕분에 그다지 무겁게 느껴지지 않았다. 폭신폭신했다.

"유나 씨, 부러워요."

"맞아. 이렇게 귀여운 곰이라면 나도 가지고 싶어."

"그 마음 알아. 나도 갖고 싶어."

두 사람이 내 이불에서 얼굴을 내밀고 있는 곰돌이와 곰순이를 봤다. 그렇게 갖고 싶어 하는 눈으로 봐도 안 줄 거야. 나는 곰돌이와 곰순이를 강하게 껴안았다.

"어이, 너희들, 얼른 자. 안 자도 시간 되면 불침번 교대할 거니까 말이야."

밖에서 마릭스의 목소리가 들려왔다. 두 사람은 허둥대며 이불을 덮었다.

"그럼, 모두들, 잘 자요."

"카틀레야, 유나 씨, 잘 자요."

"응, 잘 자."

여자들만의 수다라도 떨 줄 알았는데, 여행에 익숙하지 않은 두 사람은 피로 때문인지 바로 숨소리를 내며 자기 시작했다.

항상 잘 때는 하얀 곰 옷으로 바꿔 입지만, 오늘은 바꿔 입지 않았다. 갈아입으면 웃음을 살 게 눈에 훤했다. 게다가 마력도 소모하지 않았고, 피곤한 일도 하지 않았다. 피곤하다고 한다면 정신적인 부분이었다. 또래 남자아이들과 있는 게 이렇게 피곤할 줄은 생각도 못했다. 이것도 학교에 가지 않고 은둔형 외톨이로 있었던 탓이겠지.

나는 가슴에 안겨 있는 곰돌이와 곰순이를 봤다.

"마물이나 도적이 오면 알려줘. ……그리고, 그럴 일은 없겠지만 남자애들이 덮치려고 하면 알려줘야 해."

곰돌이와 곰순이는 자고 있는 두 사람이 깨지 않도록 작게 「크~응」 하고 울었다. 나는 곰돌이와 곰순이를 안는 베개 대신 안았다.

곰돌이와 곰순이의 체온은 안도감을 주기 딱 좋은 온도였다. 나는 잠에 금방 빠져들었다.

잠시 후, 누군가가 움직이는 느낌이 들었다. 슬며시 눈을 떠보니 카틀레야가 일어나는 중이었다. 아무래도 불침번 교대 시간인 모양이다.

"지금, 갈게."

카틀레야는 작은 목소리로 상대방에게 말했다. 그 상대방은 순서로 봤을 때 티몰이겠지. 카틀레야가 마차 밖으로 나갔다. 나는 곰돌이를 껴안고 다시 잠들었다. 시간이 좀 지나자, 카틀레야가 돌아와 시아를 깨우고 있었다. 시아가 마지막이니 조금 더 있으면 아침이 되는 건가. 시아가 밖으로 나갔고, 카틀레야는 이불을 감아 덮고 금방 잠들어버렸다. 나는 잠든 카틀레야가 깨지 않도록 몸을 일으켰다. 이불 속에서 자고 있던 곰돌이와 곰순이가 「뭐야?」라고 묻는 것처럼 이불에서 얼굴을 내밀었다.

나는 이불을 덮은 곰돌이와 곰순이를 그대로 끌어안고 마차 밖으로 나왔다.

"유나 씨, 무슨 일이세요?"

마차에서 내려온 나를 알아챈 시아가 작은 목소리로 물었다.

"혼자서 불침번도 안 서고 계속 자는 것도 좀 그래서. 같이 있을게."

나는 시아의 옆에 앉았다.

"고맙습니다."

시아가 고맙다는 인사를 하고 몸을 조금 떨더니 모닥불에 손을 가져다 댔다.

"추워?"

"조금요."

아직 해가 뜨지 않아서 쌀쌀한 건가. 그 부분은 곰 옷 때문에 잘 몰랐다. 게다가 이불 속에는 따뜻한 무언가가 감싸여 있으니까…….

나는 곰돌이를 이불에서 꺼내 시아에게 건네줬다. 곰돌이는 고개를 갸웃거리며 나를 바라봤다.

"시아를 따뜻하게 해줘."

"괜찮아요?"

시아는 그렇게 말하면서 손을 뻗었다. 곰돌이는 작게 「크~응」 하더니 시아에게 안겼다. 시아는 곰돌이를 이불 속에 넣었다.

"따뜻해요. 유나 씨, 고마워요. 곰돌이도 고마워."

시아는 곰돌이를 안으며 기뻐했다.

나도 곰순이를 안아 들어 무릎 위에 올려놓고 껴안았다.

"커다란 곰 님도 귀엽지만 작은 곰 님도 귀엽네요."

뭐, 어떤 동물이건 아기랑 어린아이는 작아서 귀여운 법이지. 사자와 호랑이도 귀엽게 보이니 이상할 정도다. 물론, 곰도 예외는 아니었다.

"따뜻해서 기분 좋아요. 그렇지만 졸음도 같이 오는 것 같아요."

시아는 눈을 감고 기분 좋은 듯이 말했다.

"자면 안 돼."

"네. 그래도, 이제 저도 노아에게 자랑할 수 있겠어요."

"자랑이라니……."

"그게, 노아는 곰 님들이랑 같이 잤다는 걸 자랑한단 말이에요. 엄청 기뻐하면서 말을 해요. 분하잖아요."

자매가 뭘 다투고 있는 거야. 시아는 곰돌이에게 얼굴을 가져다 댔다.

"으으, 기분 좋아요."

"진짜 자지 마."

시아는 곰돌이를 안고 몇 번이고 하품을 했다. 시아는 졸음과 싸우면서 불침번을 섰다.

이윽고 시간이 흘러 해가 뜨기 시작했다.

"슬슬, 다들 깨우러 다녀올게요."

시아는 일어서서 모두를 깨우러 갔다. 물론 곰돌이를 안은 채로 말이다.

전원이 일어나자 간단한 아침 식사를 했다. 그리고 목적지인 마을을 향해 출발했다.

그건 그렇고 할 일이 없네. 곰돌이와 곰순이 덕분에 평소 이동을 할 때는 느끼지 못했는데, 지루했다. 곰돌이와 곰순이 위에 올라타 이동하면 낮잠도 잘 수 있는데, 호위를 하고 있는 입장으로서는 마차 안에서 잘 수도 없었다. 그렇지 않아도 도움이 안 된다고들 생각하고 있는데 졸거나 할 수는 없었다.

그런 생각을 하고 있는데 시아와 카틀레야에게 안겨 있던 곰돌이와 곰순이가 「크~응」 하고 울었다.

"왜 그래?"

시아와 카틀레야가 곰돌이와 곰순이를 쓰다듬었다. 하지만 곰들은 우는 것을 멈추지 않았다.

"유나 씨, 곰돌이랑 곰순이가 갑자기 우는데요."

나는 곰돌이와 곰순이를 받아 들었다. 곰돌이와 곰순이는 나를 본 뒤 마차가 나아가고 있는 전방을 바라봤다.

설마 마물?!

나는 탐지 스킬을 사용해 주변을 확인했다. 마차가 나아가는 방향에 고블린의 반응이 있었다. 수는 다섯 마리. 이대로 가다간 틀림없이 맞닥뜨린다.

이럴 땐 어떻게 하면 좋지?

가르쳐줘야 하는 건지, 조용히 있어야 하는 건지……. 아니면 내가 쓰러뜨리는 편이 나으려나?

고블린 다섯 마리 정도라면 시아와 아이들도 쓰러뜨릴 수 있겠지? 게다가 먼저 나서지 말아달라고 부탁받았다. 하지만 호위는 해야 하고…….

으으으으으! 어쩌란 거야?

"유나 씨, 곰돌이가 무슨 말을 하고 있는 거예요?"

한참 고민하고 있는데 시아가 물었다. 말해도 될까?

하지만 나 혼자서는 아무리 생각해봤자 답이 나오지 않았다. 시아는 내 서포트 역할이니까 말해도 되겠지. 나는 시아에게 다가가 귓속말로 아무에게도 들리지 않도록 작은 목소리로 입을 열었다.

"곰돌이와 곰순이가 근처에서 마물을 발견한 것 같아."

"마물……. 그런 걸 알 수 있나요?"

시아가 놀란 듯 곰돌이와 곰순이를 바라봤다.

실제로는 탐지 스킬로 장소와 방향을 확인했지만, 곰돌이와 곰순이가 먼저 발견한 건 틀림없었다.

“그렇지. 이 아이들은 특별하니까.”

특별하다는 말에 시아는 납득했다. 소환수이기도 하고, 커지고 작아지기도 하는 것을 알고 있는 시아는 그것만으로 이해해주었다.

“그래서, 실전 훈련이니까 모두에게 가르쳐줘도 되는 건가 해서.”

순순히 말했다. 나는 교사도 뭣도 아니니까 미묘한 마물이 나오면 어떻게 해야 할지 몰랐다. 이게 오크라거나 쓰러뜨릴 수 없는 마물이라면 다르겠지만 말이다.

“정말이죠?”

나는 고개를 끄덕였다. 눈앞에 탐지 스킬이 고블린을 표시하고 있다. 하지만 시아는 이 표시를 볼 수 없었다.

“알겠어요. 사실은 말하지 않는 편이 나을 것 같지만, 이번엔 유나 씨를 믿게끔 하기 위해서 말하는 게 나을 것 같아요.”

“괜찮아?”

“곰돌이와 곰순이가 마물을 발견할 수 있다면 그건 모두가 아는 편이 나아요. 만일의 사태가 일어났을 경우, 마릭스와 아이들이 안 믿어주면 곤란하니까요.”

왕도 근처 마을까지의 왕복에서 만일의 사태가 일어날까? 기본적으로 마을과 마을 등을 잇는 길에서 마물을 만날 확률은 낮았다. 모험가들이 쓰러뜨려 버리니까.

그러니 이번의 조우도 흔한 일이 아니었다.

시아는 몸을 일으켜 고삐를 쥐고 있는 마릭스와 티몰에게 말을 걸었다.

"근처에 마물이 있는 모양이야. 마릭스, 마차를 멈춰!"

마릭스는 시아의 목소리에 놀라 마차를 멈춰 세웠다.

"뭐?! 마물이라니?! 어디?!"

마릭스는 고개를 좌우로 움직여 주위를 확인했다.

"아직 없어. 이 앞에 마물이 있다는 것 같아."

"앞에……?! 마물 같은 건 안 보이는데."

마릭스는 전방을 봤지만 마물의 모습은 확인할 수 없었다. 그야 그렇겠지. 조금 더 앞쪽의 우측에 있으니.

"그렇지만 유나 씨의 곰이 이 앞에 마물이 있다고 했어."

"곰이라니, 그 곰이라는 게 안고 있는 곰을 말하는 건가?"

마릭스는 이해가 되지 않는다는 얼굴로 내 쪽을 바라보며 물었다.

"정말이야?"

"이 앞 우측에 있다고 했어."

내 말을 의심하듯 마릭스는 곰돌이를 봤다.

"마릭스, 동물은 코가 발달돼서 알지도 몰라."

이야기를 듣고 있던 티몰이 거들어줬다.

"……알았어. 일단 주위를 확인하면서 가자."

전원이 마릭스의 말에 동의했다. 마릭스는 고삐를 다시 쥐고 마차를 달리게 했다.

"유나 씨, 곰돌이와 곰순이에게 그런 힘이 있었군요."

"그래. 이 아이들이 위험을 알려줘서 호위도 가능한 거야."

"그 말은 그 곰이 대단하고 너는 대단하지 않다는 거네."

마릭스가 가시 돋친 말투로 말했다. 하지만 그 말대로 곰돌이가 마물을 발견한 게 되면 나는 도움이 되지 않는 게 된다.

"마릭스, 그런 말은—."

"사실이잖아."

곰돌이와 곰순이가 대단하고 나는 무능하게 보이는 모양이었다. 뭐, 실제로 내가 대단한 모습을 보여준 건 아니니까.

그래도 곰돌이와 곰순이에 대해서만이라도 믿어준다면 앞으로 위험한 일이 있을 때 신뢰를 받을 수 있게 될 것이다. 그렇게 된다면 위험도 회피할 수 있었다. 지금은 그것만으로 충분했다.

"그래서 확인하는 건데, 고블린이랑 울프 정도라면 쓰러뜨릴 수 있어?"

"네, 마릿수에 따라 다르겠지만 고블린과 울프 정도라면 괜찮아요."

"고블린 정도는 쓰러뜨릴 수 있어요."

두 사람은 든든한 말을 해줬다.

"그럼, 나는 손을 빌려주지 않겠지만 위험할 때는 도와줄게."

"무시하지 마! 곰의 도움을 받는 너 같은 애 따위 필요 없어. 마물 정도는 우리들이 쓰러뜨릴 수 있다고! 너희도 그 곰을 믿는 거라면 주위 정도는 확인해!"

이야기를 듣고 있던 마릭스가 끼어들었다.

하지만 자기 혼자라고는 말하지 않네. 확실히 동료를 계산에 넣는 점이 대단해. 게임이라도 혼자서 무모하게 쳐들어가는 것보다 동료와 싸우는 편이 쉽게 쓰러뜨릴 수 있었다.

그렇다면 이번엔 고블린이 다섯 마리 정도 있으니 보기만 해도 괜찮을 것 같네. 게다가 실전 훈련이기도 하니까 손을 대거나 하는 건 별로 좋지 않을 거야.

마차는 계속 달렸고, 슬슬 보일 때가 되었다.

"마릭스, 저기."

티몰의 목소리에 전원이 전방을 바라봤다. 전방 우측에 그림자 다섯 개가 보였다. 고블린이었다. 마릭스가 마차를 세우고 믿기지 않는 듯 고블린 무리를 바라봤다.

"곰이 말한 대로네."

"마릭스, 어쩔 거야?"

시아의 말에 마릭스가 정신을 차렸다.

"두 그룹으로 나뉘자. 나와 티몰이 오른쪽, 시아와 카틀레야는 왼쪽에서 공격을 하는 거야."

마릭스의 지시에 전원이 고개를 끄덕였다.

"그럼 유나 씨, 다녀올게요."

마릭스가 마차에서 내리고 시아와 일행들도 그 뒤를 따랐다. 잠깐, 다 내리는 거야? 마차는 어쩌고? 나, 마차 운전 못하는데? 말이 멋대로 움직이거나 하면 어떡해?

마차에 남겨진 나는, 어쩐지 나도 모르게 고삐를 건네받고 있었다. 내 불안함과 상관없이 네 사람은 고블린 무리를 향해서 걷기 시작했다.

만약 고블린이 다가와 말이 난리라도 치는 날엔 곤란한데……. 이거, 가장 불안한 건 내 쪽 아니야?

"곰돌이, 곰순이, 마차 운전할 수 있어?"

밑져야 본전으로 물어봤다. 곰돌이와 곰순이라면 마차 운전 정도는 가능할 수도 있었다.

하지만 곰돌이와 곰순이는 「크~응」 하고 「무리야」라고 말하듯이 울음소리를 냈다.

"그렇겠지."

뭐지, 고블린 무리 속에 있는 것보다 혼자서 마부석에 있는 게 무서운데…….

나는 말이 멋대로 움직이지 않길 빌었다.

125 곰 씨, 학생들을 지켜보다

마릭스 일행이 고블린 무리에 다가가자 고블린들도 마릭스 일행의 존재를 눈치챘다. 마릭스 일행은 각자 무기를 감아쥐었다.

이야기에 따르면 마릭스는 마법은 그다지 쓰지 못하고 검이 주무기이며, 티몰은 반대로 마법을 잘한다고 했다. 시아와 카틀레야는 양쪽 모두 사용할 수 있는 만능형이었다. 그런고로 마릭스, 시아, 카틀레야가 전방, 티몰이 후방에 위치하는 형태가 되었다.

고블린들을 보니 손에 두꺼운 나무 몽둥이를 가지고 있었다. 맞지만 않는다면 무섭지 않았다. 고블린들은 마릭스 일행을 보더니 「기기기기!」 하고 울부짖었다.

나는 말이 멋대로 움직이지 않길 빌면서 네 사람의 싸움을 지켜봤다.

마릭스와 시아, 카틀레야가 달리기 시작했다. 시아와 카틀레야는 달리면서 바람 마법을 날렸다. 지면에서부터 바람이 휘몰아쳐 모래 먼지가 고블린들을 덮쳤다. 고블린들은 「기기기기!」 하고 으르렁대며 눈을 감고 마구잡이로 손에 들고 있던 무기를 휘둘렀다. 마릭스는 무리 중 한 고블린에게 다가가 그 팔을 잘라냈다. 시아와 카틀레야도 마릭스와 같이 공격했다. 티몰 역시 후방에서 마법을 날려 마릭스를 보호했다.

싸움은 순조로웠다. 바람을 일으켜 모래로 눈속임을 하는 건 학교에서 배우는 건가? 나라면 처음부터 마법으로 목을 베어버리고 끝낼 텐데. 시아와 아이들은 못하나?

다른 사람의 마법은 그다지 본 적이 없어서 아직 위력을 잘 몰랐다. 이 세계에 와서도 외톨이인 나……. 뭐, 곰 장비가 있다면 동료는 필요 없지.

전투는 마릭스 일행에게 유리하게 진행됐다. 어쩌면 도움이 필요할지도 모른다고 생각했는데 그러지는 않을 것 같다. 숫자로는 고블린이 이기고 있지만 전투력으로는 시아와 일행 쪽이 강했다. 마릭스는 확실하게 치명상을 입히고 있었고, 티몰도 동료들이 공격당하지 않도록 마법으로 보호를 하고 있었다.

엘레로라 씨도 말했지만 비슷한 수 정도의 고블린이라면 괜찮은 모양이었다.

고블린이 손에 들고 있던 나무 몽둥이를 마릭스에게 내리쳤지만, 마릭스는 검으로 그것을 막았다. 그 틈에 카틀레야가 고블린 뒤에서 검으로 찔렀다.

"시아, 한 마리 남았어."

"알겠어."

시아는 손에 마력을 모아 고블린을 향해 화염 마법을 날렸다.

마법은 고블린에 명중해 그 움직임을 멈추게 만들었다. 그 틈을 놓치지 않고 시아가 검을 내리 꽂았다. 검은 고블린을 갈랐고, 고블린은 절명했다.

오오, 역시 제법이네.

“별것 아니었네.”

분명 위험한 건 없었지만 마법의 일격은 약한 것 같았다. 아니면 내 마법이 강한 건가?

하지만 고블린을 쓰러뜨렸다는 건 랭크 E의 신출내기 모험가 정도의 실력은 있다는 거다. 그렇게 생각하면 학생으로서는 충분한 실력인지도 모른다.

이제 오크와 조우하면 어떻게 되는가, 인데……. 약간의 힘으로는 쓰러뜨릴 수 없을 것이다. 오크가 나타난다면 내가 나설 차례가?

나머지는 경험 부족이 눈에 띄었다. 게임 초보자처럼 어디를 공격하면 좋을지 몰라 헤매기도 했다.

나는 게임 세계에서 마물과 사람을 상대로 몇천, 몇만 번이나 싸워왔다. 몇 번이고 죽고, 몇 번이나 지면서 경험을 쌓아왔다. 죽는 것과 지는 것으로 얻는 경험도 있었다. 패배를 통해 다음에 이기기 위한 힘을 기를 수 있었다. 무엇이 내게 부족한지, 무엇이 필요한지 말이다. 하지만 이 아이들은 지는 경험은 할 수 없었다. 지면 죽음이 기다리고 있었다. 죽으면 끝인 현실의 세계……. 그래서 내가 경험해온 것처럼 경험을 얻을 수는 없었다.

오히려 내가 마차 운전 경험이 없어서 혼자서 마부석에 앉아 불안에 떨었다. 경험은 인간의 힘이다. 기술이든 정신적인 면이든 경험이 그 인간의 성장으로 이어진다. 내가 만약 게임에서 경험을 쌓지 않았다면 설사 곰 장비가 있다고 한들 고생했을 것이라고 생각한다.

그렇기에 학원에서는 여러 경험을 쌓기 위해 이 실전 훈련을 하고 있는 것이라고 생각한다. 엘레로라 씨도, 국왕도 무언가를 배우기 위한 실전 훈련이라고 하기도 했고 말이다.

여정의 노고, 말 관리, 야영의 힘듦, 마물의 공포, 동료와의 협력, 여정 중 호위와의 신뢰 관계, 그 외 배울 것이 여러 가지 있을 것이다. 마물과의 싸움도 그중 하나겠지.

내 역할은 그것들을 배우는 데 위험이 없도록 호위를 하는 것이라고 생각한다.

정말이지 어려운 일이다. 돌아가면 엘레로라 씨에게 불평 한마디라도 하고 싶다.

"정말 고블린이 있을 거라곤 생각 못 했어요."

"맞아."

"그래도 이것으로 곰이 마물을 발견할 수 있다는 게 증명된 거네요."

시아가 기쁜 듯 말했다.

"믿기지 않지만."

전원이 내 양옆에 앉아 있는 곰돌이와 곰순이를 바라봤다. 곰돌이와 곰순이는 모두의 시선을 받자 고개를 갸웃거렸다.

"우연인 거 아냐?"

믿고 싶지 않은 건지 마릭스는 그렇게 말했다.

나는 옆에 앉은 곰돌이와 곰순이를 바라봤다. 응, 믿기지 않겠지. 평범한 새끼 곰으로밖에 안 보여. 나라도 이세계가 아니라면 안 믿었을 거야.

그렇지만 나를 대변해주는 사람이 있었다.

"곰이 거짓말을 할 리가 없잖아."

"맞아."

시아와 카틀레야가 매섭게 쏘아보며 마릭스에게 말했다.

"곰은 증명됐잖아."

"우연히 발견할 수 있다면 마릭스가 우연이라도 좋으니 마물이 있는 곳을 알려주지 않겠어?"

카틀레야가 말도 안 되는 말을 했고, 두 사람은 마릭스를 향해 한 발자국 더 다가섰다.

"알았어. 믿을게. 믿을 테니까 그렇게 화내지 마."

"알았다면 됐어."

두 사람은 만족한 얼굴을 하고 마릭스에게서 떨어졌다.

"그나저나 마물이 있는 걸 안다니 대단한 곰이네."

티몰이 곰돌이와 곰순이를 바라봤다. 안경이 있다면 안경의 중심을 눌러 올리는 행동이 잘 어울리겠군. 뭐, 눈앞에서 저렇게 바라보면 안경을 부숴버릴지도 모르겠지만.

"일단은 고마웠어."

마릭스가 퉁명스럽게 고맙다는 인사를 했다. 그리고 모두에게 고블린 처리 지시를 내렸다.

사체에 다른 마물이 다가오지 않게 하기 위함이다. 그래서 마물을 쓰러뜨리면 구멍에 묻거나 태워버린다. 수업에서도 확실히 배운 건지 제대로 처리를 하고 있었다.

"그래도 이것으로 곰이 있다면 실전 훈련도 안심이네."

사체 처리를 끝낸 카틀레야가 돌아와서 곰순이를 끌어안고 마차 마부석에 앉았다. 카틀레야에게 장소를 양보하는 척하며 고삐를 카틀레야에게 건넸다. 카틀레야는 순순히 고삐를 받아 들어줬다.

좋아, 이걸로 말이 움직여도 안심이야. 내 싸움도 끝났다.

"그래도 이제 다음부터는 고블린 정도의 마물이라면 안 알려줄 거니까 스스로 대처해. 나는 어디까지나 위험할 때 이외엔 아무것도 안 할 거니까. 이번엔 서비스였어."

"그렇네요. 우리가 스스로 열심히 해야죠."

"뭐, 곰이 알려주지 않아도 고블린 정도야 얼마든지 나타나도 상관없어."

짐칸에 올라탄 티몰과 마릭스가 대답했다.

“일단 확인해두는 건데, 몇 마리 정도까지 괜찮은 거야?”

“몇 마리여도 상관없어!”

마릭스가 대답했다.

“정말?”

나는 마릭스가 아닌 시아에게 물었다.

“일대일로 싸운다면 어느 정도는 괜찮아요. 둘러싸이면 혼자서 두 마리, 열심히 해도 세 마리가 한계일 거예요.”

즉, 두 배까지 괜찮다는 건가?

열 마리 정도 나타난다면 주의시켜야겠네.

마릭스 일행은 마차에 올라타 다시 마을을 향해 출발했다.

목적지인 마을에 도착할 때까지 마물과의 조우는 한 번 더 있었을 뿐이었다.

수는 네 마리여서 네 사람에게 맡겼다. 다들 이전보다 순조롭게 쓰러뜨릴 수 있었다. 지난 싸움의 경험을 살릴 수 있었다는 건가.

마차는 계속 달렸고, 이윽고 전방에 마을이 보였다.

이것으로 절반은 끝났다.

126 곰 씨, 마을을 견학하다

마릭스 일행이 마을에 도착하자 주민들이 반겨주었다. 마차는 마을 중심에 있는 광장 같은 곳으로 안내되었다. 마릭스는 마차를 세운 뒤 내렸고, 이어서 티몰, 곰돌이를 안은 시아, 곰순이를 안은 카틀레야가 차례대로 내렸다.

주민들은 시아와 카틀레야에게 안겨 있는 곰에 놀랐고, 마차에서 내가 내리자 더욱 놀라는 소리를 냈다. 「곰?」, 「곰이여?」, 「곰이다!」, 「어째서 저런 복장을……」, 「왕도에서는 저런 옷이……?」 등 여러 목소리가 들려왔다. 나는 후드를 깊게 눌러쓰고 얼굴을 가렸다. 그러자 후드에 달린 곰의 귀가 더 쫑긋 서며 곰력이 더욱 세져버렸다. 하지만 얼굴을 보이는 것보다는 나았다.

그러던 중 연배가 있어 보이는 남자가 다가왔다.

"어서 오세요. 나는 이 마을의 촌장인 카보스라고 합니다."

"학원에서 온 마릭스입니다. 옮겨온 물건들은 마차 안에 있습니다."

남자의 인사에 마릭스가 대표로 정중하게 대답했다.

그러고 보니 이 파티의 리더는 마릭스가 되는 건가? 아까 고블린과의 싸움에서도 마릭스가 지시를 하기도 했고, 불침번 지시도 마릭스였다.

게임할 때도 그랬지만 혼성 파티일 경우 대부분 파티의 리더는 남자가 되어버리는군.

"고맙습니다. 그럼 마차는 이쪽에서 보관하죠. 방을 준비해두었으니 여러분은 쉬도록 하세요."

촌장의 지시로 한 남자가 마차로 다가갔다. 고삐를 쥐고 있던 티몰이 그에게 고삐를 건네자, 촌장은 마차를 바라보더니 고개를 갸웃거렸다.

"왜 그러세요?"

"아뇨, 마차 안에 모험가분이 계실 줄 알았는데……. 설마, 학생 여러분들만 오신 건가요?"

여기 모험가 있는데요. 당신 가까이에 있습니다. 설마 「학생 여러분」 중에 나도 포함되어 있는 거야?

나 이외의 전원은 교복을 입고 있고, 게다가 붉은색 망토를 걸치고 있었다. 나만 곰 복장이었다. 학생으로는 안 보일 텐데. 모험가로는 더더욱 안 보일 테지만.

"호위로 모험가분이 계신다고 들었습니다만."

촌장의 말에 시아와 아이들이 내 쪽을 바라봤다.

"모험가라면 이쪽에……."

마릭스가 미묘한 얼굴로 내 쪽을 바라봤다. 뭐야? 그 썩은 표정은? 나는 제대로 된 모험가라고.

"으음, 이쪽의 귀여운 곰 아가씨가 모험가라고요?"

"네, 일단은요."

일단이라는 건 실례인 것 같은데. 나는 제대로 된 모험가야. 길드 카드 보여줬잖아. 랭크 C라고.

촌장은 이상한 것을 보듯 나를 바라봤다.

"환영하는 마음을 담아 모험가분께는 술도 준비해두었는데……."

촌장이 곤란하단 표정을 지었다. 그런 얼굴 하면 안 되죠. 곤란한 건 제 쪽이라고요. 애당초, 술을 마실 수 있는 나이가 정해져 있기라도 하나?

"그럼 방은 어떻게 할까요? 학생분들과 나눌까요, 아니면 같이 쓰는 쪽이 나으신가요? 물론 남자와 여자로 나뉘어 있으니 안심하세요."

촌장이 나를 평가하듯 빤히 쳐다봤다. 곰 인형 옷이 드물다는 건 알지만 그렇게 보지 말아줬으면 하는데…….

"방은 같이 쓸게요."

시아와 카틀레야와 같이 있다면 두 사람의 호위를 할 수 있었다. 최악의 상황이 되더라도 시아와 카틀레야의 목숨은 지킬 수 있었다.

"그럼 왕도에서 이동하시느라 지치셨을 텐데 방에서 쉬도록 하세요."

촌장의 안내를 받아 도착한 곳은 주위의 집과 비교하면 한 단계 큰 집이었다. 아무래도 촌장의 집인 모양이다. 집 안에 들어가서 2

층 방으로 안내받았고, 남자와 여자로 나뉘어 방으로 들어갔다.

"그럼 저녁 식사가 준비되는 대로 불러드릴 테니 그때까지 쉬고 계세요."

촌장은 우리를 안내하곤 사라졌다.

"하~, 피곤해."

카틀레야가 의자에 앉았다.

"진짜."

시아도 카틀레야의 옆 의자에 앉았다.

"유나 씨는 괜찮으세요?"

"이래 봬도 모험가니까."

곰 장비 덕분에 지치지 않았을 뿐이다. 만약 곰 장비가 없었다면 첫날에 피곤이 쌓였을 것이다.

"유나 씨는 진짜로, 진심으로 모험가인 거예요?"

"모험가야. 길드 카드도 보여줬잖아."

"그렇긴 한데……. 시아는 유나 씨와 아는 사이였어?"

"……무슨 말이야?"

시아는 카틀레야를 피해 시선을 돌렸고, 나도 후드를 깊게 눌러썼다.

"거짓말해도 다 알아. 그도 그럴 게 시아는 곰의 이름을 알고 있었잖아."

카틀레야는 그렇게 말하고는 안고 있던 곰순이의 머리를 쓰다듬었다.

"……."

"게다가 유나 씨를 대하는 태도가 그걸 나타내고 있어."

"……."

"무엇보다도 밤에 불침번 설 때 같이 얘기했잖아."

완전히 들켰다. 시아와 같이 불침번을 섰던 것도 눈치채고 있었던 모양이다.

"……마릭스와 티몰에게는 말하지 말아줘."

"그건 괜찮지만, 어째서 말하지 않는 거야?"

"그게, 이번 실전 훈련의 테스트 중 하나이니까."

시아는 조금 말하기 어려운 듯 대답했다.

"그랬구나. 그것도 모르고, 미안해."

"괜찮아. 게다가 테스트 내용은 그것만이 아니니까."

"그럼 시아는 곰돌이와 곰순이에 대해서도 알고 있었던 거야?"

"응, 알고 있었어. 엄청 귀엽지?"

시아는 안고 있던 곰돌이를 테이블 위에 올려놨다.

"그럼, 곰이 마물을 탐지한다는 것도?"

"그건 몰랐어. 유나 씨는 그런 말을 한 번도 해준 적이 없었으니까."

시아가 침대에 앉아 있는 내게 시선을 옮겼다.

"비밀이었으니까. 그리고 말할 타이밍이 없었기도 했고."

"그런데 시아, 유나 씨는 정말 모험가인 거야?"

그러니까 모험가라고 했잖니. 역시 이 옷차림 때문인 건가.

"그건 카틀레야의 상상에 맡길게."

아니, 실력에 관한 점은 어쩔 수 없지만 모험가라는 부분은 맞다고 해줘.

한동안 쉬고 있는데 식사 준비를 마쳤는지 아래쪽에서 부르는 소리가 들렸다.

촌장의 부인이 준비한 요리가 테이블 위에 차려져 있었다.

"많이 있으니 사양 말고 드세요."

"고맙습니다."

마릭스가 대표로 인사를 하고 저녁을 먹기 시작했다. 그런 뒤 시시한 이야기를 나눴다. 촌장과 부인은 아무래도 내가 모험가라는 게 믿기지 않는 모양이었다.

"그럼, 내일은 마을 견학을 해도 될까요?"

듣자 하니, 실전 훈련의 과제에는 짐을 옮긴 후 마을을 견학하는 것도 포함되어 있는 것 같았다.

엘레로라 씨, 그런 이야기 못 들었는데요.

왕도에 사는 학생들은 마을에 와본 적이 없을 테니, 더구나 시아 같은 귀족의 자녀라면 마을에 오는 일은 좀처럼 없을 테니 공부가 될 수도 있었다.

마을 견학이라……. 뭔가 재밌는 거라도 있으면 좋겠네.

식사를 마치고 오늘은 방으로 돌아가 쉬기로 했다.

하지만 내 품 안에는 곰돌이도, 곰순이도 없었다. 곰돌이는 시아의, 곰순이는 카틀레야의 품 안에 있었다. 두 사람은 피곤했는지, 이불 속으로 들어가자마자 고른 숨소리가 바로 들려왔다. 그런 두 사람에게서 곰돌이와 곰순이를 꺼내어 오는 것도 못하고, 나는 혼자서 자게 됐다.

으……, 외로워.

다음 날, 촌장의 안내로 마을을 견학했다.

이제껏 다녀온 적 있는 마을과 그다지 다른 점은 없었다. 밭이 있고 소가 있었다. 특별히 희귀한 채소 등이 있는 것도 아니고 매우 평범한 마을이었다.

단지, 문제가 있다고 한다면 마을 아이들이 우리 뒤를 따라오고 있다는 점이다. 아무래도 시아와 카틀레야가 안고 있는 곰돌이와 곰순이가 흥미로운 모양이다. 내게도 시선이 쏟아지고 있는 것은 말할 것도 없었다.

"미안해요. 당신의 복장이 신기한 모양이라……. 왕도에서는 그런 옷을 입기도 하나요?"

"으음……."

"없어요. 왕도에는 저런 복장 하는 사람 없어요."

마릭스가 대신 대답했다.

사실이지만 그렇게 딱 잘라서 말할 것도 없는데……. 어쩌면 한 명 정도는…….

……생각해보지만 인형 옷 복장을 한 사람 같은 건 없겠지.

우리가 향한 곳에는 조금 큰 창고랄까, 오두막집 같은 것이 있었다. 뭐지? 소 같은 게 있는 건가?

촌장은 아이들에게 밖에서 기다리라고 했고, 우리는 오두막집 안으로 들어섰다.

"실?"

오두막집에 들어서자 여자들이 실 같은 것을 만들고 있는 게 보였다.

"마을의 특산품이기도 한 누에의 실을 가공하는 중이에요."

이 세계에도 누에가 있구나. 고급 소재잖아. 옷 같은 걸 만드나?

나는 오두막집 안을 둘러봤다. 어쩐지 이상한데……. 오두막집 안에서 위화감이 느껴졌다. 하지만 그 위화감을 알 수가 없었다.

내가 고민하고 있는 동안에도 촌장은 설명을 이어갔다. 누에는 숲속에서 자라고 있다고 했다. 그 누에고치를 마을로 옮겨와 실로 만들고 천을 만든다고 한다.

누에고치…….

아, 그렇구나. 누에고치야. 누에고치가 커. 누에고치가 사람 얼굴보다 컸다. 어째서 이렇게 큰 거지?

위화감은 사라졌지만 새로운 의문이 생겨버렸다.

실과 가공한 천은 왕도에 팔고 있다고 했다. 벽에 있는 선반을 보니 여러 종류의 실과 천이 놓여 있었다.

"유나 씨, 이 천, 예쁘지 않아요?"

시아는 하늘색 천을 내게 보여줬다.

"아니야, 이쪽 천이 예뻐."

카틀레야와 시아가 서로 고른 천으로 싸우고 있었다. 내게는 둘 다 예뻐 보였다. 마릭스와 티몰은 재미가 없는지 가만히 이야기를 듣고 있었다.

이 천이라는 거, 기념품으로 사 갈 수 있나? 돌아갈 때 물어보기라도 할까?

오두막집 안의 설명도 끝나고 밖으로 나왔다.

127 곰 씨, 마을 사람을 구하러 가다

실 작업 현장 견학을 마친 우리는 밖에서 기다리고 있던 아이들과 합류했다. 그리고 또다시 함께 걷기 시작했을 때, 멀리서 비명 소리가 들렸다. 그와 동시에 시아와 카틀레야가 안고 있던 곰돌이과 곰순이가 울기 시작했다.

"마물이다!"

그 외침에 모두에게서 긴장감이 흘렀다. 나는 바로 탐지 스킬을 사용했다. 고블린 반응이 다섯 개 있었다. 게다가 조금 떨어진 곳에서도 세 개의 반응이 있었다. 내가 확인함과 동시에 사람들이 다가왔다.

"무슨 일이냐?"

"촌장님, 밭에 마물이 나타났어요!"

"어떤 마물이지? 수는?"

"고블린이요. 제가 본 건 세 마리예요."

정확하게는 다섯 마리고, 조금 떨어진 곳에 세 마리였는데…….

"남자들을 데려가게."

촌장은 지시를 내렸다.

"우리도 갈게요."

마릭스가 촌장에게 말했다. 하지만 촌장은 꺼려 했다.

"아뇨, 학생 여러분은 집 안에 있어주세요. 고블린 세 마리라면 저희끼리라도 어떻게든 할 수 있어요."

탐지 스킬을 확인해 보니 고블린들이 한곳에 모이기 시작해 다섯 마리가 여덟 마리로 늘어났다. 이건 위험할지도 몰라.

"시아."

작은 목소리로 시아를 불렀다.

"왜 그러세요?"

"마릿수가 여덟 마리가 됐어. 시아의 판단에 맡길게. 뭣하면 내가 다녀오거나."

"……아뇨, 저희가 갈게요."

"하지만, 실전 훈련과는 상관없어."

"지금, 유나 씨의 이야기를 듣지 않았다면 아무것도 하지 않고 돌아갔을 거예요. 하지만 이야기를 들은 이상 그렇게는 못 하죠."

시아는 곰돌이를 내게 건네더니 마릭스와 아이들이 있는 곳으로 갔다.

"고블린의 수가 늘어난 모양이니까 우리도 가자."

"시아?"

"시아?"

시아의 말에 마릭스와 일행이 놀랐다.

"마릭스, 그 검은 장식품인 거야? 티몰도 뭐 때문에 마법이 있는 거지? 카틀레야……."

"말하지 않아도 알아. 스스로를 지키고, 약자를 지키기 위한 힘이야."

카틀레야는 돌아서서 내게 곰순이를 건넸다.

"그렇지, 가자!"

마릭스가 외치더니 마을 남자들이 향한 곳으로 달리기 시작했다.

촌장은 막으려 했지만 네 사람에겐 들리지 않았다. 나 역시 학생들을 가게 내버려 두고 혼자 남아 있을 수는 없었다. 나는 곰돌이와 곰순이를 내려놓고 그 뒤를 따라갔다.

내가 도착했을 땐 고블린들과 마을 사람들이 대치하고 있었다.

마릭스가 지시를 내리자, 네 사람은 옆으로 흩어져 확실하게 고블린을 쓰러뜨려 갔다. 고블린 여덟 마리 정도라면 충분히 대처할 수 있었다. 마지막엔 마을 사람들과 협력을 했고, 고블린들을 모두 쓰러뜨렸다.

응, 내가 나설 일은 없었네.

점심 식사는 마을에서의 감사 인사를 겸해서 대접을 받았다.

"마물을 쓰러뜨려 주셔서 고맙습니다. 덕분에 큰 피해도 생기지 않았어요."

"평소에 이번 일처럼 마을 근처까지 마물들이 나타나나요?"

"아뇨, 조금 떨어진 숲속에서 발견한 적은 있지만 마을 주위에까지 오는 일은 없었어요. 마물도 바보가 아닌걸요. 사람이 많은 곳에는 다가온 적이 없어요."

"그렇지만 숲속에서는 발견했다는 건가요?"

"네, 최근엔 마릿수가 늘어나고 있다는 보고도 있었어요. 그래서 모험가 길드에 토벌 의뢰를 내보낼까 하고 모두와 이야기를 나누던 중입니다."

촌장이 이야기하는 중에 티몰과 카틀레야, 시아의 시선이 어쩐지 마릭스에게로 향했다.

"뭐야?"

"아니, 마릭스라면, 「내가 갈게」라든가."

"「내게 맡겨」라든가."

"「토벌하고 올게」와 같은 말을 할 거라는 생각이 들어서."

"분명, 습격을 받으면 도와주겠지만, 근처에서 어슬렁거리는 것뿐이잖아. 그런 건 모험가의 일이야."

촌장의 이야기로는 고블린은 꽤 떨어진 곳에서 서식하고 있다고 했다. 하지만 사람들이 살고 있는 이쪽으로 온 적은 없었다고 했다.

모두와 식사를 하면서 이야기를 나누고 있는데 문이 힘차게 열렸다.

"아버지!"

문이 열리더니 한 남자가 집 안으로 달려 들어왔다.

“가란! 무슨 일이냐, 갑자기! 손님들 앞에서—.”

“아버지, 그럴 때가 아니에요! 누에가 자라는 숲 근처에 마물이 나타났어요!”

“뭐라고?!”

“저는 어떻게든 도망쳐 나왔지만, 군과 갤드가 오두막집에 남아 있어요.”

“그래서 마물의 수는?!”

“고블린이 열 마리 이상이에요. 그런데 마을로 돌아오는 중에 몇 마리 더 봤어요. 스무 마리 이상 있을지도 몰라요.”

“또 고블린이라니, 어떻게 된 거야…….”

“아버지, 「또」라니 무슨 말이에요?”

“아까 여기에도 고블린이 나타났다. 그걸 여기에 있는 분들이 쓰러뜨려 주셨지.”

촌장은 일어나 외쳤다.

“지금은 그것보다도 남자들을 모아라! 당장 구하러 가야 해!”

“그래도, 대부분의 남자들은 일을 하러 나갔어요. 지금부터 남자들을 모아도 시간이…….”

아까와는 고블린 수가 달랐다. 배가 되거나 그 이상이었다. 초보자 몇 명 정도로 고블린에게 싸움을 걸면 오히려 당할 수도 있었다. 쓰러뜨리려면 수를 모아야 했다.

“일단 모을 수 있을 만큼 모아라. 이야기는 그 뒤에 하자.”

이 부분은 모험가인 내가 나설 수밖에 없겠네. 그렇게 생각하고 내가 입을 열려고 한 순간, 마릭스가 의자에서 일어났다.

"우리가 도우러 갈게요."

"마릭스?"

전원이 마릭스의 말에 놀랐다.

"사람들이 마물에게 공격을 당해 곤란해하고 있잖아. 돕는 게 당연한 거지."

"그렇지만 아까는 모험가에게 맡긴다고……."

"이번엔 아까와는 상황이 달라. 지금 사람들이 도망치지 못하고 있어. 당장에라도 가지 않으면 타이밍을 놓칠 수도 있잖아. 마을 사람들이 죽어도 좋다는 거야? 게다가 사람을 모으는 데도 시간이 걸린다면, 바로 도우러 갈 수 있는 우리가 가야지."

마릭스의 말이 맞다. 지금 현재 마물에게 습격을 당하고 있다. 그 오두막집이 언제까지 무사할 수 있을지는 아무도 모른다. 마을 남자들을 얼마나 모을 수 있을지 모르지만, 준비에 시간이 걸린다면 이미 늦을 것이다.

지금은 내가 갈 수밖에 없었다.

"시아와 카틀레야도 마릭스에게 뭐라고 해봐."

내가 가겠다고 말하려는 순간, 이번에는 티몰이 먼저 입을 열었다.

"나는 상관없어."

"카틀레야?"

"이야기에 따르면 고블린인 거잖아. 수가 조금 많은 것 같지만 어떻게든 될 것 같아. 게다가 내가 구할 수 있는 목숨이 있는데 못 본 척할 수 없어. 시아는 어떻게 생각해?"

카틀레야의 물음에 시아는 내 쪽을 힐끔 봤다. 나는 말없이 후드를 깊게 눌러쓰고 아무 말도 하지 않았다. 엘레로라 씨가 자유롭게 두라고 했다. 하지만 위험할 때는 도와주라고 했다. 그래서 학생들이 마물을 쓰러뜨리러 가는 것을 막지 않았다. 자신들 스스로가 생각해서 행동하는 게 실전 훈련이다. 시아와 일행들이 간다고 하면 나는 같이 따라갈 것이다. 또한 시아와 아이들이 가지 않는다고 하면 내가 도우러 갈 것이다.

"시아?"

시아는 카틀레야의 재촉에 다시 한 번 나를 봤다. 그리고 카틀레야와 아이들을 향해 입을 열었다.

"조건을 붙인다면, 나도 좋아."

"조건을 붙여?"

"우선 터무니없는 행동은 하지 말 것. 네 명이 다 같이 행동할 것. 반드시 이길 수 있다는 생각이 들지 않으면 그만둘 것. 그리고, 유나 씨의 곰의 힘 좀 빌릴게요. 마물의 위치를 안다면 위험도 줄어들잖아요."

시아의 제안에 세 사람은 생각에 잠겼다.

"분명 시아의 말대로야. 곰의 힘이 있다면 위험도는 낮아질 거야. 돕는 데 수월해지겠지."

"맞아."

"나도 그 곰의 힘을 빌리는 거라면 가도 좋아. 뒤에서 습격을 당하는 일도 없어질 테니 말이야."

"유나 씨, 그래도 괜찮아요?"

뭐, 곰돌이와 곰순이의 힘은 이미 알고 있으니 거절할 이유가 되지 않았다. 아마 시아는 나를 같이 데려가려는 구실로 그런 말을 했을 것이다. 곰돌이와 곰순이의 힘이 필요하다면 내 동행도 싫다고는 말할 수 없을 테니까. 말다툼이 생기면 그만큼 시간을 잡아먹게 된다.

나는 시아의 제안을 받아들였다.

"좋아."

내가 승낙하자 전원 의자에서 일어나 도우러 갈 준비를 하기 시작했다.

"여러분……."

촌장은 학생들의 행동에 당황했다.

"촌장님, 누군가에게 길 안내를 부탁해도 될까요?"

촌장은 학생들의 얼굴을 봤다.

"생각할 시간이 없어요."

"알겠습니다."

촌장은 조금 전 집에 들어온 아들로 보이는 남자를 향해 말했다.

"가란, 아직 학생들이지만 고블린을 쓰러뜨릴 실력은 가지고 있으시다. 안내해드리렴."

가란이라 불린 남자는 학생들을 바라보고 수긍했다.

"알았어요. 따라와."

"여러분, 무리하지는 말아 주세요."

촌장이 고개를 숙였다.

마릭스와 일행은 서둘러 출발했다.

목적지인 오두막집은 산 중턱 부근에 있다고 하여, 우리는 산 입구까지 마차로 이동했다.

"여기서부터는 마차가 갈 수 없으니 달려가도록 하지."

가란 씨는 마차를 세우고 모두에게 말했다.

가란 씨가 마차에서 내리자 마릭스 일행들도 따랐다. 앞쪽은 사람이 만든 듯한 길이 나 있었다. 확실히 마차는 지나갈 수 있을 것 같지 않았다. 이 길 너머에 마을 사람들이 도망쳐 있는 오두막집이 있다고 했다.

우리는 빠른 걸음으로 길을 나아갔다.

곰돌이와 곰순이는 작은 발로 내 뒤를 따라왔다. 나는 탐지 스킬을 사용했다. 드물지만 마물의 반응이 있었다. 고블린만 있을 거라고 생각했는데 울프의 반응도 있었다.

참고로 곰돌이와 곰순이에게는 마물이 근처에 있을 경우 울부짖도록 부탁했다.

가란 씨를 선두로 길을 달렸다. 길의 폭은 꽤 넓었지만 울퉁불퉁했다.

앞에 고블린 반응이 두 개 있었다. 곰돌이와 곰순이도 그것을 감지한 듯 「크~응」 하고 울었다.

"유나 씨?!"

"마물이 오고 있어."

가란 씨는 걸음을 멈췄고, 마릭스가 앞으로 나갔다.

"오른쪽에서 와!"

나는 고블린이 있는 방향을 소리쳤다. 마릭스와 시아가 오른쪽을 경계하자 숲에서 고블린 두 마리가 나타났다. 마릭스와 시아가 무난하게 한 마리씩 토벌했다.

"유나 씨, 다른 건요?"

"괜찮아, 근처에는 없어."

내 말에 일행은 바로 오두막집을 향해 다시 달리기 시작했다.

모두들 입도 뻥끗 하지 않고 묵묵히 달렸다. 나는 곰 신발 덕분에 피곤하지 않지만, 모두들 약한 소리 한마디 없이 달리고 있었다. 티몰이 약간 고통스러워하는 듯했지만 열심히 마릭스의 뒤를 달렸다.

"또 오른쪽에서 와!"

내 외침에 마릭스와 시아가 대처했고 카틀레야와 티몰이 후방에서 마법으로 보호했다.

"오두막은 아직인가요?"

"곧 나와."

마릭스의 물음에 가란 씨가 대답했다. 내 탐지 스킬에도 사람의 반응이 확인되는 거리까지 왔다. 그 주변에는 마물의 반응도 있었다. 사람들은 오두막집 안에 있기 때문인지 아직 무사한 것 같았다. 늦지 않아서 다행이다.

나 이외의 전원은 숨을 골랐다. 만약 곰 장비 세트가 없었다면 틀림없이 숲속으로 들어서자마자 숨이 차올라 달리는 건 무리였을 것이다. 은둔형 외톨이의 체력 따위, 그런 거다.

모두들 일단 숨을 고르고 수분을 보충했다.

"유나 씨, 대단하네요. 지치지 않으세요?"

"뭐, 모험가이기도 하고, 단련하고 있으니까."

네, 뻥입니다. 단련 같은 거 한 적 없어요. 있어도 작심삼일이죠.

전원이 존경의 눈망울로 쳐다봤다. 그 마릭스조차도 믿기지 않는 듯 나를 바라보고 있었다.

"그럼 가지."

가란 씨를 선두로 다시 달리기 시작했다.

조그만 언덕을 넘자 오두막집이 보였다. 그 주변에는 고블린이 열 마리 정도 있었다.

"마릭스, 어쩌지?"

"서두르지 않으면 오두막집이 무너질 거야. 이대로 쓰러뜨리러 가자. 나와 시아, 카틀레야가 돌진할게. 티몰은 뒤에서 전체의 움직임을 확인하면서 마법으로 보호해줘."

"알겠어."

"그래."

"좋아."

마릭스는 나와 가란 씨에게 숨어 있으라고 말한 후 달려 나갔다. 그렇다고 해서 숨어 있을 수 없었다. 만약의 일을 생각해서 나도 마릭스 일행을 뒤따랐다.

128 곰 씨, 블랙 타이거와 싸우다

고블린들은 오두막집을 치고 있었다. 이미 군데군데 파괴된 곳도 있었다. 하지만 아슬아슬하게 늦지 않은 것 같았다. 고블린들은 오두막집 안으로 들어가는 데 집중하고 있어서 마릭스 일행의 존재를 눈치채지 못했다. 고블린의 수는 모두 열두 마리였다.

마릭스, 시아, 카틀레야가 첫 공격으로 세 마리를 쓰러뜨렸다. 그와 동시에 다른 고블린들이 마릭스 일행의 존재를 알아차렸다.

그러자 티몰이 화염 마법을 날려 고블린들을 분산시켰다. 하지만 고블린 두 마리가 티몰 쪽으로 다가오고 있었다.

"카틀레야! 티몰을 보호해!"

"그럼 이쪽이……!"

그렇다. 카틀레야가 티몰 쪽으로 가면 마릭스와 시아가 일곱 마리를 상대해야 했다.

"나는 괜찮아."

티몰은 마법을 날렸다.

"시아! 카틀레야! 얼른 쓰러뜨리자."

"그래!"

"알겠어!"

마릭스는 검을 휘둘렀고, 시아와 카틀레야는 마법과 검으로 고블린을 쓰러뜨려 갔다. 티몰도 스스로 말한 것처럼 혼자서 고블린 두 마리를 상대했다. 하지만 그중에 한 마리가 나와 가란 씨 쪽으로 다가왔다.

"아가씨, 위험해!"

내 뒤를 따라오고 있던 가란 씨가 내 앞으로 나오려 했지만, 나는 바람 마법으로 고블린의 머리를 베었다. 가란 씨가 그런 나를 놀란 눈으로 쳐다봤다.

추가로 다섯 마리가 나타났지만, 기습이 성공한 덕도 있어서 고블린을 전멸시킬 수 있었다.

"이걸로 끝인가?"

"그런 것 같네."

가란 씨는 고블린들이 쓰러진 것을 확인하고 오두막집을 향해 소리쳤다.

"군! 갤드!"

가란 씨의 외침에 망가진 오두막집에서 남자 두 명이 주위를 확인하며 나왔다.

"가란?"

"이제 괜찮아. 고블린은 왕도에서 온 학생들이 쓰러뜨려 줬어. 늦지 않아 다행이야."

세 사람은 서로 무사한 것을 확인하고 부둥켜안았다.

"덕분에 살았어. 고마워."

그들은 마릭스 일행에게 감사 인사를 했다.

“그렇지만 어째서 고블린이 이쪽에 나타난 거지?”

“몰라. 어쩌면 고블린이 거처로 삼고 있던 곳에서 무슨 일이 있었던 걸지도 모르지.”

가장 가능성이 있는 건 모험가 토벌에서 도망쳐 온 것이다. 아니면, 더 강한 마물이 나타나 거처에서 쫓겨났다거나.

내가 그런 생각을 하고 있는데 숲속에서 울부짖는 소리가 들려왔다. 그와 동시에 곰돌이와 곰순이가 「크~응!」 하고 크게 울었다.

“유나 씨!”

심상치 않은 곰돌이와 곰순이의 울음소리에 시아가 소리쳤다.

나는 탐지 스킬을 발동했다.

뭐야?!

멀어. 탐지 스킬 범위 안에 들어왔을 거라 생각했는데, 엄청 먼 곳에서 이쪽으로 오고 있었다.

“모두 도망쳐. 아니, 안 돼.”

주위를 둘러싸듯 몇십 마리의 울프가 다가오고 있었다. 그 수는 점점 늘어났다. 나 혼자라면 어떻게든 하겠는데, 사각이 많은 숲속에서 모두를 지키면서 싸우는 건 어려웠다.

이런저런 생각을 하는 동안 탐지 스킬에 들어온 마물은 엄청난 스피드로 우리 쪽을 향해 오고 있었다. 나타날 방향은—.

“모두들, 오두막집에서 떨어져!”

나는 소리쳤다.

“유나 씨!”

시아의 외침과 동시에 오두막집이 파괴됐다.

“뭐야!”

파괴된 오두막집 안에서 나온 것은 칠흑의 가죽으로 둘러싸인 커다란 타이거였다.

“어째서 저런 게 있는 거지?!”

“거짓말이지……?”

시아와 일행은 믿기지 않는 것을 보는 듯한 눈이었다. 믿고 싶지 않겠지. 그곳에는 평소의 곰돌이와 곰순이보다도 커다란 새까만 털에 휘감겨 있는 짐승이 있었다.

얼굴은 흉악했고, 커다란 이빨이 마릭스 일행이 쓰러뜨린 고블린을 잘근잘근 씹고 있었다.

“……블랙 타이거.”

시아가 검은 짐승의 정체를 입에 담았다.

그렇다. 고블린을 날카로운 발톱으로 찢고, 커다란 입으로 으르렁거리는 블랙 타이거가 그곳에 있었다.

주위는 울프에게 둘러싸였다. 잘못 움직인다면 습격을 당할 것이다. 탐지 스킬 바깥에서도 점점 울프가 모이고 있어, 그 수는 백 마리 이상이 되어 있었다.

그나저나 블랙 타이거의 이동 속도는 빨랐다. 곰돌이와 곰순이가 반응하고, 내가 탐지 스킬로 확인하고 1분도 되지 않아 나타났다.

"어째서 저런 짐승이 있는 거지?"

마릭스가 작은 목소리로 입을 열었다.

그 의문에 대답할 수 있는 사람은 없었다. 모두 조용히 고블린을 잡아먹고 있는 블랙 타이거를 보고 있었다.

"일단 지금은 도망치자."

"움직이면 안 돼."

나는 저지했다. 마릭스가 몸을 조금 움직인 순간 블랙 타이거는 코를 씰룩씰룩 거리면서 이쪽의 냄새를 맡고 있었다.

우리를 인식하는 것도 시간문제였다.

"마릭스……."

티몰과 카틀레야가 걱정하듯 마릭스를 바라봤다. 역시, 파티 리더인 마릭스에게 행동을 맡기는군. 그렇지만 이 상황에서 경험이 적은 학생에게 묻는 건 너무한걸.

이건 내가 상대할 수밖에 없었다.

블랙 타이거와 울프를 이곳에서 쓰러뜨리지 않으면 마을에 피해가 생길 것이다. 만약 마을까지 도망칠 수 있다고 해도 블랙 타이거와 백여 마리의 울프를 마을로 불러들이는 꼴이 된다. 그렇게 된다면 마을 사람들이 얼마나 죽을지 모른다. 마을에는 어리고 저항이 불가능한 아이들과 여자들도 있었다.

정말, 이곳에서 블랙 타이거를 쓰러뜨릴 수밖에 없다.

내가 그렇게 설명하려는데 마릭스가 침을 삼켰다. 그리고 무언가를 결심한 표정으로 입을 열었다.

"내, 내가 미끼가 될게. 그동안 도망쳐."

"마릭스?!"

전원이 마릭스의 말에 놀랐다.

물론 나도 놀랐다. 설마 마릭스가 그런 말을 할 거라곤 생각도 못했다.

"이번 일은 내가 정한 거야. 책임을 질게."

"그건 모두와 이야기를 나눈 결과잖아. 마릭스의 책임이 아니야."

전원 수긍했다.

"하지만 이대로라면 모두 죽게 될 거야."

"그건……."

블랙 타이거는 고블린을 먹으면서 주위로 신경을 돌리고 있었다. 우리가 도망치려고 한다면 덮쳐 오겠지.

"내가 조금이라도 시간을 벌 테니까 도망쳐."

"그렇다면 모두가 도망치면—."

"저게 도망치게 둘 거라 생각해?"

게걸스럽게 고블린을 먹는 블랙 타이거의 모습을 보고 모두가 침을 삼켰다.

"그러니까 너희는 가란 씨 일행을 데리고 도망가. 내가 조금이라도 시간을 벌고 있을 동안에."

드디어 모험가인 내 순서네. 호위로서의 내 역할이 나왔다. 그렇게 내가 입을 열려는 순간, 이번에도 티몰이 먼저 입을 열었다.

"마릭스, 나도 남을게."

"티몰……."

"여자애들을 죽게 내버려 둘 수는 없잖아. 둘이서 미끼가 되면 그만큼 시간을 벌 수 있을 거야. 누가 먼저 습격을 당해도 원망하긴 없기야."

"티몰, 멋있는 말을 하고 있지만 손이 떨고 있어."

티몰의 지팡이를 쥔 손이 떨리고 있었다. 떨리는 것은 손만이 아니었다. 서 있는 다리도 떨리고 있었다.

"하하, 마릭스도 떨고 있어."

서로 웃고는 있지만 웃음에 힘이 없었다. 하지만 두 사람은 우정을 서로 확인하며 웃고 있었다.

나는 이 진지한 상황에 곰 인형 옷차림으로 끼어들어야 하는 거지? 엄청 끼어들기 어려운데…….

"우리가 공격을 하면 뛰어. 알겠지?"

마릭스는 시아와 일행을 향해 말했다.

"마릭스, 티몰……."

카틀레야는 입술을 깨물었다. 가란 씨와 다른 사람들은 어쩌면 좋을지 몰라 하며 입을 열지도 못했다. 그러던 중 시아가 떨리는 손으로 내 손을 잡았다.

"유나 씨……."

시아가 굳은 얼굴로 나를 봤다. 나는 그런 시아를 향해 싱긋 미소 지었다.

"티몰, 가자."

"으, 응."

두 사람이 움직이려는 순간, 나는 곰 인형 장갑으로 두 사람의 옷을 잡았다.

"뭐야?!"

"백 마리가 넘는 울프들이 주변을 둘러싸고 있으니까 시아와 다른 사람들도 도망칠 수 없어. 도망치는 게 가능하다고 해도 울프 무리를 마을로 불러들이는 꼴이 될 거야."

"그럼……."

"이 부분은 내 일이야."

당연히 두 사람을 가게 둘 수는 없었다.

"무슨 말을 하는 거야."

"지금부터는 모험가의 일이라고. 너희를 지키는 게 내 일이야."

"이봐, 네가 이길 수 있을 리가 없잖아."

나는 한 발 앞으로 나아갔다. 그런 내 곰 옷을 마릭스가 붙잡았다.

"괜찮아."

나는 곰돌이와 곰순이를 원래 크기로 되돌렸다.

"곰돌이, 곰순이. 모두를 지켜줘."

곰돌이와 곰순이는 맡겨달라는 듯 「크~응」 하고 울었다. 나와 시아를 제외한 전원이 커진 곰돌이와 곰순이를 보고 놀랐지만, 설명하고 있을 시간이 없었다.

"모두들, 곰돌이와 곰순이에게서 떨어지면 안 돼요. 옆에 있으면 안전할 테니까."

"유나 씨……."

시아가 나를 걱정스럽게 바라봤다.

"시아, 모두를 부탁할게."

"네, 힘내세요."

나는 손을 올리는 것으로 대답했다.

"시아, 너도 무슨 말을 하는 거야?! 저런 곰한테!"

"마릭스, 여기는 유나 씨를 믿어줘."

"그럴 수 있을 리가 없잖아! 내 책임인데."

"괜찮아. 유나 씨를 믿어."

마릭스와 일행은 시아에게 맡기고, 나는 혼자서 블랙 타이거와 대치했다.

블랙 타이거는 나를 보더니 고블린을 먹는 것을 멈췄다. 그리고 상황을 살피듯 내게 시선을 줬다.

이렇게 눈앞에서 보니 블랙 타이거가 크게 느껴졌다. 일전에 쓰러뜨린 타이거 울프보다도 한 단계나 두 단계 정도 더 컸다. 그리고 얼굴도 흉악했다.

같은 짐승이라도 곰돌이와 곰순이의 귀여운 얼굴을 본받았으면 좋겠다.

상황을 지켜보던 블랙 타이거는 나를 포획물로 인식한 건지 으르렁거린 순간 점프를 해서 한 번에 거리를 좁혀왔다. 그리고 곧바로 날카로운 이빨로 공격을 했다.

나는 오른쪽으로 커다랗게 스텝을 밟아 그 공격을 피했다.

빠르다.

타이거 울프보다 빠르고 강했다. 하지만 나도 그때보다 강해졌다. 쓰러뜨리기만 한다면 아무것도 문제될 건 없다. 화염 곰을 쏘아대면 끝이다. 문제는 화염 곰을 사용하면 분명 검고 화려한 털가죽이 타버린다는 것이다. 저 털가죽은 깔개로 갖고 싶은데. 가능하다면 상처 없이 갖고 싶었다. 검을 사용하면 털가죽에 구멍이 생길 테고……. 바람 마법도 마찬가지였다. 얼음 마법을 머리에 쏘아도 구멍이 생기고…… 역시 물 마법으로 질식사를 시켜야 하나?

블랙 타이거의 공격을 피하면서 그런 생각을 했다.

시험 삼아 흙 마법으로 움직임을 봉하려고 했지만 움직임이 빨라 붙잡을 수가 없었다. 지면에서 나오는 공격은 전부 피했다.

그렇다면 이거는 어떠냐……!

블랙 타이거가 움직이는 타이밍에 맞춰 바람 마법으로 지면에서부터 바람을 감아올렸다. 블랙 타이거는 지면에서 올라오는 힘을 느끼고 크게 점프를 해서 피하려고 했지만, 바람 마법이 블랙 타이거를 공중으로 날려버렸다.

끈 없는 번지 점프였다.

블랙 타이거는 빙글빙글 회전하면서 꽤 높은 곳까지 날아 올라갔다. 저 높이에서 떨어진다면 상처 없이 끝나지는 않을 터— 하지만 블랙 타이거는 공중에서 몸을 가누더니 고양이처럼 깔끔하게 착지했다.

진짜냐…….

저 높이에서 떨어졌는데 상처 하나 없다니, 골절 정도는 해줘야지.

블랙 타이거는 착지와 동시에 내게 달려들었다. 그에 바로 흙벽을 만들어 진로를 막았지만, 블랙 타이거는 벽을 피해 돌아들어왔다. 나는 그 타이밍에 맞춰 블랙 타이거의 미간에 곰 펀치를 날렸다.

블랙 타이거는 후방으로 날아가 지면을 미끄러지듯 구르더니 나무에 부딪혀 멈췄다. 하지만 아무 일도 없었다는 듯이 다시 일어났다. 명중하는 순간 치명상을 입지 않도록 피했구나.

생각보다 강해.

으음, 깨끗한 상태로 토벌하는 건 무리인가. 움직임이 빨라서 골렘으로 누르는 것도 불가능하고……. 조금 전의 끈 없는 번지 점프로 부상이라도 당했다면 간단하게 쓰러뜨릴 수 있었을 텐데…….

그럼, 이제 어쩌지?

129 곰 씨, 블랙 타이거와 울프를 쓰러뜨리다

역시, 포기할 수밖에 없나? 깨끗한 상태의 검은 털가죽을 원했는데, 약간의 상처는 받아들여야 할지도 모르겠다.

블랙 타이거의 움직임은 빨랐고, 마법 인지 능력도 높았다. 두 번째 번지 점프도 당해주지 않았다. 바람을 일으켜도 피했다. 두 번째가 먹히지 않는다는 건 어느 별의 성투사인 거야. 너 호랑이잖아.

공기탄은 피해버리고, 치명상이 될 일격을 날릴 수도 없었다. 나는 곰 박스에서 검을 꺼냈다.

그럼, 베는 건 가능할까?

내가 검을 쥐자, 블랙 타이거는 지그재그로 이동을 하며 내게 다가왔다. 날카로운 이빨이 내게 공격을 가해 왔다. 나는 도망치는 대신 검으로 막아버렸다. 그러자 그 힘에 눌려 기마자세가 됐다. 블랙 타이거는 나를 물려고 했지만 철검에 막히자 철검을 씹었다. 눈앞에서 캉캉 소리가 울렸다.

나는 다리를 굽히고 블랙 타이거의 배를 있는 힘껏 차올렸다. 블랙 타이거는 공중으로 날아올랐지만 휙 하고 돌아 깔끔하게 착지했다.

나는 왼손으로 검을 쥐고 오른손은 언제든지 마법을 사용할 수 있도록 준비했다.

블랙 타이거는 천천히 내 주위를 돌기 시작했다. 마치 품평을 당하는 느낌이 들었다. 실제 곰으로 착각하고 있진 않겠지. 나를 먹어도 맛있지 않단다.

그런 내 마음이 통할 리도 없고, 블랙 타이거는 조금씩 거리를 좁혀 왔다.

내 공격도 그렇지만 블랙 타이거의 공격은 어느 것 하나 내게 치명적인 대미지를 입히지 못했다. 그 분노 때문인지 아까 전부터 그르렁거리며 이빨이 드러날 정도로 화를 내고 있었다.

곰 치트 능력이 없었다면 무서웠겠지. 곰 장비와 마법이 내게 안도감을 줬다. 만약 이것들이 없었다면 패닉에 빠졌을 거다. 아니, 애당초 이런 곳에 없었겠지.

블랙 타이거는 내 뒤로 돌아선 순간, 곧바로 달려들었다. 뒤를 돌아보지 않았던 것은 단조로운 공격을 이끌어내기 위함이었다. 내가 뒤를 돌아보자 커다란 입이 나를 물어뜯으려 하고 있었다.

나는 왼손의 흰 곰 인형 장갑에 물려 있는 검을 블랙 타이거의 입을 향해 내질렀다. 그러자 블랙 타이거가 검을 물어 막았다. 내가 검을 밀어 넣으려 하자 검 중간 부분이 깨졌다.

위험해. 평범한 철검으로는 블랙 타이거의 이빨을 이길 수 없었다.

블랙 타이거의 날카로운 이빨이 나를 덮쳐 왔다. 나는 순간적으로 왼손의 흰 곰 인형 장갑을 내밀어 이빨을 막았다. 블랙 타이거는 흰 곰 인형 장갑을 물었다.

아파, 아파, 아파, 아파? 안 아프네?

블랙 타이거는 침을 흘리면서 곰 인형 장갑을 질겅질겅 씹었지만 아프지 않았다. 과연 치트 방어구다.

나는 곰 인형 장갑을 씹고 있는 블랙 타이거의 입속으로 막무가내로 곰 인형 장갑을 쑤셔 넣고, 그곳에 마력을 모아 화염 마법을 쐈다.

화염은 블랙 타이거의 입안, 목, 폐, 내장을 태워갔다. 살을 내어주고 뼈를 취한다— 이번엔 내가 살을 내어주지 않았으니 『살도 내어주지 않고 뼈를 취한다』라는 게 되려나? 블랙 타이거의 깨무는 힘이 점점 빠지고, 쓰러져 가는 블랙 타이거의 몸이 나를 짓눌러 왔다.

무겁진 않지만 기분적으로 무거워. 나는 블랙 타이거를 옆으로 내팽개쳤다. 쿵 소리를 내며 블랙 타이거가 지면에 나뒹굴었다.

무사히 토벌이 종료됐다.

“유나 씨!”

내 이름을 부르는 목소리가 들려왔다. 목소리가 들린 쪽을 보자 시아가 걱정스러운 표정으로 달려왔다.

"유나 씨, 괜찮으세요?"

"끝났어. 약간 시간이 걸렸지만."

조절을 했다고 해도 쓰러뜨리는 데 고생 좀 했다. 하지만 이것으로 블랙 타이거의 털가죽을 가질 수 있었다. 돌아가면 피나에게 해체를 부탁해야지.

"믿을 수 없어. 저 블랙 타이거를 혼자서 쓰러뜨리다니……."

시아에 이어서 카틀레야와 마릭스, 티몰, 그리고 가란 씨와 그의 친구들이 다가왔다. 마지막으로 호위를 하고 있던 곰돌이와 곰순이가 왔다. 내 부탁대로 모두를 잘 지켜주고 있었던 모양이다.

"모두를 지켜줘서 고마워."

나는 곰돌이와 곰순이의 목덜미를 부드럽게 쓰다듬어주었다.

다른 사람들은 지면에 쓰러져 있는 블랙 타이거를 믿을 수 없다는 듯 보고 있었다.

"정말 죽은 건가?"

"믿기지 않아."

"모두, 아직 끝나지 않았어요."

내 시선이 향한 곳 너머에는 울프 무리가 있었다. 그것도 한두 마리가 아니었다. 백 마리가 넘는 울프가 주위를 둘러싸고 있었다. 내가 블랙 타이거와 싸우고 있는 동안 울프의 울음소리가 멀리서 여러 번 들려왔다. 아마 동료들을 불러들인 거겠지. 블랙 타이거가 쓰러지면 울프들이 도망칠까 생각했지만 그러지 않았다.

오히려 수가 늘어나 있었다.

"유나 씨, 울프가……."

시아가 불안한 듯 울프 무리를 바라봤다. 울프가 한 마리씩 나무 그늘에서 나타났다.

"이렇게나 많이……."

"곰돌이, 곰순이, 모두를 조금만 더 부탁할게."

"유나 씨?"

"조금 더 일하고 올게."

"그렇다면 우리도……! 울프 정도라면 쓰러뜨릴 수 있어."

"거치적거려."

"그, 그런……."

"방해하면 곰돌이와 곰순이에게 누르고 있으라고 할 거야."

내 말에 곰돌이는「크~웅」하고 마릭스 앞에 섰다.

"곰돌이, 곰순이, 만약 제멋대로 움직인다면 눌러버려도 돼."

나는 곰돌이와 곰순이에게 부탁을 하고 혼자서 울프 무리를 향해 달려갔다.

울프 토벌은 내 일방적인 싸움이 됐다. 공격이 먹힌다는 건 좋은 거구나. 마법을 날리면 명중했다. 공격을 하면 확실하게 수가 줄어들었다. 울프 토벌은 블랙 타이거를 쓰러뜨렸던 것만큼 시간을 들이지 않고 끝났다.

"끝났어. 이제 주위에 마물이 없으니 안전해."

"……."

마릭스가 무언가 말하고 싶은 듯 나를 바라봤다.

"왜 그래?"

"더, 덕분에 살았어. 고마워."

마릭스가 말을 웅얼거리며 고맙다고 말했다.

"맞아요. 유나 씨, 고마워요. 덕분에 살았어요."

"유나 씨, 고마워요."

"그, 고마워요."

여자아이들이 먼저 감사 인사를 하고 티몰이 이어서 했다. 가란 씨도 믿기지 않는 듯 주위를 둘러보고 내게 고맙단 인사를 했다.

"저기, 고마워. 아가씨 덕분에 군과 갤드가 살았어."

"이 아이들을 지키는 건 제 일이니까요."

나는 학생들을 바라봤다.

마릭스는 여전히 무언가를 말하고 싶은 표정이었다. 하지만 입을 꾹 다물고 있었다.

진짜 모험가라고 생각하지 않았던 나에게 도움을 받아서 복잡한 기분이겠지. 더구나 강하다고는 생각하지 않았을 테고. 엄청 무시하는 발언도 했다.

하지만 이것으로 하나 배웠을 것이다. 사람은 겉모습으로 판단해선 안 된다는 것을…….

나는 블랙 타이거와 울프를 곰 박스에 담고 돌아갈 준비를 했다. 돌아갈 준비라고 해도 마릭스 일행이 쓰러뜨린 고블린의 뒤처리 정도였다. 일단 고블린을 토벌했다는 증거로 마석 채취는 잊지 않았다. 물론, 채취한 건 시아와 다른 학생들이 했다. 무엇이든 경험이지. 참고로 나는 피곤하다고 말하고 그냥 보고 있기만 했다.

마물의 처리를 끝내고 마을로 돌아가려는데 가란 씨가 다가왔다.

"저기, 부탁이 있는데 괜찮을까?"

가란 씨가 말하기 어려운 듯 내게 물어 왔다.

"이 근처에 누에의 서식지가 있는데, 확인하러 가도 될까? 누에의 서식지는 마을의 중요한 장소거든. 부탁할게. 같이 가줘."

가란 씨는 고개를 깊이 숙였다.

마물은 이제 없으니 괜찮지만, 이만큼 많은 마물들에게 습격을 당해서 불안하기도 하겠지.

"저는 괜찮지만, 학생들에게 물어봐 줄래요? 아까도 말한 것처럼 여기에는 학생들의 호위로 온 거거든요."

가란 씨 일행이 마릭스 일행을 바라봤지만 마릭스는 고개를 숙이고 고민하고 있었다. 그런 그를 대신해서 시아가 내게 물었다.

"유나 씨, 위험은 없겠죠?"

"없어. 있어도 내가 지킬 거야."

"그럼 가죠."

시아의 말에 카틀레야와 티몰도 승낙했다. 마릭스는 조그맣게 「알았어」 하고 대답했다.

그렇게 우리는 누에의 서식지로 향했다.

더는 숨길 필요가 없어졌기 때문에, 나는 곰돌이에 올라타 이동했다. 내가 곰돌이에 올라타자 시아와 카틀레야가 부러워했다.

"곰순이에 탈래?"

"괜찮나요?"

"괜찮을까요?"

두 사람은 기뻐하며 곰순이에 올라탔다. 마릭스와 티몰도 부러운 듯 바라보고 있었지만 정원 초과였다.

가란 씨 일행의 안내로 누에의 서식지에 도착했다. 이 세계의 누에는 마물이었구나. 탐지 스킬이 확실하게 반응하고 있었다.

그리고 내 눈앞에는 예상외의 것이 있었다. 1미터 이상의 크기인 누에가 꾸물꾸물 돌아다니고 있었다.

"다행이다. 무사해."

가란 씨 일행은 기뻐하며 누에에게 다가갔다. 누에는 아무 일도 없었던 듯 나뭇잎을 우적우적 먹고 있었다.

주변을 둘러봤지만 피해는 없었다. 습격을 받은 흔적도 없었다.

블랙 타이거는 이곳에 오지 않았던 모양이다. 뭐, 왔다고 해도 벌레를 먹을 거라는 생각은 들지 않지만. 일단 누에에게 피해는 없었다.

그나저나 누에는 기분 나쁘게 생겼네. 게임에서도 그랬지만 곤충형 마물은 싫었다. 도시에서 자라고 은둔형 외톨이였던 나는 곤충과는 접점이 없었기에, 곤충은 질색이다. 그 질색인 곤충이 인간 사이즈로 움직이고 있었다. 게임이 아닌 현실의 모습에 트라우마가 되살아났다.

게임을 할 적에 시크릿 이벤트가 있었다.

이벤트 내용은『바퀴벌레를 퇴치하자』.

이벤트 개시와 동시에 게임은 아비규환이 됐다. 나는 바퀴벌레를 보고 바로 로그아웃을 했지만 며칠 동안 공포로 악몽에 시달렸던 안 좋은 기억이 있다. 바퀴벌레의 크기가 인간 사이즈였던 것이다. 인간 사이즈의 바퀴벌레가 지면을 기어 다니는 모습은 공포 그 자체였다. 이벤트는 바로 중지되었고, 사죄 아이템이 도착했다.

제작자들은 잘도 그런 리얼한 걸 만들었다고 일부 게이머에게 칭찬을 받았지만, 그 정도로 리얼하게 만들지는 말아야지. 소름 돋아~!

그런 일도 있어서 벌레에게는 약한 점이 있다.

그래도 누에는 바퀴벌레와 달리 움직임도 느리고 달려들지도 않아서 악몽에 시달릴 일은 없겠지만, 크기가 역시 생리적으로 받아들일 수 없었다.

나는 누에에게서 시선을 돌리고 고치를 봤다. 고치도 크다. 누에가 커서 고치도 컸구나. 수수께끼는 풀렸지만 알고 싶지 않은 사실이었다.

무사히 누에 확인을 마친 우리는 마을로 돌아갔다.

130 마릭스, 곰 씨의 싸움을 지켜보다

“모두들, 오두막집에서 떨어져!”

곰 녀석의 외침과 동시에 우리의 눈앞에 새까만 호랑이가 나타났다. 내 기억이 틀림없다면 분명 블랙 타이거였다. 흉악한 마물이다. 어째서 저런 마물이 여기에 있는 거지?!

도망치려고 했지만 곰 녀석에게 저지당했다. 내가 움직인 순간 블랙 타이거의 얼굴이 이쪽을 향했다.

우리는 움직일 수 없었다. 한 발자국이라도 움직인다면 습격을 당할 게 틀림없었다.

블랙 타이거는 고블린을 먹고 있었다. 우리도 잡아먹히는 건가……. 모두에게로 시선을 돌리니 새파랗게 질린 얼굴로 공포에 떨고 있었다. 어쩌면 좋지……. 이대로라면 분명 모두 공격당할 거야.

“…….”

목이 타들어 갔다. 나는 침을 삼키고 결심했다.

“내, 내가 미끼가 될게. 그동안 도망쳐.”

내가 미끼가 되어 시간을 벌 수 있다면 나머지는 도망칠 수 있을지도 모른다. 내 말에 모두가 놀랐다. 시아가 막았지만 이대로라면 모두 죽임을 당할 것이다. 누군가가 남아야 했다.

“마릭스, 나도 남을게.”

"티몰……"

"여자애들을 죽게 내버려 둘 수는 없잖아. 둘이서 미끼가 되면 그만큼 시간을 벌 수 있을 거야. 누가 먼저 습격을 당해도 원망하긴 없기야."

티몰이 떨리는 목소리로 말했다. 무서우면서 무리하고 있는 게 보였다. 하지만 그 말은 기뻤다.

"티몰, 멋있는 말을 하고 있지만 손이 떨고 있어."

그건 나도 마찬가지였다. 내 손도 떨리고 있었다. 우리는 서로의 얼굴을 보며 웃었다.

그렇게 결심을 하고 티몰과 달려 나가려는 순간, 곰 녀석에게 저지당했다. 백 마리가 넘는 울프가 주변을 둘러싸고 있기 때문에 도망칠 수 없다고 한다. 설령 도망치는 데 성공한다고 해도 울프와, 최악의 경우 블랙 타이거까지 마을로 끌어들이는 꼴이 된다고 했다.

그러면 어떻게 해야 하는 거냐고!

우리가 절망에 빠져 있는데 곰 녀석이 바보 같은 소리를 했다. 내가 싸울게, 라고.

눈앞에 있는 흉악한 블랙 타이거가 안 보이는 건가. 너 같이 이상한 복장을 하고 있는 여자가 이길 수 있는 마물이 아니야.

물론, 나라고 이길 수 있는 건 아니다. 만약 싸우게 된다면 한 순간에 죽임을 당할 것이다. 운이 좋아도 첫 공격을 피하고 몇 분

시간을 벌 수 있는 정도일 것이다.

하지만 곰 녀석은 우리를 지키는 것이 일이라고 했다. 이름뿐인 모험가 랭크 C가 마물에게 통할 거라고 생각하나. 나는 분노를 숨길 수 없었다.

하지만 그 마음도 곰들의 행동으로 인해 사라져버렸다. 곰 녀석 옆에 있던 작은 펫 곰들이 갑자기 커진 것이다.

뭐야, 무슨 일이 일어난 거야? 모두 놀라고 있는데 시아만 놀란 기색이 없다.

곰 녀석은 시아와 펫 곰들에게 우리의 호위를 부탁한다고 말하고는 혼자서 블랙 타이거를 향해 다가갔다. 진심으로 블랙 타이거와 싸울 작정인 것 같다.

나는 곰 녀석을 향해 손을 뻗었지만 내 손은 허공을 갈랐고, 곰 녀석의 옷을 붙잡지는 못했다.

"마릭스……."

티몰이 걱정스러운 목소리로 말을 걸었다. 우리도 같이 가야 하나……. 내가 몸을 움직이려고 한 순간, 검은 펫 곰이 내 앞을 막듯 움직였다. 그리곤 「크~응」 하고 울었다.

저 곰 녀석이 아니니 무슨 말을 하고 있는지는 알 수 없었다. 하지만 안다. 검은 펫 곰은 우리를 못 가게 막고 있었다.

"뭐야, 비켜! 네 주인님이 죽을지도 모른다고!"

하지만 검은 펫 곰은 꿈적도 하지 않았다.

"마릭스, 진정해. 유나 씨가 한 말이 사실이라면 울프가 근처에 있으니까."

"젠장!"

나는 곰 녀석에게로 시선을 돌렸다.

블랙 타이거는 곰 녀석이 다가가자 으르렁거리더니 고블린을 먹고 있던 것을 멈췄다. 이빨을 드러내고 당장에라도 곰 녀석에게 공격을 가할 것 같았다. 여기에 있어도 무서워. 다리의 떨림이 멈추질 않았다. 그런데 저 돼먹지 않은 복장을 한 곰 녀석은 블랙 타이거를 향해 걸어가고 있다. 나는 아무것도 할 수 없었다. 무력했다.

우리가 지켜보는 가운데 싸움이 시작됐다. 곰 녀석이 공격을 가했다. 그 후엔 꿈을 꾸고 있는 듯한 광경이 펼쳐졌다.

블랙 타이거와 대치한 곰 녀석은 호각의 싸움을 하고 있었다. 블랙 타이거의 공격을 피한 곰 녀석은 마법을 날렸다. 죄다 강력한 마법이었다. 게다가 저 움직임은 뭐지? 블랙 타이거의 빠른 움직임에 뒤처지지 않아. 공격을 하고 공격을 피하는, 그런 공방이 이어졌다.

"시아, 너는 알고 있었던 거야?"

저 곰에 관해 알고 있었던 것 같은 시아에게 물었다. 처음에 저 곰을 봤을 때부터 시아만은 반응이 달랐다. 곰을 보는 눈이 달랐다. 내가 곰 녀석을 시아에게 맡겼을 때 기뻐하며 받아들였다. 시아는 무언가를 알고 있었다.

"시아, 알려줘."

시아는 내 물음에 조금 고민했지만 이내 입을 열었다.

"유나 씨에 관해서는 전부터 알고 있었어."

"역시 알고 있었군. 정말 저 곰은 랭크 C인 모험가인 거야?"

"맞아. 유나 씨는 실력으로 랭크 C가 된 모험가야. 결코 이름만 모험가인 게 아니야."

시아의 말이 나는 믿기지 않았다. 하지만 눈앞의 공방을 보면 거짓말은 아니란 걸 알 수 있었다.

"저 블랙 타이거에게 이길 것 같아?"

현재 양쪽 모두 치명상은 주지 않은 상태였다. 좀 더 자세히 보면 곰 녀석 쪽이 밀리고 있었다.

"몰라. 하지만 유나 씨는 강해. 유나 씨는 혼자서 고블린 백 마리 토벌, 고블린 킹 토벌, 타이거 울프 토벌, 블랙 바이퍼 토벌, 게다가 자몬 도적단을 괴멸시켰다고 해. 이 외에도 우리 아버님과 어머님은 무언가를 숨기고 있는 것 같긴 한데……."

"농담이겠지……."

고블린 백 마리, 고블린 킹, 타이거 울프, 블랙 바이퍼, 자몬 도적단 토벌.

자몬 도적단에 대해서는 성에서 기사로 일하고 있는 아버지에게서 들었다. 국왕 폐하의 탄신제 때를 노리고 나타난 도적단으로, 들리는 바로는 한 모험가가 도적단 무리 중 일부를 붙잡은 덕분에 아지트를 알게 돼 토벌할 수 있었다고 들었다. 아버지도 거기에 참가해 며칠 동안 집을 비웠다.

들은 이야기로는 아지트에 남아 있던 도적은 많은 수는 아니었다고 했다. 메인이었던 도적은 모험가에 의해 토벌된 뒤였다고 했다. 그걸 저 곰이 혼자서 했다고?

게다가 블랙 바이퍼? 시아, 무슨 말을 하는 거야.

"거짓말이지?"

믿기지 않았다. 믿고 싶지 않았다. 저 당치도 않은 곰 복장을 한 여자가 그렇게 세다니. 하지만 눈앞에서는 고도의 마법을 사용하는 싸움이 계속해서 펼쳐지고 있었다.

애당초 블랙 타이거가 무섭지 않은가? 우리가 아무것도 하지 못하고 그저 보고 있는 동안에도 곰 복장을 한 여자는 혼자서 블랙 타이거를 상대로 싸우고 있었다. 나보다도 작았고, 나보다도 연하인 소녀였다.

"하지만 시아, 어째서 유나 씨가 강하다는 걸 알려주지 않은 거야?"

"조용히 있는 게 내 시험 중 하나였어. 유나 씨는 저런 옷차림을 하고 있으니 분명 마릭스를 포함한 너희와 트러블이 생기겠지. 그것을 틀어지지 않도록 잘 조율하는 것이 시험이었어."

“어째서 또 그런 걸…….”

“남들 위에 서는 사람은 할 수 있는 말과 할 수 없는 말이 있어. 그렇지만 부하와 동료 간에 불화를 일으킬 수는 없지. 그 훈련의 일환이었어. 게다가 모두에게 말해도 안 믿을 거잖아.”

“…….”

분명 믿지 않았을 것이다. 저런, 이상한 옷차림을 한 곰이 강하다고는 생각하지 않는다. 나보다 작은 여자아이가 강할 거라고도 생각하지 않는다. 모험가 랭크 C라고 들어도 믿지 않았다. 연하의 학생 정도로밖에 생각하지 않았다. 어떤 과제 중 하나일 거라 생각했다. 그래서 시아에게 지키도록 말했던 거다. 하지만 실제로는 그 반대였다. 우리가 보호받고 있었던 것이다.

“이건 내 상상인데, 유나 씨가 호위 역으로 참가하면 겉모습 때문에 아무도 호위 역할이라 생각하지 않을 거잖아? 어머님은 그 상황에서 모두가 유나 씨를 어떻게 대할지 즐기려고 꾸민 일이었다고 생각해.”

엘레로라 님이라면 그럴 법했다. 나도 곰이 호위 역이라고는 생각하지 않았다.

“더욱이 어머님도 블랙 타이거와 조우할 거라고는 생각하지 못했겠지만 말이야.”

이런 마물이 나타날 걸 누가 상상을 하겠냐.

그리고 누가 믿겠어. 나보다도 작은 곰 옷차림을 한 여자아이가 블랙 타이거와 호각으로 싸우고 있다는 사실을 말이다. 분명 이 일을 다른 사람에게 말해도 믿을 사람은 한 명도 없을 것이다.

나도 실제로 보지 않았다면 웃으면서 무시했을 거다. 있을 수 없는 일이라고.

그러나 눈앞에서 우리를 지키기 위해 곰 옷차림을 한 여자아이가 혼자서 싸우고 있었다.

우리는 조용히 곰을……, 아니, 유나 씨를 지켜보았다. 내가 할 수 있는 일은 아무것도 없었다.

유나 씨와 블랙 타이거의 싸움은 계속됐다.

유나 씨는 우리를 지키기 위해 블랙 타이거와의 싸움을 이어갔다. 날카로운 발톱을 피하고 뾰족한 이빨을 피했다. 유나 씨의 움직임은 빨랐고, 날리는 마법은 모두 강력했다.

대체 뭐지? 어떻게 하면 사람이 저렇게 빠르게 움직일 수 있는 거지? 어떻게 하면 저렇게 빨리 마법을 발동시킬 수 있는 거지? 어떻게 하면 저렇게 강력한 마법을 몇 발이고 날릴 수 있는 거냐고.

저런 게 가능한 건 톱클래스인 모험가 정도밖에 없었다.

지금 유나 씨의 싸움을 보면 시아의 말에 거짓은 없었다는 것을 알 수 있었다.

처음엔 같이 싸울 생각이었지만 저 싸움 속으로 들어갈 수는 없었다. 방해가 될지언정 도움이 될 일은 없었다. 입안에 비릿한

맛이 퍼졌다. 아무래도 무심코 입술을 물어뜯은 모양이다. 나는 무력한 인간이다.

"유나 씨!"

시아가 외쳤다. 내가 잠깐 한눈을 판 사이에 블랙 타이거가 유나 씨를 깔아 눕히고 있었다. 게다가 이빨이 유나 씨의 손을 물고 있었다.

나는 돕기 위해 몸을 앞으로 움직였다. 내가 한 발자국 내딛자 유나 씨의 곰이 방해를 했다.

"네 주인님이 위험하잖아!"

나는 소리쳤다. 하지만 곰은 비키지 않았다. 내 시야가 곰에 의해 막혀 있던 순간, 유나 씨가 무언가를 했고, 블랙 타이거는 옆으로 쓰러졌다. 곰의 틈 사이로밖에 보이지 않아서 무슨 일이 일어난 건지 알 수 없었다.

"무슨 일이 일어난 거지?"

"유나 씨가 블랙 타이거의 입안에 손을 넣고 마법을 쐈어."

카틀레야가 설명해줬다.

정말 쓰러뜨린 거야? 블랙 타이거는 움직이지 않았다.

시아가 유나 씨의 이름을 외치면서 달려갔다. 나도 무의식적으로 뛰어가고 있었다.

대단해, 이렇게 강한 모험가라니, 처음 봤어.

나아가 유나 씨는 혼자서 주위에 있는 울프 무리를 토벌하려고 했다.

울프라면 유나 씨를 도울 수 있을 거라 생각했지만, 걸리적거린다는 말을 들었다. 분하지만 사실이겠지. 나는 유나 씨의 곰에게 호위를 받으며, 유나 씨가 울프를 토벌하는 것을 그저 지켜볼 수밖에 없었다.

백 마리 가까이 되는 울프 무리는 유나 씨의 손에 의해 간단하게 쓰러졌다.

131 곰 씨, 마을로 돌아오다

누에의 서식지를 확인한 우리는 마을로 돌아왔다. 곰돌이와 곰순이가 커다란 모습으로 돌아가면 마을 사람들이 놀랄 테니 꼬맹이 크기로 되돌렸다. 마릭스 일행은 놀라고 있었지만 깊게 파고들지는 않았다.

마을 입구에 촌장님과 무기를 가진 몇몇 마을 사람들이 서 있었다.

"가란, 그리고 갤드와 군도 무사했구나."

"학생들과 저기 곰 아가씨가 도와줬어요."

가란 씨가 마릭스와 내게로 시선을 옮기자 촌장이 우리 쪽으로 다가왔다.

"모두들, 마을 사람들을 구해줘서 고맙습니다. 감사의 말로도 다 할 수 없네요."

촌장은 앞에 있는 나를 슥 지나쳐 마릭스 일행의 손을 잡고 몇 번이고 감사 인사를 했다. 딱히 감사 인사를 원한 건 아니지만 씁쓸하네. 마릭스가 마을 사람들을 고블린으로부터 구해준 건 사실이다. 내가 도운 건 마릭스와 시아 일행인 학생들이었다. 마을 사람은 덤이라 생각해도 됐다. 그러니 감사 인사는 마릭스 일행이 받아 마땅할지 모르지만 무시당하는 건 역시 씁쓸하다.

"저희는 딱히, 쓰러뜨린 건……."

몇 번이고 감사 인사를 하는 촌장을 앞에 두고, 마릭스는 슬쩍 내 쪽을 바라봤다.

"아버지, 그들이 군과 갤드를 고블린 무리에서 구해준 건 분명하지만, 그 뒤에 나타난 블랙 타이거를 쓰러뜨리고 백 마리나 되는 울프 무리를 혼자서 쓰러뜨려준 것은 이쪽에 있는 곰 아가씨예요."

가란 씨가 무시당하고 있던 내 공적을 말하기 시작했다. 그러자 촌장이 나와 아들을 바라봤다.

"블랙 타이거라고?"

촌장은 가란 씨의 말에 놀란 표정을 지었다.

"블랙 타이거가 나타난 거야?"

촌장은 가란 씨의 말이 믿기지 않는지 같이 있던 두 사람에게 물었다. 하지만 대답은 같았다.

"촌장님, 믿기지 않는 건 알아요. 저도 이 두 눈으로 봤는데도 믿기지 않는걸요. 하지만 가란이 말한 대로 흉악한 블랙 타이거를 쓰러뜨리고 백 마리가 넘는 울프들을 곰 아가씨가 혼자서 쓰러뜨려 줬어요."

이 자리에 있는 모두가 나를 쳐다봤다.

"뭐, 일반적으론 믿기지 않겠죠."

"나도 안 믿길 거라 생각해요."

"아무도 믿지 못할 거예요."

마릭스 일행에게서도 부정적인 말이 날아왔다.

"하지만 유나 씨가 블랙 타이거를 쓰러뜨려 준 건 사실이에요."

"맞아요. 저희를 지키고, 블랙 타이거를 쓰러뜨리고, 울프 무리를 쓰러뜨린 건 틀림없이 유나 씨예요."

"이 눈으로 봐도 믿기지 않지만요."

다시 한 번 모두의 시선이 내게로 모였다.

"그래서 쓰러뜨린 블랙 타이거는?"

"여기에 있어요."

나는 곰 박스에서 블랙 타이거를 꺼냈다.

"이건……."

촌장은 블랙 타이거를 보고 놀라워했다.

"정말 크네."

최종적으로는 블랙 타이거를 보여주고 아들인 가란 씨와 도와준 두 사람의 증언 덕에 믿어주게 됐다.

그 뒤 가란 씨가 누에 서식지에 대한 보고 등을 했다.

"그렇군, 누에도 무사했구나."

"이것도 학생들과 곰 아가씨 덕분이에요."

"정말 모두들, 고맙습니다."

촌장은 몇 번이고 감사 인사를 했다. 이번엔 제대로 나에게도 감사 인사를 했다.

"하지만 모험가 길드에 의뢰를 해서 숲속을 확인하는 편이 좋아요. 쓰러뜨린 건 어디까지나 공격해 온 마물뿐이니까요."

"네, 오늘 중에 파발마를 보낼 생각입니다."

그렇다면 안심이다.

마릭스도 위험한 상황에 맞닥뜨려서인지 자신들이 토벌하겠다고는 하지 않았다. 뭐, 마릭스 일행이라면 고블린과 울프 정도는 쓰러뜨릴 실력이 있다는 건 요 며칠 동안의 여정을 통해 알았다.

보고를 마친 우리는 방에서 쉬었다.

"하~, 지쳤어요."

시아는 곰돌이를 껴안으면서 침대로 쓰러졌다.

"정말, 유나 씨가 없었다면……이라고 생각하니 몸이 떨려 와."

카틀레야는 곰순이를 껴안으면서 침대에 누웠다.

슬슬 곰돌이와 곰순이를 돌려줬음 하는데……. 어쩐지 손이 심심해. 두 사람이 곰돌이와 곰순이를 만지고 있는 것을 보니 공연히 더 만지고 싶어졌다.

"유나 씨, 강하셨군요."

"약하다고는 말하지 않았어."

"그렇긴 해도 그 귀여운 곰 옷차림을 보면 아무도 강할 거라고는 생각하지 않을 거예요."

확실히……. 그렇다면, 사냥꾼처럼 곰의 털가죽을 걸치고 있었다면 조금은 강하게 보였으려나? 상상해보지만 내가 곰의 털가죽을 입어도 전혀 강하게 보일 것 같지 않다. 역시 겉모습은 중요한 거야.

똑똑.

방에서 쉬고 있는데 누군가가 노크를 했다. 문 너머에서 마릭스의 목소리가 들렸다.

"잠깐, 괜찮아?"

시아와 카틀레야가 승낙하자 마릭스와 티몰이 방 안으로 들어왔다.

"무슨 일이야?"

"그게, 그러니까……."

마릭스가 말하기 어려운 듯 고개를 숙였다. 이건…… 설마 고백 타임?!

수학여행에서 자주 있다는 소문의 이벤트! 나는 가본 적이 없어서 실제로는 알지 못하지만, 수학여행을 가면 커플이 양산된다고 했다. 설마 이 실전 훈련도 비슷한 건가?!

고백 상대는 시아, 아니면 카틀레야? 어느 쪽이지?

나는 마릭스의 목소리에 귀를 쫑긋 세웠다.

"내일, 출발하기 전에 사과하고 싶어서."

"사과?"

시아가 머리에 물음표를 띄웠다. 내 머리에도 물음표가 떠오르는데, 무슨 말이지? 고백이 아닌 건가?

"나, 무슨 일 당했던가?"

"네가 아니야. 유나 씨에게야. 유나 씨에게 사과하러 온 거야."

지금, 「유나 씨」라고 들렸는데, 잘못 들었나? 이제껏 「곰」이라던가 「여자」라고 불렸는데, 「유나 씨」? 어쩐지 지금 몸이 부들 하고 떨렸어. 그나저나 내게 사과라니?

"티몰하고 얘기를 나눴어. 내일, 출발하기 전에 사과해야 할 것 같아서."

사과라니 뭐를? 딱히 무슨 짓을 당한 기억은 없는데. 무시를 당하거나, 곰이라고 바보 취급당한 것 정도려나? 뭐, 그건 항상 있는 일이니까 신경 쓰지 않는데.

"우리는 유나 씨를 모험가라고 믿지 않았어요."

뭐, 곰 인형 옷을 입은 여자아이를 모험가라고는 생각하지 않겠지.

"강하다는 걸 믿지 않았어요."

지금까지의 경험상 처음에 나를 보고 강하다고 생각한 사람은 아무도 없었을 건데. 나 역시 곰 인형 옷을 입은 여자아이를 보고 「저 사람은 강한 모험가네」라고 생각하지는 않아.

"이상한 복장을 한 여자라고 무시했어요."

아, 분명 들었지. 나도 이런 옷차림을 한 사람이 있다면 무시할 거야. 웃지 않았던 것만 해도 마릭스는 양반일걸.

"위험한 일을 할 경우엔 동행하는 모험가의 지시를 따르기로 되어 있었는데 그러지 않았어요."

그런 규정이 있었구나. 몰랐네. 하지만 나를 모험가로서 보지 않았으니 어쩔 수 없지.

"그리고, 펫 곰들에게도 고맙다고 인사하고 싶어요."

시아와 카틀레야에게 안겨 있던 곰돌이와 곰순이가 고개를 갸웃거렸다.

"우리를 지켜줘서 고마워."

곰돌이와 곰순이가 그들을 둘러싼 울프를 위협하여 내쫓았다고 했다.

"신경 쓰지 않아도 돼. 숨기고 있던 건 나이기도 하고, 엘레로라 씨에게 너희를 자유롭게 행동하게 해달라는 부탁도 있었거든. 위험이 없으면 나는 아무것도 하지 않아."

"하지만 실제로는 우리를 뒤에서 지켜주고 있었잖아요."

"그게 일이니까."

"저는 블랙 타이거와 싸우게 됐을 때 죽음을 각오했어요. 그걸 유나 씨가 도와주셨고요."

"제가 꺼낸 말인데 유나 씨가 뒷감당을 해줬어요. 저는 고블린 정도는 쓰러뜨릴 수 있다고 우쭐댔어요. 모두가 죽지 않고 끝난 건 유나 씨 덕분이에요."

으음, 뭐지……. 순순히 고맙단 말을 들으니 등줄기가 근질거려 오는데…….

"아까도 말했지만, 신경 쓰지 않아도 돼. 블랙 타이거는 아무도 상상하지 못했던 상황이기도 하고, 마릭스는 마을 사람들을 구하려고 행동했던 것뿐이잖아. 게다가 내 옷차림을 처음 보고 모험가라고 생각할 사람은 아무도 없을 거야."

"그렇지만……."

"그리고 두 사람에게 무슨 일을 당한 것도 아니잖아. 만약 시비를 걸어왔다면 응해줬겠지. 그러니까 신경 쓰지 않아도 돼."

"……."

"……."

마릭스와 티몰은 무언가 말하고 싶어 했다. 시아와 카틀레야도 조용히 듣고 있었다. 긴 침묵은 참기 힘든데…….

똑똑.

그때, 누군가가 문을 두드리는 소리에 침묵이 깨졌다.

시아가 대답하자 촌장의 부인이 방으로 들어왔다.

"마릭스 씨와 티몰 씨도 여기에 있었군요. 방으로 갔더니 없어서 어디에 가셨나 했어요."

"죄송해요. 잠깐 할 말이 있어서요."

마릭스가 사과했다.

“식사 준비를 마쳤는데, 어떻게 하실래요?”

“괜찮아요. 먹을게요. 고맙습니다.”

마릭스의 말에 모두 고개를 끄덕였다.

“모두들, 가자.”

“응.”

카틀레야의 말에 모두가 움직였다.

저녁 식사는 부인의 호화로운 요리를 대접받았다. 촌장에게 또 다시 감사 인사를 받았다. 그리고 내게 특별히 고맙단 인사를 하고 싶다고 했다.

“학생 모두를 지키는 게 일이니까 신경 쓰지 마세요.”

“그렇지만 블랙 타이거가 마을로 왔을 걸 생각하면 감사 인사로도 다 표현이 안 되네요.”

분명 블랙 타이거가 마을에 나타났다면 꽤 많은 사람들이 죽임을 당했을 것이다.

“그래서, 대단한 답례는 아니지만…….”

촌장이 부인을 향해 시선을 보내자 부인은 옆방으로 가 예쁜 천과 실을 가져왔다.

“받아주세요.”

“이건…… 설마, 누에고치의…….”

“네, 누에고치로 만든 천입니다. 이 천으로 마음에 드는 옷 같은 걸 만드세요."

으음, 그건 내게, 이 곰 옷을 벗으라는 말인 건가?

"유나 씨, 좋겠다~."

시아가 천을 손에 들고 부러운 듯 말했다.

"다 고급품이에요."

역시, 고급품이구나. 그 커다란 누에에게서 나온 거라고 생각하면 좀 그렇지만, 물건은 나쁘지 않았다.

"최상품을 가져왔어요."

"이런 걸 받아도 되나요?"

"아들인 가란에게 자세히 들었습니다. 사람을 겉모습으로 판단해서는 안 되는 거예요. 유나 님이 없었다면 모두 죽었을 겁니다. 마을에도 피해가 생겼을지도 몰라요. 누에도 피해를 입었을지도 모른다는 말을 많이 들었어요. 부디 받아주세요. 저희가 드리는 감사의 마음입니다."

"분명 블랙 타이거와 울프를 쓰러뜨린 건 저이지만, 딱히 마을을 구하기 위해 쓰러뜨린 건 아니에요. 이 아이들을 지킨 것뿐이죠."

나는 시아와 다른 학생들을 바라봤다. 이번엔 모두의 호위로 왔을 뿐이다. 쓰러뜨린 건 어쩌다 보니 상황에 따라 그랬던 것뿐이다.

"그래도 마을 주민들을 구해주신 건 사실이죠. 받아주세요."

촌장이 천천히 고개를 숙였다. 촌장은 내가 수긍할 때까지 고개를 들려고 하지 않았다.

"저기, 그럼, 감사히 받을게요."

촌장은 기뻐하며 고개를 들었다.

하지만 누에고치를 봤을 때 갖고 싶다고 생각한 건 사실이다. 준다고 하니 감사히 받아두기로 했다.

그날 밤, 시아와 카틀레야는 침대에 쓰러져 바로 고른 숨소리를 냈다. 아마 마릭스와 티몰도 자고 있겠지.

참고로 곰돌이와 곰순이는 시아와 카틀레야의 품속에 있다. 나는 오늘도 혼자서 쓸쓸히 자게 됐다.

132 곰 씨, 푸딩을 먹다

다음 날, 네 사람은 모두 졸려 보였다. 아직 피곤이 덜 풀렸나?

"그럼 마차에 짐을 싣고 있을게요."

촌장은 마릭스에게 설명하고 있었다.

"짐이라니?"

작은 목소리로 옆에 있는 시아에게 물었다.

"이번엔 이 마을에서 왕도까지 옮길 짐이에요. 어제 유나 씨가 받은 실과 천일 거예요."

그렇군, 특산품이라는 거군. 촌장이 마릭스와의 대화를 마치고 내 쪽으로 다가왔다.

"유나 님, 이번엔 신세를 졌습니다."

"감사 인사라면 어제 식사 중에 많이 들었잖아요."

"그렇긴 하지만……."

촌장은 아직 무언가를 더 말하고 싶은 듯했지만, 어제 상당한 감사 인사를 들었다.

"그럼 근처에 오시게 되면 들러 주세요. 언제든지 환영하겠습니다."

촌장과 마을 사람들에게 배웅을 받으며 마차는 왕도를 향해 출발했다.

우리는 마차의 흔들거림에 같이 몸을 흔들며 나아갔다.

"그건 그렇고, 이렇게 큰일이 생길 줄은 생각도 못했어."

"미안했어."

카틀레야의 말에 마차를 운전하던 마릭스가 사과했다.

"딱히 마릭스 탓을 하는 게 아니야. 마을 사람을 구하러 가자고 정한 건 모두잖아."

"맞아."

"마릭스 혼자의 책임이 아니야."

"그래도…… 고마워."

마릭스가 고맙다는 인사를 하자 모두가 웃었다. 이러니저러니 해도 좋은 멤버야.

"그런데 유나 씨, 이번 일은 보고할 거죠?"

"뭐, 그게 일이니까."

"으아아아, 확실히 감점당할 거야."

"어쩔 수 없지."

"맞아. 체념하는 것도 중요해. 게다가 우리는 틀린 일은 안 했잖아. 나는 마을 사람을 구하러 간 걸 틀렸다고 생각하지 않아. 그래도 모험가인 유나 씨의 지시를 따르지 않은 건 잘못한 거지만."

"그렇긴 해도……. 그땐 유나 씨가 그렇게 대단한 모험가라고는 생각 안 했으니까."

"시아도 너무했어. 숨기고 있다니."

"말했던 것 같은데, 그게 내 시험 중 하나였어. 나도 이 일로 꽤나 감점 받을 거야."

전원이 한숨을 쉬었다.

"이제 포기하자."

"그래. 마을 사람은 구했잖아. 다들 부상도 하나 없고. 잘됐다 치자."

"그것도 유나 씨 덕분이지."

하지만 이럴 때 교사였다면 어떻게 채점할까.

사람이 곤란함에 빠져 있는 것을 못 본 체하지 않고 행동했다. 플러스.

모험가도 아닌데 위험한 행동을 했다. 마이너스.

그 이전에 호위로서 내가 저지했어야 하나?

하지만 위험하다고 생각되지 않는 한 자유롭게 해달라는 말을 듣기도 했고, 고블린 정도라면 문제없을 거라고 판단했다. 블랙 타이거와 울프 백 마리에 대해서는 예상 밖의 일이었다.

지켜본다는 건 어렵구나.

그 후, 점심 식사는 마을에서 받은 빵을 먹었다. 역시 모린 씨의 빵이 더 맛있었다. 뭔가가 다르단 말이지. 그렇다고 해서 마을에서 받은 빵이 맛이 없다는 건 아니었다. 모린 씨의 빵이 맛있을 뿐이지. 나는 빵을 다 먹고 조금 부족한 느낌이 들어 당분도 보충할 겸 디저트로 푸딩을 꺼내 먹었다. 역시 디저트는 달아야지.

"아아! 유나 씨, 혼자서 푸딩을 먹고 있어!"

내가 푸딩을 먹고 있자 시아가 재빠르게 알아차렸다.

"시아도 먹을래?"

"괜찮아요?"

나는 곰 박스에서 푸딩을 꺼내 시아에게 건넸다.

"고맙습니다."

시아도 감사 인사를 하고 먹기 시작했다.

"아아, 맛있어요."

나와 시아가 푸딩을 먹고 있는데 카틀레야가 놀란 표정으로 우리를 바라봤다.

"유, 유나 씨, 시아. 그, 그건…… 설마……."

"푸딩인데, 알고 있어?"

스푼으로 떠서 카틀레야에게 한 번 보여주고 입으로 옮겼다.

역시 푸딩은 맛있어.

"알다마다요. 국왕 탄신제의 만찬회에서 나왔던 요리……."

아, 국왕 만찬회 때군. 카틀레야의 말에 노아가 했던 말이 떠올랐다.

만찬회에서 나온 푸딩으로 회장이 소란스러웠다고 했었던가. 완전히 잊고 있었다.

"카틀레야, 그 만찬회에 참석했어?"

"네, 참가했어요. 그때 먹었던 감동은 지금까지도 잊지 못해요."

푸딩의 맛을 떠올린 듯 눈이 황홀해하고 있었다. 과장이 지나치네. 단지 푸딩에 지나지 않은데.

"유나 씨, 그 푸딩은 어떻게 갖고 계신 거예요?"

말해도 될까? 크리모니아에서 팔고 있기도 하고, 내가 관계자라는 건 곰 장식품 때문에 알려져 있기도 하니까 새삼스러운가.

"푸딩은 유나 씨가 만든 거야."

내가 대답하기 전에 시아가 대답했다.

"그, 그런 거예요?! 그럼 만찬회 때 나온 전설의 푸딩을 만든 수수께끼 요리사는 유나 씨였다는 거예요?!"

"일단은 그렇게 되나……."

아까부터 전설이라는 둥 수수께끼라는 둥, 푸딩에 대해 뭐라고 하는 거지?

"시아는 누가 만들었는지 알고 있었어? 폐하께 누가 물어봐도 알려주시지 않았는데."

"나는 만찬회 전에 유나 씨에게 대접받았었거든."

피자도 같이 먹었던가. 그렇게 옛날 일은 아니지만 그립군. 카틀레야의 눈은 아까부터 내가 들고 있는 푸딩으로 향해 있었다.

"저기, 카틀레야도 먹을래?"

카틀레야가 매우 원하고 있는 것 같아서 카틀레야의 몫도 꺼내줬다.

"괜찮나요? 고맙습니다."

카틀레야는 기뻐하며 푸딩을 받아 먹기 시작했다.

"아, 이 맛이에요. 시아는 몇 번이나 먹었다니 치사해."

"그래도 나보다는 여동생 쪽이 더 치사해."

"무슨 말이야?"

"크리모니아 마을에 있는 유나 씨의 가게에서 누구나 푸딩을 살 수 있게 되어서, 내 여동생인 노아는 자주 먹으러 가고 있거든."

노아는 가끔 집을 빠져나와 먹으러 온다. 그래서 메이드인 라라 씨에게 혼나는 모습을 몇 번 봤더랬지.

"유나 씨의 가게?!"

"크리모니아 마을에 유나 씨의 가게가 있어. 게다가 이 푸딩을 평민도 먹을 수 있는 가격으로 판매하고 있어서 엄청난 인기라던데."

"국왕의 만찬회에서 나온 전설의 요리가 일반 가게에서 판매되고 있군요……."

카틀레야는 말이 안 나오는지 멍하니 푸딩과 나를 쳐다봤다. 그런 대단한 음식이 아닌데…….

"그나저나 가게라니, 유나 씨는 모험가가 아니었나요?"

"모험가인데 가게의 오너랄까? 가게는 다른 사람에게 맡겨놨거든."

내가 관여하는 일은 거의 없었다. 가끔 신작 빵의 아이디어를 내고 모린 씨가 맛있게 굽는 정도였다.

"그렇군요. 크리모니아로 가면 푸딩을 마음껏 먹을 수 있구나……."

제한이 있으니 마음껏은 아니지.

"그러니까 얼른 크리모니아 마을로 돌아가고 싶은 거야."

"어머, 그때는 나도 같이 데려가 줘."

여자아이들이 그런 대화를 나누고 있는 동안, 마릭스와 티몰이 이쪽을 보고 있는 것을 눈치챘다. 아무래도 푸딩이 신경 쓰이는 모양이라, 어쩔 수 없이 두 사람에게도 푸딩을 꺼내줬다.

133 곰 씨, 다른 학생들과 합류하다

나는 오늘도 마차에서 흔들리고 있다. 마차는 마을을 출발한 뒤로 아무 일도 일어나지 않고 계속 달리고 있는 중이다. 마을로 향하던 때 맞닥뜨린 고블린도 블랙 타이거에게서 도망쳐 온 것이라고 생각한다. 블랙 타이거가 없었다면 고블린이 길가까지 나올 일도 없었겠지. 아무튼 평화로운 귀갓길이다.

지금처럼 마을에서도 아무 일도 일어나지 않았다면 편했을지도 모른다.

그나저나 곰돌이와 곰순이가 옆에 없으니 쓸쓸했다. 곰돌이와 곰순이는 꼬맹이 모습으로 여전히 시아와 카틀레야에게 안겨 있었다. 이제껏 항상 어느 한 쪽은 내 곁에 있어줬던지라 없으면 외로웠다. 일본에 있었을 때는 이런 일은 생각도 못했다. 그만큼 곰돌이와 곰순이가 내 소중한 가족이 되었다는 건가.

뭐, 그 외로움도 오늘로 끝이다. 오늘은 왕도에 도착한다.

마차가 천천히 나아가는데 마릭스가 점심 휴식을 지시했다. 그 때, 길가에 먼저 세워져 있는 마차를 발견했다. 아무래도 선객인 모양이다. 멈춰 있는 마차도 휴식을 취하고 있는 것 같았다.

"저 마차 옆에 있는 사람, 지글드 아니야?"

마릭스가 세워져 있는 마차를 가리켰다.

"마릭스, 눈 좋네."

마릭스의 말에 티몰이 앞을 봤지만 잘 안 보이는 것 같았다. 짐칸에 타고 있던 시아와 카틀레야도 마릭스의 말에 짐칸에서 얼굴을 내밀어 전방을 봤다.

"정말이네."

"지글드 일행이야."

두 사람에게는 보이는 모양이다.

"아는 사람이야?"

"저희처럼 실전 훈련을 받고 있는 같은 반 애예요."

즉, 이전의 마릭스 같은 애가 있다는 것이다. 이건 마음의 준비를 해야겠는데. 마차 안에 숨어 있는 것도 한 방법이지만, 그렇게 되진 않겠지.

마릭스는 먼저 세워져 있던 마차의 뒤에 마차를 세웠다. 상대도 우리의 마차를 눈치챈 건지 시선을 보내고 있었다. 멤버 구성은 여기와 같이 남자 두 명, 여자 두 명인 것 같았다. 호위 모험가의 모습은 보이지 않았다.

"누군가 했더니 마릭스와 티몰이잖아."

"지글드, 너도 이제 왕도로 돌아가는 거야?"

"그래, 조금 늦었지만. 마릭스도 늦었네?"

"뭐, 여러 일이 있어서."

마릭스는 웃으면서 얼버무렸다. 시아와 카틀레야는 상대방 여자아이들 쪽에 인사를 하러 갔다. 곰돌이와 곰순이는 설명이 귀찮아지기 때문에 미리 송환해두었다.

"어이, 마릭스. 저 이상한 복장을 한 여자는 뭐야?"

지글드라고 불린 학생은 웃으면서 마릭스에게 물었다. 역시, 전의 마릭스와 동종인 타입이다. 저 웃는 얼굴에 이유 없이 곰 펀치를 내리꽂고 싶어졌다. 나를 보고 웃고 있었다.

곰 펀치를 꽂아도 되나? 괜찮겠지? 죽지 않을 정도면 괜찮겠지? 신(곰)은 말하고 있어. 때려도 좋다고.

내가 그런 생각을 하고 있는데 마릭스와 티몰이 지글드에게 충고했다.

"지글드. 충고하는데, 사람을 겉모습으로 판단하면 죽을 거야. 죽고 싶지 않다면 그녀를 무시하지 않는 편이 좋아."

"지글드는 사람 보는 눈을 기르는 편이 좋겠어."

티몰까지 그렇게 말했다. 하지만 그 대사를 두 사람이 하는 거야? 아무리 봐도 자신들은 사람 보는 눈이 있다는 말투인데. 두 사람 뒤에 있는 시아와 카틀레야가 웃고 있다고.

"무슨 말이야?"

"그녀는 모험가야. 우리의 호위 역할이지."

"호위 역할? 농담이지? 우리보다도 어린 여자아이잖아."

지글드라고 불린 학생은 믿기지 않는 듯 나를 봤다.

"뭐라 생각하든 자유지만, 우리 앞에서 유나 씨를 무시하지 마.

만약 유나 씨를 모욕하는 말을 한다면 우리 모두가 용서하지 않을 거야."

마릭스의 말에 티몰, 조금 떨어진 곳에 있던 시아와 카틀레아도 고개를 끄덕였다. 아무래도 나를 위해 화를 내주고 있는 모양이다. 기쁘지만 모두들 너무 급변했잖아. 출발할 때의 영상이 있다면 보여주고 싶네.

"마릭스, 어떻게 된 거야? 저런 이상한 여자를 감싸다니."

다른 남자아이가 당황한 듯 마릭스에게 물었다.

"어떻게 되지 않았어. 우리의 호위 역할인 유나 씨를 무시하는 걸 용서하지 않을 뿐이야."

"마릭스의 말대로야. 유나 씨를 무시한다면 그 싸움, 우리가 응해주지."

티몰도 진지한 눈으로 마릭스와 같이 말했다.

"물론 나도 참가할 거야."

카틀레아가 자청했고, 시아도 수긍하고 있었다.

"아, 알았어. 더는 무시하지 않을 테니까 그렇게 화내지 마."

마릭스와 티몰의 말을 진심으로 느낀 지글드 일행은 나를 모욕하지 않겠다고 맹세했다.

그 말에 마릭스와 아이들도 한 걸음 물러섰다. 학생들끼리의 싸움은 좋지 않아요.

"그렇지만, 저 이상한…… 귀여운 곰 옷차림을 한 여자아이가 호위 역할을 하다니 정말인 거야?"

"그래, 정말이야. 목숨도 구해줬어. 그러니 유나 씨를 무시하면 너라도 용서치 않아."

"알았다고. 그러니까 그렇게 화내지 마."

지글드는 마릭스를 진정시키더니 조금 떨어졌다.

"소란스러운 것 같은데 무슨 일이야?"

그때, 지글드 일행이 사용하고 있는 마차에서 남녀 모험가가 나왔다. 어디선가 본 기억이 있는 두 사람이다. 하지만 어디서 봤는지 기억나지 않았다.

"제이드 씨."

지글드가 모험가의 이름을 불렀다. 제이드? 들어본 적 없는 이름이다. 이름을 들어도 떠오르지 않다는 건 기분 탓인 건가.

"블러디 베어?"

"어머, 설마 곰 아가씨? 분명, 유나라고 했던가?"

두 사람은 나에 대해 알고 있는 모양이다. 하지만 나는 두 사람에 대해서 알지 못했다. 혹시 크리모니아의 모험가인가? 크리모니아의 모험가라면 나에 대해 알고 있어도 이상하지 않았다. 스스로 말하긴 좀 그렇지만 유명인이다. 내 모습을 보고 잊어버리는 사람이 있다면 보고 싶다. 얼굴은 기억하지 못해도 내 모습은 틀림없이 기억에 남을 것이다.

“제이드 씨, 이 이상한 차림을 한…….”

마릭스가 지글드를 노려봤다.

“귀여운 곰 옷차림을 한 여자아이를 알고 계세요?”

아, 고쳐 말했다.

“그래, 크리모니아 마을의 모험가야. 크리모니아에서 모험가를 하는 사람 중에 그녀에 대해 모르는 사람은 없지.”

역시, 크리모니아 마을의 모험가인 모양이다. 그래서 어디선가 본 기억이 있었구나. 아무래도 어디선가 스쳐 지나가서 한쪽 구석에 기억이 남아 있던 모양이다.

“오랜만이네, 곰 아가씨.”

나는 고개를 갸웃거렸다. 그런 친근한 말투로 오랜만이라고 말을 건네 와도 기억이 없는데…….

“뭐야, 기억하지 못하는 거야?”

죄송합니다. 엑스트라는 기억 못해요. 스쳐 지나간 것만으로 사람의 얼굴을 기억할 수 있는 기억술은 가지고 있지 않습니다.

“뭐, 어쩔 수 없지. 대화를 나눈 건 잠깐뿐이기도 하고, 우리가 너에 대해 일방적으로 알고 있는 것뿐이니까.”

대화를 나눈 적이 있다고? 전혀 기억이 없어. 설마 처음 모험가 길드에 갔을 때 싸웠던 사람들 중 한 명인가? 그렇다면 이렇게 친근하게 말을 걸어오지 않겠지.

으으, 생각을 해봐도 안 떠올라.

"이봐, 크리모니아의 모험가 길드 의뢰 보드 앞에서 이야기를 나눴잖아."

"분명, 유나가 모험가 랭크 D가 된 다음 날 만났는데…… 기억 안 나?"

랭크 D로 올랐던 다음 날…… 서서히 기억이 돌아오고 있다.

"분명, 내가 랭크 C 의뢰 보드를 보고 있을 때 말을 걸어온 4인 파티의……."

기억났다고 해도 그 정도였다. 이름은 기억하고 있지도 않고, 얼굴도 기억나지 않는다. 남녀 4인 파티와 이야기를 나눈 것을 기억하는 정도였다. 그 뒤에 타이거 울프 토벌 의뢰를 받아 피나와 함께 토벌하러 간 건 기억하고 있다. 하지만 모험가들의 얼굴은 전혀 기억에 남아 있지 않았다.

"드디어 기억해주는군."

죄송해요. 기억난 건 대화를 했다는 것뿐이에요.

"나는 멜. 이쪽은 제이드. 잘 부탁해."

"다른 두 명은요?"

4인 파티니까 두 사람 더 있어야 하는데……?

"우리처럼 다른 학생들의 호위를 맡고 있어. 학생들과 같이 있다는 건 아가씨도 호위라는 건가?"

"그런데요."

"제이드 씨, 그럼 정말로 이 이상한……, 귀여운 곰 옷차림을 한 여자아이는 진짜로 모험가인 거예요?"

"여러 가지 일들로 유명한 모험가야."

여러 가지 일들이라니 뭐지? 짐작 가는 게 너무 많아서 잘 모르겠는데.

"곰 아가씨 일행도 휴식이지? 같이 쉬는 게 어때?"

제이드 씨의 말에 같이 휴식을 취하게 됐다. 마릭스와 아이들은 말에게 먹이와 물을 주고, 우리는 식사를 준비했다.

"그나저나 곰 아가씨가 왕도에서 일을 할 줄은 몰랐어."

"우연히 아는 사람에게 부탁을 받아서요. 사실은 받을 생각이 없었는데, 어떻게든 해달라고 해서……."

시아가 없었다면 이런 성가신 일은 받지 않았다.

"그 사람에게 감사해야겠네. 이 의뢰는 간단하고 의뢰비도 비싸서 인기가 많거든."

"그래요?"

사람이 안 모인다고 들었는데, 설마 엘레로라 씨에게 속았나?

그래도 사람을 고르고 있다는 듯이 말했으니까 거짓말은 아닌가?

"근처 마을까지 호위를 하는 것뿐이니까. 왕도 주변이기도 해서 위험한 마물도 없고, 편한 의뢰야."

그 말에 우리 파티는 쓴웃음을 지었다. 여기에서 우리가 블랙 타이거와 조우해서 쓰러뜨렸다고 말해도 믿어주지 않겠지.

"학생들은 위험한 행동을 안 하기도 하니까 편한 일이지."

제이드 씨가 웃으며 하는 말에 내가 우리 일행을 바라보자 남자 두 명은 눈을 피하고 여자 두 명은 웃고 있었다.

"제이드 씨, 이 곰 옷차림을 한 여자아이가 정말로 모험가인 거예요? 저희보다도 연하로 보이는데요."

상대 파티의 여자아이가 나를 보고 물었다.

뭐, 마릭스 때도 그랬지만 곰 인형 옷을 입은 여자아이가 모험가일 거라는 생각은 들지 않겠지.

"사실이야. 나보다도 강한 모험가야."

그 말에 지글드의 파티가 놀라워했다.

갑자기 무슨 말을 하는 거야, 이 사람…….

"안 믿겨요."

여자아이는 나를 바라봤다.

응, 안 믿기겠지. 만약 나와 제이드 씨가 싸우게 돼서 내기를 걸게 된다면 나에게 걸 사람은 없을 것이다. 뜻밖의 큰 상금일 텐데.

"그렇겠지. 그녀를 본 사람은 모두 그렇게 말해."

제이드 씨는 미소를 지으며 대답했다.

"그렇지만 실제로는 겉모습과 달리 강하고, 존경할 가치가 있는 모험가야."

"제이드 씨는 유나 씨에 대해 잘 아나요?"

시아가 물었다.

"소문 정도야."

"어떤 소문인가요?"

어쩐지, 이야기가 이상한 방향으로 흘러가고 있는데……. 분명 휴식 시간인데, 여기서 멈추지 않으면 큰일이 날 것 같은 기분이 들었다. 나는 비법을 발동시켰다.

"그런 소문보다, 제이드 씨와 멜 씨는 왕도에 어쩐 일이에요?"

비장의 기술, 화제 돌리기!

"우리는 기본적으로 왕도에서 일을 하고 있거든. 우연히 크리모니아에서 일을 했을 때 소문을 들은 거야."

"무슨 소문이요?"

어라? 화제가 원래대로 돌아왔다.

"글쎄……. 역시 곰 아가씨가 모험가 길드에 등록하러 온 날에 시비를 건 랭크 D, 랭크 E 모험가 전원을 피투성이로 만든 사건이 유명하지."

전원은 아니에요. 피투성이로 만든 건 데보라네만이에요. 나머지는 한 방에 모두 나가떨어진 거고요.

"피투성이요?"

내 쪽을 보는 학생들의 시선이 느껴졌다. 데보라네에게 했던 건 맞는 사실이니 거짓이라고는 말하지 못했다. 하지만 한 명뿐이라고…….

"유나 씨, 대단해요!"

시아가 기뻐했다.

“상대가 약했을 뿐이야.”

“그리고, 또 다른 얘기는 뭐가 있어요?”

아직 이어지는 거야? 이쯤에서 끝내지 않을래? 게다가 시아는, 클리프와 엘레로라 씨에게 이야기를 듣고 여러 가지 알고 있잖아!

“그리고, 고블린 킹 토벌로 유명해졌지.”

“고블린 킹이요?!”

“아, 토벌된 고블린 킹의 얼굴이 엄청나게 흉악했던 걸 보면 미친 듯이 화가 나 있었나 봐.”

뭐, 구멍으로 떨어뜨려서 일방적으로 공격했으니, 그건 미칠 듯이 화낼 만하지.

“우리는 우연히 모험가 길드에 있다가 본 거야. 잘도 그런 흉포한 마물과 싸울 마음이 들었다고 생각했어.”

멜 씨와 제이드 씨, 그 고블린 킹을 봤나요? 이 이야기를 듣고 학생들의 표정은 딱 둘로 나뉘었다. 이야기를 믿고 있는 마릭스네 파티, 그리고 이야기를 믿지 않는 지글드네 파티. 얼굴을 보면 전혀 달랐다.

“하지만 유나가 마을에서 유명해진 건 그 사건이지.”

“블랙 바이퍼 말이지?”

“그 이야기는 시아에게서 들었지만, 정말 유나 씨가 블랙 바이퍼를 쓰러뜨렸나요?”

아무리 티몰이라고 해도 블랙 바이퍼 이야기는 믿기지 않았던 모양이다. 지금 생각하면 어쩐지 수상쩍은 이야기지. 쓰러뜨린 블랙 바이퍼가 없었다면 아무도 믿어주지 않았을 거라 생각한다.

“우리도 실제로 보진 않았지만 많은 모험가들은 믿고 있어.”

“어째서죠?”

“블랙 바이퍼에게 공격당한 마을이 있었어. 그 마을에서 아이 한 명이 울면서 도움을 청하러 크리모니아로 왔었지. 그런데 모험가 길드에는 블랙 바이퍼를 쓰러뜨릴 수 있는 모험가가 없었어. 우리들도 그 당시에는 왕도에 있어서 크리모니아에 없었고. 뭐, 있었다고 해도 의뢰를 받았을지 어땠을지는 모르지만.”

“그래서 어떻게 됐는데요?”

“그걸 곰 아가씨가 받은 거야. 의뢰비 교섭도 하지 않고 마을이 곤란에 처했다며 혼자서 블랙 바이퍼를 쓰러뜨리러 갔어. 그 모습을 보고 있던 모험가들은 쓰러뜨릴 수 있을 리가 없다고 바보 취급을 했대. 고블린 킹과는 달리, 블랙 바이퍼는 크기, 공격력이 비교가 안 될 정도로 강해. 그래서 그곳에 있던 모험가 모두 곰 아가씨는 죽었다고 생각했었대.”

그랬어? 모험가들이 그런 식으로 생각하고 있었다니 몰랐네. 뭐, 그때는 바로 아이를 데리고 길드를 뛰쳐나갔으니까. 주위를 잘 보지 않았지.

“그런데 며칠 후, 아가씨가 블랙 바이퍼의 시체를 가지고 돌아왔다고 했어.”

"쓰러뜨린 증거가 눈앞에 있는걸. 아무도 의심 못 하지."

제이드 씨와 멜 씨가 그때의 이야기를 했다. 듣고 있는 것만으로 창피해지는데…….

"믿기지 않아요."

뭐, 보통은 믿지 않지.

"뭐, 믿든 안 믿든 자유야. 그래도 크리모니아 마을의 모험가는 모두 믿고 있어."

제이드 씨는 그렇게 말하고 나를 바라봤다.

"그 이후 크리모니아 마을에서 곰 아가씨를 무시하는 사람은 사라졌고, 실력도 인정받게 됐다고 해."

제이드 씨가 설명을 해도 지글드 파티는 지어낸 이야기라고 생각하고 있는 모양이었다.

"그리고 최근엔, 새로운 소문이 있는데……."

"그래, 그거 말이지? 그건 정말이지 믿기지 않아."

제이드 씨의 말에 멜 씨가 웃었다. 최근이라고 한다면 크라켄을 말하는 건가? 아니면 터널? 어느 쪽이건 수상쩍은 냄새가 엄청났다.

"뭐예요? 그 소문이라는 게."

"크라켄을 쓰러뜨렸다는 소문이 돌고 있는데, 그건 아무리 그래도……."

"아무리 그래도 크라켄은……."

역시 크라켄이군.

두 사람은 얼굴을 마주 보며 웃었다. 모두가 나를 바라봤다.

"그, 런, 건, 무, 리, 죠."

나는 그렇게 대답해놨다. 제이드 씨에 의한 나의 창피한 옛이야기가 끝나고, 휴식 시간도 끝이 났다.

134 곰 씨, 왕도로 돌아오다

왕도에 무사히 도착했다. 이것으로 실전 훈련도 종료다. 오늘 밤에는 크리모니아로 돌아가 오랜만에 우리 집에서 잘 수 있다. 아무래도 마차 같은 야외 취침으로는 깊은 잠에 들 수 없었다.

물론, 곰돌이와 곰순이가 있으니까 안심이었지만 편안하게 자는 데는 우리 집이 최고다.

왕도 성문을 지나 마차는 학원을 향했다. 문 앞에서 길드 카드를 수정판에 댔을 때 근처에 있던 병사에게 이상한 눈초리를 받았지만 무사히 왕도 안으로 들어올 수 있었다.

마차는 왕도 안을 지나 학원에 도착했다. 학원 건물 뒤편에 있는 마차 차고에는 이미 마차 여러 대가 세워져 있었다. 출발할 때는 우리 마차밖에 없었다는 건, 다른 학생들은 이미 돌아왔다는 뜻이 되나?

"그럼, 이것으로 종료해도 되나?"

마차에서 내려 허리를 폈다. 이것으로 내 일은 종료다. 약간의 트러블도 있었지만 학생들이 부상 하나 입지 않았으니 100점을 받아도 마땅했다.

"유나 씨, 선생님께 돌아왔다는 것을 보고해야 해요."

아, 그런 것도 있었지. 보고까지가 일이었다. 성가시지만 어쩔 수 없었다.

"지글드! 너희도 갈 거지?"

"그래, 갈 거야. 잠깐 기다려줘."

도중에 지글드 파티와의 합류한 우리는 왕도까지 같이 돌아왔다. 목적지가 같았기 때문에 따로 이동할 것도 없었다. 게다가 사람이 늘면 마물에게 공격을 당해도 같이 대처할 수 있었다. 도적이 나타나도 이쪽의 수가 많다는 것을 안다면 공격해 올 확률은 낮아진다. 누구든 인원이 많은 쪽을 상대하기는 싫을 것이다. 그런 이유도 있어서 제이드 씨 일행과 같이 왕도까지 돌아왔다.

우리는 건물 안으로 들어가 선생님이 있는 교무실로 향했다.

"실례하겠습니다."

교무실로 들어서자 있을 리 없는 사람이 있었다.

"어머님!"

시아가 선생님 옆에 있는 엘레로라 씨를 향해 소리쳤다.

"어째서 어머님이 여기에 계신 거예요?"

"그야 문지기에게 너희가 돌아오면 곧바로 내게 연락하도록 지시를 내렸으니까. S랭크 업무로 지시를 내렸으니 전달되는 게 빨랐어."

엘레로라 씨는 싱긋 웃으며 이곳에 있는 이유를 설명했다. 그건 직권 남용 아닌가요. 왕도 성문에서부터 왕성에 있는 엘레로라 씨에게 전달하러 간 사람에게 「수고했어요」라고 마음속으로 격려해 줬다.

"그럼, 이것으로 마릭스 파티와 지글드 파티는 실전 훈련 종료다. 옮겨온 짐은 이곳에서 맡을 테니 오늘은 돌아가 쉬어도 좋다."

선생님이 학생들을 향해 말했다.

"나중에 실전 훈련 보고를 받을 예정이니 거짓말은 하지 말도록. 제대로 모험가 여러분에게 들은 이야기와 조합할 테니까."

학생들은 알겠다고 대답했다. 마릭스와 아이들은 돌아갈 수 있는데, 설마, 나는 바로 못 돌아가는 건가?

"유나 씨, 이번 일은 고마웠습니다. 유나 씨가 함께여서 즐거웠어요."

시아가 감사 인사를 했다.

"성가셨지만 나도 즐거웠어."

"유나 씨, 곰돌이와 곰순이에게 잘 이야기해주세요. 다음에 또 만질 수 있게 해주셔야 해요."

카틀레야가 쓸쓸해했다. 중간에 한 번 곰들을 달라는 말을 들었지만 정중하게 거절했다. 줄 수 있는 것도 아니고, 줄 마음도 없었다. 곰돌이와 곰순이는 내 소중한 가족이다. 돈으로는 살 수 없는 존재다.

"유나 씨, 저, 더 연습해서 유나 씨 같이 다른 이를 구할 수 있는 기사가 될 거예요."

마릭스, 나는 기사가 아니야. 모험가야.

"이번 일로 소중한 것을 배운 것 같아요. 고마웠습니다."

티몰이 고개를 숙였다.

"어머나, 모두들 예의가 바른 아이들이구나."

"어떻게 된 거지?"

선생님이 고개를 갸웃거렸다. 학원에서의 모습을 알지 못하는 나로서는 선생님의 의문에 대답해줄 수 없었다.

마릭스와 아이들은 지글드 일행과 같이 교무실에서 나갔다. 이곳에는 나와 제이드 씨와 멜 씨, 이렇게 모험가들만 남았다. 이제부터 보고를 해야 하는 모양이다. 귀찮지만 일이니까 어쩔 수 없었다.

"그럼 선생님, 저는 저쪽에서 유나에게 이야기를 듣고 보고서를 쓰도록 할게요."

"엘레로라 님께 그것까지……."

"괜찮아요, 괜찮아요. 제가 듣고 싶은 것뿐이니. 게다가 선생님은 그쪽의 모험가들에게서도 이야기를 들어야 하잖아요."

엘레로라 씨는 제이드 씨와 멜 씨에게 시선을 옮겼다.

"그렇지만…… 알겠습니다. 그렇다면 거기 곰 아가씨 쪽은 엘레로라 님께 맡기겠습니다."

다행이다. 갑자기 블랙 타이거 이야기를 선생님에게 말하고 싶지 않았다. 그나마 나에 대해 알고 있는 엘레로라 씨라 다행이었다.

제이드 씨와 멜 씨와는 이곳에서 헤어지게 됐다.

"유나, 또 크리모니아로 갈 테니까 그때는 일이라도 같이 하자."

"그때는 드래곤이라도 쓰러뜨리러 갈까요?"

멜 씨의 인사치레에 그렇게 대답하자 멜 씨와 제이드 씨는 웃었다.

나와 엘레로라 씨는 선생님과 조금 떨어진 곳으로 이동해 근처에 있는 의자에 앉았다.

"유나, 수고했어. 그래서, 어땠어?"

"지쳤어요. 마차 여정이 이렇게 힘들 줄은 몰랐어요."

새삼 곰돌이와 곰순이에게 감사하고 싶었다.

"후후, 수고했어. 좋은 경험을 할 수 있었지?"

그다지 경험하고 싶지 않았지만 말이에요. 나는 엘레로라 씨에게 실전 훈련에 대해 보고했다.

고블린에 관해서, 마릭스 일행의 행동에 관해서, 마을에 관해서, 블랙 타이거에 관해서 쭉 이야기했다. 내가 이야기를 하지 않아도 마릭스와 아이들이 이야기를 할 테니 숨길 수 있는 게 아니었다.

"……블랙 타이거라……."

내 말을 들은 엘레로라 씨는 놀란 표정을 지었다.

"그 아이들을 너무 꾸짖진 마세요. 마을 사람을 구하려고 한 것뿐이니까요. 블랙 타이거가 있다는 정보도 없기도 했고, 저도 저지하지 않았으니까요."

"그건 어쩔 수 없지. 유나의 책임은 아니야. 그래도 정말로 고마워. 유나가 없었다면…… 생각하니 아찔해져."

만약 내가 없었다면, 호위하는 모험가 나름이겠지만 죽임을 당했을지도 모른다.

"그래서, 마릭스와 애들의 행동은 감점 대상이에요?"

위험한 행동을 한 사실은 변함이 없었다. 하지만 마을 사람을 구하려고 한 것도 사실이었다. 채점은 어떻게 하려나?

"자신들의 입장을 생각하면 감점이지. 하지만 내버려 두는 사람보다는 좋다고 생각해. 장래에 이 나라를 짊어져 갈 아이들이니까. 안이하게 사람을 내버려 두는 선택지를 고르지 않길 바랐어. 도움을 줄 수 있는 생명이 있다면 도와줄 것. 하지만 무리라면 포기하는 것도 중요하지. 그러니 이번 일은 그 아이들에게 좋은 공부가 됐을 거야."

그 설명으로는 감점인지 가점인지 모르겠는데……. 설마 엘레로라 씨도 모르는 건가?

그건 그렇고 인재를 육성시키는 것은 어느 세계라도 힘드네. 사람마다 사고방식이 다르기도 하고, 선과 악을 판단하는 것도 어려웠다. 감점을 한다면 다음부터 사람을 구해주지 않는 인간이 되어버릴 수도 있었다. 칭찬한다면 또 얼토당토않은 행동을 할 수도 있었다. 교육은 어렵다.

“이번엔 유나에게 고마워해야겠네. 그 아이들을 지켜줘서 고마워.”

“됐어요, 일이잖아요. 그래도 다음번엔 거절할 거예요.”

“그건 유감이네.”

그다지 유감처럼 보이지 않았다.

“그래서, 유나가 봤을 때 다들 어땠어?”

“마릭스는 행동력은 있지만 눈앞에 처한 것만 봐요.”

뭐, 그게 장점이면서 단점이라고도 할 수 있지.

“티몰은 소심해 보였는데 일단 상황에 닥치면 강해져요.”

마릭스가 블랙 타이거를 상대로 남으려고 했을 때, 티몰도 남으려고 했다.

“카틀레야는 상황을 제대로 파악할 수 있는 애려나…….”

“그러면, 시아는?”

“시아는 엘레로라 씨 쪽이 더 잘 알고 있잖아요.”

게다가 시아는 나에 대해 처음부터 알고 있는 상태에서 행동과 발언을 했기 때문에, 시아의 평가는 어려웠다.

그 뒤, 엘레로라 씨에게 몇 가지 질문을 받았고, 그에 대답했다. 그렇게 모든 보고가 끝나고 드디어 돌아갈 수 있게 되었다. 내가 의자에서 일어나려고 하자 엘레로라 씨가 불러 세웠다.

“유나, 잠깐 기다려. 자, 이거.”

엘레로라 씨가 아이템 봉투에서 얇은 책을 건네줬다. 받아 든 책을 보자 곰 그림이 그려져 있었다. 내가 플로라 님에게 그려준 그림책『곰과 소녀』였다.

“그림책이 완성돼서 전해주려고.”

나는 휙휙 그림책을 넘겼다. 제대로 깔끔하게 제본되어 있었다. 좀, 기쁜데?

“응?”

그림책을 보다가 신경 쓰이는 부분을 발견했다. 작가명『곰』. 맞긴 한데…… 어째서 곰?

내가 작가명 부분을 보고 있자 엘레로라 씨가 그것을 눈치챘다.

“실명보다 낫잖아.”

그렇긴 해도, 어쩐지『곰』이라니 미묘한데…….

“뭣하면 다음에 제본할 때는 유나의 이름으로 해둘까?”

“아뇨, 곰으로 됐어요.”

내 이름만은 그만 두라고 하고 싶었다. 곰이라면 펜네임으로 생각하면 됐다. 하지만 곰이라니, 보이는 그대로잖아.

“분명, 그림책은 열 권씩이었지?”

엘레로라 씨는 아이템 봉투에서 그림책을 더 꺼내 책상 위에 두었다.

1권이 아홉 권, 2권이 열 권— 내가 들고 있는 그림책을 합치면 요청대로 열 권씩이었다.

“그림책은 호평이야. 받은 사람들 모두 기뻐하고 있어. 나라 전역에 팔면 좋을 텐데…….”

"그럴 생각은 없어요."

만약 나라 전역에 퍼져서 후속작을 그려달라고 재촉당하기라도 하면 곤란했다. 그림은 그리고 싶을 때 그리는 게 가장 즐겁다. 억지로 그리는 게 아니었다.

"만약 판매를 하고 싶거들랑 말해. 언제든지 대대적으로 판매해줄 테니까."

"정중하게 사양하겠습니다."

"어머, 아쉽네. 그래도 플로라 님과 함께 후편을 기대하고 있을게. 다음 타이틀은 『곰과 엘레로라』 어때?"

"어째서 엘레로라 씨의 이름이 나오죠?"

"그거야, 곰 님은 유나잖아. 그렇다면 내 출연이 있어도 괜찮잖니."

"있다고 해도 노아죠. 엘레로라 씨가 나오려면 곰 님을 속이는 악역이겠네요."

"속이다니 너무하네. 그래도 딸이 등장하는 그림책은 읽고 싶네."

"그래도 당분간은 안 그릴 거예요."

당분간은 푹 쉬고 싶었다.

"그럼 당분간이 지나면 그려준다는 말이네. 그때는 노아도 나도 귀엽게 그려줘."

나는 엘레로라 씨의 말은 무시하고 그림책을 곰 박스에 담았다. 다음번에 고아원에 들고 가야지. 조금은 아이들의 글공부가 될 것이다.

이번에야말로 엘레로라 씨의 용건이 끝나 돌아가기로 했다. 마지막으로 제이드 씨와 멜 씨에게 인사를 하려고 했지만 이미 두 사람의 모습은 보이지 않았다. 뭐, 평범하게 생각한다면 나처럼 보고할 것 같은 건 없기도 할 테니 빨리 끝나겠지. 나는 혼자서 학원을 나섰다.

타이밍이 나빴는지 학생들의 하교 시간과 겹쳐버렸다.

「저 곰은, 일전에……」, 「저게 소문의 곰」, 「귀여워」, 「곰이 걷고 있어」, 「저 옷, 어디서 파는 걸까?」, 「엘레로라 님과 어떤 관계지?」, 「껴안고 싶어」 등, 지난번에 학원에 왔을 때와 같은 반응이 일어났다.

그 시선에서 도망치려 하는데 마릭스 일행이 내 앞에 나타났다.

아이들은 나를 보며 쑥덕거리는 학생들을 노려봤다.

"시아, 어쩐 일이야? 돌아간 거 아니었어?"

"유나 씨를 기다리고 있었어요."

"어째서?"

"물론, 유나 씨에게 감사 인사를 하기 위해서죠."

시아가 내 곰 인형 장갑을 잡았다.

"목숨을 구해주시기도 했고……."

"이야기를 나눠서 유나 씨에게 감사 인사를 하기로 했어요."

티몰도 카틀레야도 고개를 끄덕였다.

“유나 씨, 식사하러 가요.”

“우리는 학생이니까 돈은 그다지 갖고 있지 않지만, 싸고 맛있는 가게를 알고 있어요.”

“모두들 빨리 안 돌아가도 돼? 벌써 늦었어.”

슬슬 해가 지는 시간이었다.

“괜찮아요. 아직 돌아왔다는 걸 가족들은 모르니까요.”

그렇다면 더더욱 빨리 돌아가야지. 가족들이 걱정하잖아.

아니지, 엘레로라 씨는 알고 있구나.

“돌아온 파티원끼리 뒤풀이를 하는 건 평범한 일이에요.”

“유나 씨, 가요.”

나는 시아와 카틀레야에게 이끌려갔다. 그 뒤를 마릭스와 티몰이 따라왔다. 나는 거절도 못 하고 시아와 아이들에게 질질 끌려갔다.

그리고 아이들에게 저녁을 대접받았다.

응, 맛있었다.

135 곰 씨, 고아원에 그림책을 주러 가다

시아와 아이들에게 식사를 대접받은 밤. 크리모니아로 돌아온 나는 목욕을 한 후 흰 곰 옷차림으로 침대 위로 쓰러졌다. 오랜만에 돌아온 우리 집이다. 곰 이동문에 고마워해야 한다.

역시 잠은 익숙한 자기 침대에서 자야 한다.

나는 꼬맹이화한 곰돌이와 곰순이를 불러냈다. 시아와 카틀레야에게 빼앗겼던 탓에 오랜만에 껴안았다. 폭신폭신했다. 만지고 있으니 기분이 좋아졌고, 점점 잠이 왔다. 서서히 눈꺼풀이 내려앉았다. 슬슬 한계일지도 모른다.

"곰돌이, 곰순이. 이제 자자."

나는 곰돌이와 곰순이를 양옆에 끼고 꿈속으로 빠져 들었다.

다음 날. 눈을 떠 양옆을 보니 침대 위에 곰돌이와 곰순이가 둥글게 몸을 말고 자고 있었다. 나는 그런 곰돌이와 곰순이를 부드럽게 쓰다듬고 송환했다.

검은 곰 옷으로 갈아입고 아침 식사를 하러 『곰 씨 쉼터』로 향했다. 뒷문으로 가게 안에 들어가자 막 구워진 빵 냄새가 풍겼다. 모린 씨가 빵을 굽고 있었다. 그 주위에서는 아이들이 열심히 빵 반죽을 주무르거나 푸딩을 만들고 있었다.

"유나 씨, 돌아오셨어요?"

뒷문으로 들어온 나를 눈치챈 모린 씨가 빵을 구우면서 말을 걸어왔다. 그 목소리에 아이들도 내 쪽을 바라보았다. 내게로 오려 하는 아이들에게 모린 씨가 주의를 줬다.

"유나 씨가 와서 기쁜 건 알지만, 개점 준비도 있으니까 손을 멈추지 마렴!"

"모두들, 모린 씨가 말하는 것 제대로 듣고 일해야 해."

아이들은 「네~」 하고 대답을 하더니 일을 재개했다. 모린 씨는 어쩔 수 없다는 얼굴로 아이들을 바라봤다. 하지만 그 얼굴은 미소를 짓는 것처럼 보였다.

"모린 씨, 빵을 가져가도 될까요?"

나는 아침 식사로 먹을 빵을 부탁했다. 갓 구워진 빵을 먹을 수 있는 것도 자신의 가게 특권이다. 나중에 곰 박스에 보충할 빵도 부탁해야 하나……. 이번 실전 훈련 때문에 꽤나 줄어들었다.

"좋아하는 빵을 적당히 가져가셔도 돼요."

모린 씨의 호의에 기대어 완성된 빵을 가져가기로 했다. 전부 맛있는 냄새가 풍겼다. 고르기 어려워…….

내가 어느 걸 가져갈지 고민하고 있는데, 아이들이 내가 어떤 빵을 고를지 보고 있었다. 아이들이 만든 빵이 있는 건가?

내가 몇 가지를 고르자 기뻐하고 있는 아이와 아쉬워하고 있는 아이, 이렇게 두 가지 표정으로 보기 좋게 갈렸다. 아무리 그래도 아이들이 만든 빵을 모두 먹을 수는 없었기 때문에 고르지 않은 빵을 만든 아이들에게는 마음속으로 사과를 했다.

냉장고에 있는 과즙을 꺼내러 가자 카린 씨가 미소를 지으며 냉장고에서 과즙을 가져다주었다.

"카린 씨, 고마워요."

나는 인사를 하고 과즙을 받아 마셨다.

"아이들에게 인기가 많네요."

인기가 많다기보다는 병아리들에게 먹이를 줬더니 잘 따르는 느낌인데……. 빵을 먹으면서 아이들을 바라봤다.

"요즘 가게는 어때요?"

"유나 씨가 아시다시피 매일매일 바빠요."

"사람은 부족하지 않고요?"

"그건 괜찮아요. 밀과 아이들이 착실하게 일을 해주고 있으니까요."

그 말에 아이들에게 일을 시킨 나는 조금 뒤가 켕기는 느낌이 들었다. 하지만 이 세계에서는 어린아이가 일하는 건 평범한 일이었다. 농사꾼의 아이라면 농사일을 돕고, 상인의 아이라면 가게 일을 도왔다. 많은 아이들은 어릴 적부터 부모의 일을 도와주는 경우가 많았다. 그래서 아이들이 일하는 건 평범했다.

그건 눈앞에 있는 카린 씨 또한 그랬다. 어릴 적부터 빵 만드는 걸 도왔다고 했다.

"너무 열심히 일을 해서, 제가 어릴 때를 떠올리면 창피해져요."

카린 씨는 과거의 자신과 가게에서 열심히 일하고 있는 아이들을 비교하더니 쓴웃음을 지었다.

"안 도와줬어요?"

"이 아이는 항상 놀기만 했었거든."

카린 씨에게 물었으나 대답은 다른 곳에서 날아왔다.

"어머니!"

우리의 이야기를 듣고 있던 모린 씨가 대화에 끼어들었다.

"이 아이는 말이에요, 아무리 도와달라고 해도 도와주질 않아서 탈이었던 아이었다고요."

"어머니, 그런 옛날 일을……."

"옛날 일이라니, 불과 몇 년 전 일이잖니."

카린 씨에게는 옛일이어도 모린 씨에게는 얼마 전의 일인 것처럼 느껴지는 모양이다.

"카린 언니, 일을 안 도우셨어요?"

아이들이 순수한 눈으로 카린 씨를 바라봤다.

"그렇지 않아. 정말 조금 놀았을 뿐이야."

카린 씨는 열심히 아이들에게 변명을 했다. 어쩐지 미소가 지어지는걸.

"그걸 조금이라고 할 수 있나?"

모린 씨가 어릴 적 카린 씨를 떠올렸는지 웃고 있었다.

"어머니!"

"후훗, 농담이야. 지금은 열심히 도와주고 있어서 얼마나 기쁜데."

"저라고 항상 어린아이가 아니에요."

"맞아. 착실하게 아버지가 만들었던 빵 기술을 배웠지."

"어머니……."

모린 씨 모녀가 숙연해져 있는데 아이들이 난입해 왔다.

"저, 저도 착실하게 공부할게요."

"저도……."

"저도요."

아이들이 자신들에 대해 주장하기 시작했다.

"그래그래, 제자가 많이 있어서 기쁘네. 카린, 방심하고 있으면 이 아이들에게 뒤처질 거야."

"뒤처지지 않을 거예요."

카린 씨는 그렇게 말하더니 다시 일하러 돌아갔다. 그 뒤를 아이들도 따라갔다. 그리고 그 뒷모습을 모린 씨가 기쁜 듯이 바라보고 있었다.

그런 모두의 모습을 보고 있으니 절로 미소가 지어지네. 모두 행복해 보여서 다행이야.

아침 식사를 마친 후, 그림책을 건네주기 위해 고아원으로 향했다. 고아원에 도착하자 곰 석상이 맞아주었다. 고아원을 지켜 주는 수호신이지만 귀여운 형상이라 수호신이라는 느낌이 들지 않았다.

나는 그런 곰 옆을 지나 고아원 안으로 들어섰다.

이 시간이라면 가게 조는 가게에서 일하고 있을 테고, 꼬끼오 조는 새장에서 일을 하고 있을 터였다. 남아 있는 건 유아반 정도인가……. 유아반이란 갓난아기부터 대여섯 살 정도까지의 아이들을 말한다. 이 고아원에서는 대여섯 살의 아이들이라도 자신보다 어린아이들을 돌보는 일을 원장 선생님과 같이 하고 있다. 정확하게는 같이 놀고 있다고도 말할 수 있지.

그 유아반이 있는 건 놀이방이었다. 놀이방으로 가니 역시나 원장 선생님과 어린아이들이 있었다.

"원장 선생님, 안녕하세요."

"유나 씨, 일 마치고 돌아왔었군요."

유아반 아이들이 작은 발로 내가 있는 곳으로 달려와 내 다리에 안겨 왔다. 그런 아이들의 머리를 쓰다듬고 원장 선생님이 있는 곳으로 같이 갔다.

"일이 끝나서 아이들 상태를 보러 온 것도 있고, 기념품을……."

"기념품이 뭐야?"

내 곰 장갑을 잡고 있던 아이가 물었다.

"먹는 거야?"

"맛있는 거?"

"미안, 먹는 게 아니야."

"정말?"

아이들이 아쉬워했다. 먹을거리도 가져왔어야 했나?

"어허, 떼쓰면 안 돼요. 유나 씨 덕분에 매일 맛있는 식사를 할 수 있는 거예요."

원장 선생님이 그런 아이들에게 주의를 줬다. 딱히 내 덕분이 아니었다. 고아원의 아이들이 가게에서 일을 하거나 꼬끼오를 돌봐주고 있는 덕분이었다. 내가 한 건 기초적인 부분을 만든 것뿐, 나머지는 모두가 열심히 일하고 있는 덕분이다.

"네, 죄송해요."

아이들은 군말 없이 반성했다.

"다음번에 맛있는 거 가져올게. 오늘 기념품은 그림책이야."

"그림책?"

나는 곰 박스에서 『곰과 소녀』 그림책을 꺼냈다.

"곰 님이다~."

한 아이가 내 손에서 그림책을 뺏어 들었다.

"아아, 너무해. 나도 볼래~."

"나도 보고 싶어……."

"다투지 마."

나는 그림책을 한 권 더 꺼냈다.

“다 같이 사이좋게 읽어야 해.”

“네~!”

아이들은 사이좋게 그림책을 읽기 시작했다.

“유나 씨, 고마워요.”

“후속권인 2권은 아이들이 1권을 다 읽으면 읽어주세요.”

원장 선생님께 『곰과 소녀』 2권을 두 권 건넸다.

“어머, 귀여운 그림이네요.”

“혹시 다른 그림책도 원하신다면 티루미나 씨에게 말씀해주세요.”

“괜찮아요. 저 아이들은 떼를 쓰지 않거든요.”

“그림책은 글자 공부가 되니까 떼를 쓰는 게 아니에요.”

“고맙습니다. 자, 다들 유나 씨에게 감사하다고 인사해야지.”

그림책을 읽고 있던 아이들은 나를 보고 감사 인사를 했다.

“모두들 열심히 공부해서 원장 선생님께 폐를 끼치면 안 된다.”

아이들은 활기차게 대답했다. 나는 원장 선생님에게 근황 이야기를 하거나 아이들에게 그림책을 읽어주면서 시간을 보냈다.

136 곰 씨, 안즈를 발견하다

왕도에서 돌아오고 며칠 동안 푹 쉬며 시간을 보냈다.

모험가 길드에 놀러 가거나 피나와 슈리, 노아를 데리고 곰돌이, 곰순이와 산책을 하거나, 벌 나무에 있는 곰을 만나러 가는 등 이세계를 만끽했다.

오늘은 아침부터 곰돌이, 곰순이와 함께 침대 위에서 뒹굴었다. 게으름을 피우고 있다고도 하지.

아무런 할 일이 없었다. 아무것도 하고 싶지 않았다. 가끔 이렇게 시간이 빌 때면 인터넷과 게임이 그리워질 때가 있다. 이 세계도 즐겁지만 오락이 적은 게 단점이었다. 다음번에 고아원 아이들을 모아 레트로 게임이라도 만들어서 놀아볼까? 오셀로, 장기, 체스, 주사위 놀이, 트럼프 등…… 이외에도 여러 가지 게임이 있다. 그런 생각을 하고 있는데 배 속에서 소리가 났다.

역시 일어난 뒤로 아침도 먹지 않고 침대 위에서 뒹굴거리고 있는 것만으로도 배는 고팠다. 그래서 배를 채우기 위해 『곰 씨 쉼터』에 가기로 했다.

곰 하우스를 나와 가게를 향해 걷고 있는데, 전방에서 낯익은 인물이 다가왔다.

"뭐야, 외출하는 거냐."

클리프가 혼자서 걷고 있었다. 이 세계의 귀족은 혼자서 행동하는구나. 노아도 자주 나와서 혼자 마을을 돌아다니기도 했고. 국왕도 우리 집에 왔던 적이 있고. 뭐, 그 국왕이 특별한 거겠지. 일반적인 국왕은 빙빙 나돌아 다니거나 하지 않을 거다.

안전한 건지, 위기의식이 없는 건지. 아마 전자일 거라고 생각한다.

저택 문 앞에서 신원 확인을 하고, 경비병이 순찰을 돌고 있는 것도 봤다. 그만큼 마을 안은 안전한 거라고 생각했다.

다른 이세계에서는 귀족이나 영애에게는 반드시 호위가 붙었다. 특히 영애에게는 미남의 호위기사가 붙는다. 그리고 연애로 발전하거나 하지.

노아는 같은 귀족 영애인데 그런 미남 호위기사는 없었다. 일반적으로 생각하면 적령기에 들어선 여자에게 미남의 호위기사 같은 걸 붙이면 이상한 소문이 흘러 결혼에 문제가 생길 것 같다. 이것이 소설이나 만화와 현실과의 차이인가.

노아도 만화나 소설의 세계에 등장했다면 미남들에게 둘러싸인 생활을 할 수 있었을지도 모른다.

"저는 배가 고파서 식사를 하러 가는 중인데, 클리프 씨는요?"

"나는 너의 집으로 가던 중이었어."

"저희 집이요?"

예상 밖의 말이 나왔다. 노아가 집에 오는 일은 있어도 클리프가 오는 건 드물었다. 대체로 메이드인 라라 씨나 노아에게 말을 전달받았다.

“하고 싶은 이야기가 있어서 말이지. 그렇지, 나도 배가 고프기도 하니, 같이 먹으러 가지 않겠어?”

“딱히 상관은 없는데요.”

거절할 일이 아니라 승낙했다. 클리프와 같이 곰 하우스에서 조금 떨어진 위치에 있는『곰 씨 쉼터』로 갔다.

가게 안으로 들어갔지만 반응이 별로 없었다. 아무도 불쾌한 시선을 보내오는 사람은 없었다. 왕도였다면 「클리프가 왔다」라든가, 소란을 피우거나, 쳐다보거나, 여기저기에서 「곰」이라는 말이 들려왔겠지만, 이 가게 안에서는 들려오지 않았다.

곰 옷차림으로 몇 번이나 먹으러 오기도 했고, 내 가게라는 것도 알려져 있었다. 게다가 아이들이 곰 유니폼을 입고 있는 덕일지도 모른다.

지금도 곰 옷차림을 한 아이들이 가게 안을 돌아다니고 있었다.

가게 안에 들어선 나와 클리프는 카운터로 향했다. 곰 유니폼을 입은 여자아이가 대응해주었다.

어디 보자, 뭐로 할까? 다 맛있을 것 같은데……. 한참 고민한 결과, 모린 씨의 신작인 햄버거 두 개와 감자튀김, 그리고 과즙을 부탁했다. 클리프는 「같은 거를 부탁하지」, 이 한마디로 끝냈다.

기본적으로 나는 정문을 통해 손님으로서 들어올 때는 음식값을 지불한다. 그러니 이번에도 돈을 내려고 하는데, 클리프가 옆에서 2인분 값을 내주었다.

"괜찮아요?"

"신경 쓰지 마."

우리는 주문한 음식을 받아 들고 비어 있는 자리에 앉았다.

"그래서, 제게 용건이 뭐죠?"

감자튀김을 먹으면서 맞은편에 앉아 있는 클리프에게 물었다.

"용건이랄까, 보고이려나. 며칠 후에 터널 정비가 끝날 거야."

"드디어 완성되는군요."

나는 모린 씨가 만든 신작 햄버거를 먹으면서 대답했다. 영주님이 자진해서 일부러 터널 완성에 관한 보고를 하러 와준 모양이다.

"사용하는 것만이라면 네가 만든 상태라도 괜찮지만, 마차도 지나갈 테니까. 빛도 비추어야 하고, 말의 휴식처도, 그 외에도 터널까지의 길도 정비해야 했으니 말이야. 꽤나 시간이 걸렸지."

클리프는 감자튀김을 먹으며 설명했다. 뭐, 터널에 대해서는 전문가에게 맡기기로 했다. 풋내기인 내가 끼어들 일이 아니었다. 나로서는 안전하게 해산물 유통이 가능하게 된다면 문제없었다.

"그럼, 이쪽에서도 미릴러 마을로 갈 수 있게 되겠네요."

"뭐, 이미 밀가루 같은 식료품은 옮기고 있긴 했지만, 이제 정식으로 관계자 이외에도 지나다닐 수 있게 되지. 그렇게 되면 일전에 건네준 계약서대로 통행료의 일부가 네 길드 카드에 입금될 거야. 만약 그 부분에 대해 자세한 이야기를 듣고 싶다면 밀레느에게 물어봐."

꽤 예전에 클리프와 밀레느 씨가 우리 집으로 계약서를 가지고 왔었다.

귀찮아서 자세한 건 읽지 않았지만, 통행료가 길드 카드에 입금되는 것과 내가 지나갈 경우에는 무료가 되며, 그건 나와 함께 지나가는 사람에게도 적용된다는 것이 적혀 있었던 기억이 있다.

"숙박업소 같은 건 세웠나요?"

"두 채 정도 세웠다고 들었어. 그걸로 충분할지 어떨지는 상황을 봐야지. 그 부분은 미릴러 마을의 촌장과 상업 길드가 어떻게든 할 거야. 사람이 부족해지면 연락하라고 얘기해놨으니 괜찮겠지."

확실히, 어떻게 될지는 터널을 개방해보지 않으면 몰랐다.

장사를 하는 사람, 바다를 보러 가는 사람, 일을 다니는 사람, 놀러 가는 사람 등, 사람이 얼마나 통행할지 알 수 없었다. 사람이 많다면 숙박업소는 부족해지게 된다. 반대로 많이 오지 않는다면 두 채로 충분해질 가능성도 있다.

터널이 완성된다는 것은 안즈가 가까운 시일 내에 온다는 건가?

티루미나 씨에게 안즈에 대해 부탁해두었다고 해도, 두 사람은 서로를 몰랐다. 그 점을 생각하니 왕도의 일을 끝낸 지금, 안즈가 이쪽으로 올 수 있다면 타이밍이 좋았다.

“그건 그렇고, 이 가게 음식들은 맛있네.”

클리프가 식사의 감상을 말했다. 귀족에게 합격점을 받을 수 있다면 충분한 평가겠지. 더욱이 모린 씨에게는 비밀로 하고 국왕도 먹어본 일이 있었다. 왕족이 인정한 빵이다. 맛이 없을 리 없다.

모린 씨는 나의 밑도 끝도 없는 일본식 빵 만들기 이야기를 듣고 지금까지의 지식과 경험을 살려 아직도 빵 연구를 하고 있으며, 새로운 빵도 만들어내고 있다.

아마 이 왕국에서 가장 맛있는 빵집일 것이다. 이제 와서 스카우트 당하진 않겠지. 다음번에 스카우트 당하지 않도록 모린 씨와 급여에 대해 이야기를 나누는 편이 나을지도 모른다.

“그럼, 나는 일이 남아 있으니 돌아가지. 뭔가 묻고 싶은 게 있다면 저택까지 와줘.”

클리프는 노아에게 줄 선물인 건지 빵을 주문하고 돌아갔다.

클리프에게 터널에 대해 듣고 며칠 후, 터널이 완성됐다는 소식이 정식으로 발표됐다.

대부분의 사람들은 터널에 대해 알고 있었다. 나무 벌채, 길 정비, 마물 퇴치 등 미릴러 마을과 터널의 정보는 여러 곳에 퍼져 있었다. 그래서 주민들에게 놀랄 일은 아닌 것 같았고, 모두들 기뻐했다.

그리고 며칠이 지난 어느 날, 마을을 걷고 있는데 조금 소란스러웠다.

무슨 일 있나?

마침 한가해서 소란이 일어난 곳으로 향하니 마을 문 주변에 마차가 많이 세워져 있었다. 확인하기 위해 문으로 다가가니 주변에서 미릴러 마을이라는 단어가 들려왔다.

아무래도 미릴러 마을에서 사람들이 도착한 모양이었다. 마차가 차례차례로 들어오는 중이었다. 마차에 타고 있던 상인 같아 보이는 남자가 문지기에게 여러 가지를 묻고 있었다.

마차는 어디에 세워야 좋은지?

상업 길드는 어디에 있는 것인지?

숙소는 어디를 추천하는지?

그 질문에 문지기는 정중하게 대답했다.

다른 마차에서도 마을 안으로 들어오는 것을 허가받은 사람들이 내렸다. 합승 마차였는지 내리는 사람이 많았다. 그중에 데거 씨의 유전자가 들어가 있을 거라고는 생각되지 않는 여자가 있었다.

틀림없는 안즈였다. 설마, 터널이 개통되고 바로 와줄 거라고는 생각하지 못했다. 안즈의 옆에 여자 네 명이 함께 서 있었다. 저 사람들이 그 여자들인가?

안즈 일행은 힐끔힐끔 주위를 둘러봤다. 시골에서 막 상경한 사람 같았다. 나는 그런 안즈 일행이 눈치채지 못하도록 다가갔다. 곰 신발은 발소리가 나지 않는다. 발소리로 눈치챌 일은 없었다.

하지만 안즈는 갑자기 뒤로 휙 돌아 내 쪽을 바라봤다.

"유나 씨!"

안즈가 기뻐하며 달려왔다. 놀라게 해주려고 했는데, 실패해버렸다. 어째서지?

"잘도 눈치챘네."

"그거야 주위에서 「곰이 있어」, 「곰이다」라는 소리가 들려오면 근처에 유나 씨가 있다는 걸 알게 되죠."

주위를 보니 크리모니아 주민들을 포함해 미릴러 마을에서 온 사람들도 나를 보고 있었다. 발소리로 눈치채지 못해도 모습으로 들키는 언밸런스한 곰 장비다.

"유나 씨, 설마 마중 나와 주신 거예요?"

이전에 약속대로라면 고아원에서 만나는 것으로 정해져 있었다.

"우연이야. 마을을 돌아다니고 있었는데 소란스러워서 와봤더니 안즈가 보였던 것뿐이야. 그래도 터널이 이제 막 개통됐는데, 이렇게 빨리 와줄 줄은 몰랐어."

"사실은 크리모니아로 가는 마차 예약이 많아서 마차를 구할 수 없었는데, 상업 길드가 우선적으로 저희를 태워주셨어요."

"그래?"

"네. 젤레모 씨가 유나 씨에 대한 감사의 마음이래요. 그 대신

미릴러에 대해 확실하게 선전하고 와달라는 말을 들었죠. 저, 열심히 할 테니까 잘 부탁드릴게요."

안즈는 기쁜 듯 웃는 얼굴로 내게로 말했다. 귀엽다. 「그 미소는 남자에게 지어주는 편이 좋아. 그럼 신랑을 빨리 발견하게 될 거야」라고 마음속으로 중얼거렸다.

하지만 이제껏 안즈에게 남자 친구가 생기지 않았던 이유는 분명 데거 씨가 옆에 있었던 탓이겠지. 요리도 잘 하고, 얼굴도 귀여운데 남자 친구가 생기지 않는 이유가 그 이외에는 떠오르지 않았다.

데거 씨에게 안즈의 결혼 상대를 찾아달라는 부탁을 받았지만, 데거 씨가 없으면 의외로 빨리 찾을지도 모른다.

"그건 그렇고 큰 마을이네요. 미아가 되겠어요."

안즈가 마을을 둘러보며 말했다. 확실히 미릴러 마을과 비교하면 크고 사람도 많았다.

그렇게 둘이서 이야기를 나누고 있는데, 조금 전부터 안즈의 뒤에 있던 여자들이 안즈와 나를 번갈아 가며 보고 있었다.

그들 중 한 사람이 안즈의 옷을 잡아당겼다.

"안즈, 우리를 잊은 거야?"

"맞아, 곰 양에게 우리 소개 안 해줄 거야?"

그 말에 다른 여자들도 고개를 끄덕였다. 하지만 곰 양이라니 뭐야?

“아아, 죄송해요. 유나 씨, 이쪽 분들이 저번에 이야기했던 가게를 도와주실 분들이에요.”

여자들의 나이는 스물에서 스물다섯 살 정도로 보였다. 엘레로라 씨처럼 나이로 사기 치지 않는다면 말이지만.

“유나라고 불러도 될까? 하지만 앞으로 신세를 질 테니 유나 씨가 좋으려나?”

“좋을 대로 부르셔도 돼요. 하지만 곰 양은 관둬주세요.”

나는 조금 전 곰 양이라고 불렀던 여자를 봤다. 머리를 위로 묶은 여자였다.

“하지만~ 곰 양 귀엽잖아.”

그러면 곰 인형이나 새끼 곰을 부르는 느낌이 들었다. 결코 좋은 의미로는 들리지 않았다.

“오너 권한으로 금지입니다.”

“곰 양.”

나는 그녀를 노려봤다.

“으으……, 알았어. 그러면 유나라고 불러도 돼?”

나는 고개를 끄덕였다.

만약 다른 사람이 듣기라도 한다면 분명 따라 하는 사람이 생길 것이다. 곰 아가씨는 봐줄 수 있지만 곰 양은 어쩐지, 마음속이 부정하고 있다. 그것만큼은 불리게 하지 않겠다고.

“그럼, 나도 유나라도 부를게.”

그 후, 각자 자기소개를 했다.

가장 어른스러운 여자가 니프 씨. 포용력이 있을 것 같은 미소의 멋진 여성이었다.

그와 반대로 나이가 가장 어리고 활기차 보이는 여자는 세노 씨. 나를「곰 양」이라고 부른 여자다. 나이는 스무 살 정도로 보였다.

그리고 포르네 씨. 안즈와 세노 씨의 언니 같은 느낌이 드는 여자였다.

마지막으로 베틀 씨. 머리를 예쁘게 정돈한, 성실해 보이는 여자였다.

"그래서, 진짜로 우리가 와버렸는데, 정말 괜찮은 거야? 폐가 되는 거 아니고?"

가장 연상의 니프 씨가 물었다.

"폐라니요. 안즈에게 이야기를 들으셨겠지만, 해산물을 요리할 수 있는 사람이 없어서 도움을 받는 것인걸요."

근처에 강은 있어도 바다는 없었다. 그래서 애당초 해산물 식재료가 들어오지 않았다.

"그럼 할 일은 생선을 손질해서 요리를 만들면 되는 거야?"

"그것만 하는 건 아니지만 메인은 그거예요. 구입에, 식재료 관리에, 돈 관리 등, 안즈 혼자서는 힘드니까요."

이외에도 할 일이 있을지 모른다. 티루미나 씨에게 도움을 청하려고 했지만 티루미나 씨도 바빴다. 주로 나 때문이지만……. 그래서 가게에 관한 것은 가능한 한 안즈 일행에게 부탁하고 싶었다.

“안즈, 여러 가지로 알려줘.”

“저도 처음인 것투성인 걸요.”

“일단, 식재료 구입이랑 돈 관리에 대해서는 잘 아는 사람이 있으니까, 맨 처음에는 그 사람에게 물어도 좋아.”

우선은 티루미나 씨에게 부탁하기로 했다. 채소 등의 구입처와 돈 관리 방법은 티루미나 씨가 가장 잘 알았다.

“일단 일 이야기는 내일 하자. 오늘은 모두들 마차 이동으로 피곤하잖아.”

“저기, 유나 씨. 저렴한 숙소를 소개해주시겠어요?”

“숙소?”

“숙소를 빨리 확보해두지 않으면 다른 사람들에게 뺏길 거예요. 일단 오늘은 여관에서 머물고, 내일이라도 전원이 살 수 있는 곳을 찾으려고 생각하는데요.”

“그럴 필요 없어. 가게 위에서 살면 돼. 넓으니까 충분할 거야.”

“가게 위에요?”

“응, 가게를 열기에도 편하잖아.”

일하는 곳까지 도보 0분이다. 다니기도 편하고, 일에 지치면 바로 쉴 수도 있는 우량 건물이다.

“식사도 가게 식재료를 사용하면 되니까 머물 곳과 먹을 것은 무료야. 뭐, 어떻게 할지는 다 같이 이야기를 나눈 다음에 결정해도 좋아."

우선 모두를 데리고 여기에서 벗어나고 싶었다. 조금 전부터 나를 바라보는 주위의 시선이 따가웠다. 특히, 미릴러 마을에서 온 사람들의 시선이 많았다. 말을 걸어오기라도 한다면 귀찮아지기 때문에 안즈 일행을 데리고 이곳을 벗어나기로 했다.

137 곰 씨, 안즈를 안내하다

안즈 일행은 마을 안이 신기한지 주위를 힐끔힐끔 쳐다보며 걷고 있었다. 나도 처음 크리모니아에 왔을 때 같은 행동을 했으니까 남의 이야기처럼 말할 수 없다. 하지만 나는 이곳이 게임 세계인 건지 이세계인 건지를 확인하기 위해 주위를 둘러봤다. 게다가 내 경우엔 내가 주변을 보는 것만이 아니라 다른 사람들이 나를 바라보는 쪽이었던 것 같은데……. 그때는 곰 인형 옷차림 같은 건 처음 봤을 테니 모두들 멈춰 서서 나를 바라봤다. 지금은 내가 돌아다니는 장소 한정이긴 하지만 그렇게 신기하게 쳐다보는 일도 없어졌다.

내가 이세계로 온 지 여러 달이 지났다. 시간이 빠르다.

"사람이 많네.

"그러게."

"정말 이 마을에서 일하는 거야?"

"내가 잘할 수 있을까……."

"그건 다 같이 힘내자고 했잖아."

"마을 사람들은 모두 세련되네."

"응, 그렇지만…… 없네."

"없어."

뭐가 없는지 생각하고 있는데 모두의 시선이 내게로 향했다.

어째서 나를 보는 거지?

"뭐가 없는데요?"

"유나 같은 복장을 한 사람."

"곰이 없어."

"이 마을에는 유나 같이 곰 옷을 입고 있는 사람이 있을 거라고 생각했어."

모두들 고개를 끄덕였다. 그런 생각을 하고 있었던 거야?!

놀람의 순간이다. 상식적으로 생각해서 나 같은 인형 옷을 입고 있는 사람이 마을 안을 걷고 있을 리가 없었다. 애당초, 이 세계에서 인형 옷 문화는 존재하지 않을 것이다.

하지만 이들은 미릴러 마을에서 한 번도 나와본 적 없어서 크리모니아에 관한 정보가 없는 상태에서, 크리모니아에서 온 나를 봤으니 마을에는 인형 옷을 입은 사람이 있을 거라고 생각한 건가?

아니지, 그래도 최근엔 일 때문에 크리모니아에서 미릴러로 가는 사람들이 있었으니 이상하다고 생각하는데…….

"유나 씨 같은 옷은 아무도 입지 않네요?"

뭐라고 대답하기 어려운 질문을 하다니…….

"이, 입지 않아."

그래, 대답할 수밖에 없다. 그 이외의 대답은 존재하지 않았다. 입고 있다고 하면 내 가게에서 일하고 있는 아이들 정도였다. 그렇지만 그건 유니폼이고, 평소엔 입지 않는다. 게다가 그건 파카이다.

그래, 저런 느낌의 곰 파카.

"……."

내 시선은 걷고 있는 아이들에게 향했다. 틀림없이 『곰 씨 쉼터』에서 일하고 있는 아이들이었다.

어, 어째서 이런 곳을 돌아다니고 있는 거야? 그 전에 어째서 유니폼을 입고 돌아다니는 거지?

지금 시간은…… 가게는? 여러 가지 생각들로 머릿속을 풀가동했지만 대답은 나오지 않았다.

내가 곰 유니폼을 입은 아이들을 보고 있으니 세노 씨가 아이들을 알아차렸다.

"저건?! 있었네. 저 아이들, 곰 복장을 하고 있어."

세노 씨의 말에 모두의 시선이 곰 유니폼을 입은 아이들로 향했다. 그와 동시에 아이들도 나를 알아차렸다.

"유나 언니!"

내게 눈치를 챈 아이들이 종종걸음으로 다가왔다. 멤버 구성은 여자아이 세 명이었다.

"모두들, 이런 곳에서 뭐 하는 거야? 가게는?"

의문이 든 것을 물었다.

"쉬는 날이에요."

아아, 그렇군, 오늘은 쉬는 날이지. 가게에 가지 않아서 잊고 있었다.

"유나 씨, 이 아이들은……?"

아이들과 이야기를 나누고 있자 안즈가 물었다. 여기서 거짓말을 해도 머지않아 알려지게 될 테니 솔직하게 설명했다.

"내 가게에서 일하고 있는 고아원 아이들이야. 그런데 어째서 모두들 유니폼을 입고 있는 거야? 가게는 쉬는 날이잖아?"

"그거야, 귀여워서…… 게다가 따뜻하기도 하고요."

여자아이는 만면에 미소를 띠고 대답했다. 그 미소에 거짓은 없는 것 같았다.

"그리고, 이걸 입으면 안전하다고 티루미나 씨가 말했어요."

"안전하다고?"

"아무래도 곰의 가호가 있으니까 시비 걸리는 일도, 사기를 당할 일도 없다고요. 그래서 물건을 살 때는 입기로 했어요."

"그리고, 쇼핑을 하면 덤을 주기도 하는걸요."

설마, 곰의 가호라는 게 나를 말하는 거야?

하지만 내 경험상 곰 복장을 하고 있으면 오히려 시비 걸릴 것 같은데…….

정말로 괜찮은 건가? 다음번에 티루미나 씨에게 어째서 안전한 건지 확인해봐야겠어. 어쩌면 괴롭힘을 당할 수도 있었다.

"그나저나 다들 어째서 이곳에 있는 거야?"

"원장 선생님께 부탁을 받아서 식재료를 사러 왔어요."

"모두들, 장하네."

나는 아이들의 머리를 쓰다듬어주었다. 아이들은 눈을 가늘게 뜨며 기뻐했다.

"그럼, 조심히 다녀."

장을 보던 아이들을 언제까지고 멈춰 세워놓을 수는 없었다. 아이들은 활기차게 대답을 하고 떠났다.

"귀여운 아이들이네."

"솔직하고 착한 아이들이었어요."

니프 씨는 아이들을 보고 그렇게 감상을 말했다.

"아이들을 돌보고 계신 원장 선생님이 좋으신 분이셔서 아이들도 그분을 본받아 다들 착한 아이로 자라고 있어요."

정말이지 고아원에 있는 아이들은 착한 아이가 많았다. 원장 선생님과 리즈 씨 덕분에 아이들은 올곧게 자라고 있었다.

장 보러 가는 아이들과 헤어진 우리는 안즈 일행이 일할 가게를 향해 걷기 시작했다. 그 가게를 향해 걷다 보면 필연적으로 눈에 들어오는 게 있었다.

"어라, 뭐지?"

"곰?"

"곰이네."

"가게인가?"

모두가 보고 있는 건『곰 씨 쉼터』였다. 안즈의 가게는『곰 씨 쉼터』근처에 있었다. 그 때문에 가게로 향할 땐 필연적으로『곰 씨 쉼터』가 시야에 들어오게 되어 있다.

입구에 놓여 있는 커다란 곰. 지붕 위에 올라타 있는 곰. 간판에는 커다란 글자로『곰 씨 쉼터』라고 적혀 있다.

모두들 가게 앞에서 입을 벌린 채로 가게와 곰을 바라보고 있었다.

"나, 이거랑 닮은 거 본 적 있어."

"어머, 이런 우연이 다 있네. 나도 있는데."

"나도 있어."

모두들 고개를 끄덕인 뒤 나를 바라봤다.

"터널 앞에서 있던 곰과 같아."

네, 정답입니다.

"거기는 검을 가지고 있었지만, 이쪽은 빵이야."

"귀여워."

"설마 이 가게, 유나네 가게야?"

"일단, 제가 경영하고 있는 가게예요."

"그럼 아까 곰 옷을 입고 있던 아이들은 이 가게에서 일하고 있는 거야?"

"그래서 곰 복장을 하고 있었던 거구나."

"설마 우리도 여기서 일하는 거야?"

안즈 일행은 걱정스러워하는 얼굴과 불안해하는 얼굴, 그리고 즐거워하는 얼굴 등 다양한 반응을 보였다.

"여기는 주로 빵과 경양식을 팔고 있는 가게예요. 여러분에게는 다른 가게를 준비했어요."

"그래?"

"새로운 가게에서는 쌀과 해산물 요리를 중심으로 만들 예정이에요."

생선에는 쌀이지. 그렇지만 현재로서는 쌀도 된장도 없었다. 당분간은 어패류만 가능하려나?

"그러고 보니 화(和) 나라는 어떻게 됐어요?"

"저번에 배가 와서 교역이 재개됐어요."

그건 기쁜 소식이네. 쌀과 간장과 된장을 손에 넣는 날도 머지않을지도 몰라.

"젤레모 씨가 짐이 도착하는 대로 보내준다고 했어요."

그거 기대되는데. 나의 식생활에 일식이 들어서게 될 것 같다.

나는 안즈 일행을 데리고 가게로 향했다. 향했다고 해도 『곰 씨 쉼터』에서 그다지 떨어지지 않은 거리에 안즈의 가게가 있다.

가게에 도착하자, 이번에는 눈앞에 있는 커다란 건물에 안즈 일행의 눈이 고정됐다.

“크다.”

『곰 씨 쉼터』보다는 한 단계 작지만 2층짜리 커다란 건물이다.

“하지만, 곰이 없네.”

세노 씨가 이마에 손을 대고 주위를 둘러봤다.

“없어요.”

애당초, 그건 밀레느 씨가 곰 유니폼을 만든 탓에 가게의 외관도 곰으로 꾸미자는 이야기가 나와 그렇게 된 것이다. 그래서 내가 곰 석상을 만들게 되었다.

“이 가게에도 곰 님을 만들자. 안즈도 곰 장식물을 원하지?”

세노 씨가 안즈에게 동의를 구했다.

“저는 어느 쪽이든 괜찮아요.”

“그럼 만들어서 세워 두자. 유나의 가게니까, 그렇게 하면 미릴러 마을의 사람들도 와줄 거야.”

“확실히 그럴 것 같아.”

세노 씨의 말에 포르네 씨도 찬성했다.

“게다가 곰은 눈에 띄어서 좋아. 곰한테 생선을 들게 하자.”

“그거라면 쌀도 괜찮을 것 같아.”

“그렇네. 크리모니아 사람들에게 알리기 좋을지도 몰라.”

세노 씨가 점점 이야기를 진행시켰다.

“일단, 그 이야기는 나중으로 미루고 안으로 들어가죠. 모두들 피곤하잖아요.”

나는 이야기를 강제로 끊고 건물 안으로 들어갔다. 뒤에서 세노 씨가 「만들자」라고 말하는 소리가 들려왔지만 들리지 않는 척했다. 세노 씨는 곰 석상이 상당히 마음에 든 모양이다.

뭐, 나로서도 만들고 싶다고 한다면 만들지 못할 것도 없었다. 이제 그 부분은 포기했다. 저항을 해도 소용없었다.

이번엔 사사로운 저항이다.

건물 안으로 들어서자 넓은 공간이 펼쳐졌다. 테이블 등을 두고 손님들이 식사를 하게 될 플로어였다.

“아무것도 없네.”

“하지만 넓어…….”

안즈 일행은 플로어를 둘러봤다.

“정말 여기서 가게를 여는 건가요?”

“응, 안즈의 가게가 될 거야.”

“대단해요!”

“마음에 든다니 기뻐.”

“유나, 안쪽으로 들어가 봐도 돼?”

내가 고개를 끄덕이자 세노 씨와 다른 사람들은 자유롭게 1층을 둘러보기 시작했다. 1층에는 주방, 창고가 있었다. 원래는 일반적인 집이었기 때문에 욕실도 있었다.

안즈와 니프 씨는 주방으로, 세노 씨와 나머지 일행은 창고와

욕실이 있는 쪽으로 향했다.

"우리 집 주방보다 예뻐."

안즈의 목소리가 주방에서 들려왔다. 그야 물론 그 부분은 예쁘게 신경 썼으니까. 주로 티루미나 씨가 말이지.

"욕실도 예뻐. 게다가 곰이 있어!"

1층을 살펴보고 있던 세노 씨가 흥분한 듯이 소리쳤다. 그 말에 모두들 욕실로 향했다.

"곰이다."

"곰이야."

"곰이네."

곰 하우스의 욕조와 같이 따뜻한 물은 곰의 입에서 나오게 되어 있었다. 욕실은 조금 수리가 필요해서 내가 다시 만들었다.

"넓다."

"응, 모두 들어가도 괜찮을 것 같아."

"하지만 청소하기 힘들겠어."

"그 부분은 서로 의논하고 깨끗하게 사용하면 돼요."

어느 정도 1층을 돌아본 안즈 일행은 2층으로 올라갔다. 2층은 주거 공간으로 안즈 일행이 지낼 방이 있었다.

"방은 다섯 개 있으니까 마음에 드는 방을 쓰면 돼요."

내 말에 세노 씨가 근처 방문을 열었다.

"유나, 여기 혹시 방을 한 사람씩 쓰는 거야?"

안즈에게 가게를 도와주는 건 네 명이라고 들었기 때문에 각 방에는 침대를 하나씩만 두었다. 인원이 늘면 방을 같이 쓰게 되겠지만, 안즈를 포함해 다섯 명뿐인 지금이라면 혼자서 방을 사용해도 괜찮았다.

"설마, 혼자서 방을 쓸 수 있게 해줄 줄은 몰랐어."

"뭐, 다 같이 집을 빌리려고 했으니까. 싼 곳을 찾으면 방을 혼자서 쓰는 건 무리지."

"유나, 설마 급여가 없는 건 아니지?"

세노 씨가 불안한 목소리로 물었다. 그러고 보니 급여에 대해 말을 하지 않았다. 그 부분은 티루미나 씨와 상담해야 했다.

"제대로 지급할 거예요. 다만, 얼마가 될 건지는 담당자에게 물어봐야 하지만요."

"응, 적더라도 확실하게 받을 수 있다면 괜찮아."

"여기서 지낼 수 있다면 급여가 적어도 어쩔 수 없지."

내일이라도 티루미나 씨에게 상담해야겠다.

"그리고, 이 집은 여성 전용이니까 남자를 데려오지 말아주세요. 남자와 애정 행각을 벌이려거든 다른 곳에서 부탁드릴게요."

다들 성인이니까 그런 일도 있을 수 있었다. 하지만 가게에서는 사양하고 싶었다.

게다가 모르는 사람을 집에 들이고 싶지 않았다.

"당분간 남자는 됐어."

"나도."

"남편이 살해당해서, 아무래도……."

안즈 이외의 전원이 수긍했다. 잊고 있었던 건 아니지만, 남편이나 아이가 살해당한 사람도 있었지. 필요 없는 규정이었을지도 모른다. 나는 조금 더 생각하고 말했어야 했는데 하고 후회했다.

"또, 질문 있나요? 없다면 오늘은 이만 쉬도록 하죠."

벌써 저녁이었다. 지금부터 마을을 안내하기에는 시간이 없었다. 게다가 마차에 장시간 앉아 있었을 테니 피곤할 터였다. 오늘은 빨리 쉬도록 했다.

모두들 서로의 얼굴을 마주 보더니 고개를 작게 옆으로 저었다. 특별히 물을 건 없는 모양이었다.

나는 저녁과 아침 식사를 할 수 있도록 방에 있는 테이블 위에 모린 씨와 아이들이 만든 빵을 꺼냈다.

"그럼 내일 아침에 올게요. 오늘은 편히 쉬세요."

안즈 일행과 헤어진 후, 나는 티루미나 씨가 있는 곳에 들렀다가 집으로 돌아갔다.

138 곰 씨, 안즈에게 설명하다

다음 날. 집에서 기다리고 있자 티루미나 씨가 와주었다.

"좋은 아침. 조금 늦었나?"

"딱 맞춰 오셨어요. 그럼, 오늘은 부탁드릴게요."

어제 안즈 일행을 가게 겸 집으로 안내한 후, 티루미나 씨에게 여러 가지로 상담을 하기 위해 집으로 와달라고 부탁했다. 아침엔 바쁠 텐데 티루미나 씨는 흔쾌히 승낙해주었다.

"일은 괜찮아요?"

"괜찮아. 딸들도 도와주러 오기도 하고, 리즈도 있으니까. 조금 시간이 걸리기는 해도 확실하게 해주니까 걱정할 필요 없어."

최근에는 리즈 씨도 꼬끼오알 관리나 상업 길드에 얼굴 비추는 일을 하고 있다고 한다. 티루미나 씨가 자신이 아플 때를 대비해서 리즈 씨에게 일을 가르치고 있다고 했다.

일 문제는 항상 티루미나 씨에게 신세를 지게 된다. 그리고 지금부터도 티루미나 씨에게 신세를 지게 될 것이다.

티루미나 씨를 데리고 안즈네 가게로 향했다. 가게 안으로 들어서자 1층에서 어슬렁거리는 안즈 일행이 눈에 들어왔다.

"앗, 유나 씨, 안녕하세요."

내가 들어선 것을 눈치챈 안즈가 인사를 했다.

"유나, 안녕."

니프 씨 일행도 다가와 인사를 했다.

"안녕하세요. 모두들 잘 잤어요?"

"응, 잘 잤어. 침대도 푹신해서 기분 좋았어."

안즈를 보니 피곤한 표정은 보이지 않았다. 정말 잘 잔 것 같았다.

"유나, 정말 저 방 써도 되는 거야?"

"게다가 무료로?"

"급여도 받을 수 있는데?"

방이 무척 마음에 들었는지 모두들 의심을 했다.

"설마 이상한 일이라던가……."

세노 씨의 말에 모두의 시선이 내게로 모였다.

"급여는 제대로 드릴 거고요, 이상한 일이 아니에요."

뭐, 좋은 이야기에는 꿍꿍이가 있다고들 하니, 불안해하는 것도 어쩔 수 없지. 애당초 이쪽 세계의 종업원 대우에 대해 자세히 알지 못했다. 전에 언뜻 듣기로는, 일에 따라 다르겠지만 수습 기간에는 의식주는 제공돼도 무임금인 경우가 있다고 들었다. 뭐, 나는 제대로 급여를 지불할 생각이다.

"그래서, 유나 씨. 그쪽 분은 누구시죠?"

안즈가 내 옆에 서 있는 티루미나 씨에 대해 물었다. 나는 모두에게 티루미나 씨를 소개했다.

지난번에 만난 피나와 슈리의 엄마이며, 가게 운영을 도와주고 있다는 것, 주로 회계 업무를 담당하고 있는 것 등 티루미나 씨의 소개를 마치고, 이번에는 티루미나 씨에게 안즈 일행을 소개했다.

"민폐를 끼치겠지만 잘 부탁드리겠습니다."

"모르는 게 있다면 뭐든 물어보세요."

"네! 고맙습니다."

안즈 일행의 자기소개도 끝나고, 우리는 1층에 있는 휴게실로 이동해 향후에 대해 이야기하기 시작했다.

"그럼, 간단하게 일을 설명할 건데 괜찮나요? 뭔가 묻고 싶은 게 있다면 말하세요."

나는 가게 업무와 앞으로 할 일을 간결하게 정리해서 설명했다. 우선 안즈에게는 가게 책임자가 될 것과 모두는 안즈의 지시에 따를 것을 일러두었다. 이 가게는 안즈의 가게가 될 테니 당연한 얘기였다. 그리고 메뉴 작성, 가게에서 판매할 요리는 안즈가 정할 것. 물론 상담하는 건 좋다. 하지만 결정권은 안즈에게 있다. 다른 사람들은 가게를 도우면서 고아원도 도울 것. 또한 6일에 한 번씩 쉬는 날이 하루 있는 점— 이것은 『곰 씨 쉼터』와 같았다.

"제가 책임자……."

"나랑 티루미나 씨가 보좌할 테니까 걱정하지 않아도 돼."

주로 티루미나 씨가 할 테지만, 이라고 마음속으로 말을 덧붙였다. 티루미나 씨도 그것을 알고 있는지 옆에서 쓴웃음을 지었다.

"뭐, 안즈 씨는 데거 씨처럼 요리를 만들어주면 되니까."

"……네. 힘내볼게요."

안즈는 작게 고개를 끄덕였다.

"안즈, 메뉴를 만들 때 재료의 분량 기재도 부탁할게. 매입 가격에 맞춰 판매 가격을 정하고."

"네, 알겠어요."

안즈는 진지한 얼굴로 대답했다.

"그리고, 이건 나중에 해도 되는 건데, 하루에 판매하는 수를 정할 거야. 그렇게 하지 않으면 식재료 매입이 어려워지니까."

"그렇군요. 식재료를 많이 매입했다가 상하면 곤란하겠죠."

"식재료 매입은 티루미나 씨가……?"

"일단은 그럴게. 물론, 안즈가 이 마을에 익숙해져서 여유가 생기게 되면 스스로 해도 좋아."

"알겠습니다. 그럼 식재료는 제 눈으로 보고 싶기도 하니 가게를 가르쳐주실 수 있나요?"

"좋아. 내가 추천하는 정육점과 채소 가게가 있으니까 나중에 안내해줄게."

"고맙습니다."

안즈는 기쁜 듯 티루미나 씨에게 감사 인사를 했다.

"저희의 일은……."

그때, 세노 씨가 작게 손을 들고 질문했다.

"안즈에게 요리 순서를 배워서 안즈를 보조해주세요. 그리고 매

출 집계, 식재료 관리, 가게 청소…… 나머지는 고아원 아이들 돌보기려나?"

또 뭐가 있던가?

"요점은 안즈를 도와주면 된다는 거네요."

"안즈에게 일을 다 맡기지만 않으면 돼요."

"물론이지. 안즈의 부탁으로 크리모니아에 왔는걸. 안즈에게 민폐가 되지 않도록 할게."

"모두들, 고맙습니다. 저 열심히 할게요."

안즈는 기쁜 듯 그녀들을 바라봤다.

그 뒤, 티루미나 씨가 급여 이야기와 가게에 대한 설명을 했다. 나는 적정 급여 같은 걸 모르니까. 다만, 티루미나 씨에게는 보통보다는 많이 주라고 전달했다. 혹여 다른 사람에게 스카우트를 당해도 곤란하니 말이다.

티루미나 씨가 지정한 급여에 대해서는 아무도 불만을 말하지 않았다.

오히려 그렇게나 많이 받아도 돼요? 라고 물었을 정도다. 보통은 더부살이를 하는 경우 급여에서 그만큼 빼는 것 같지만, 나는 티루미나 씨에게 빼지 말아달라고 부탁했다.

"안즈. 그 말, 후회하지 마."

"무, 무슨 무서운 말씀이세요."

"데거 씨에게 배운 안즈의 요리 솜씨는 안즈가 생각하고 있는 것보다도 대단하니까. 조금은 자각하는 편이 좋아."

내 상상으로는 손님의 수가 엄청날 것 같지만, 어디까지나 나의 예상이다. 막상 뚜껑을 열어보면 손님이 영 없을 가능성도 있다.

뭐, 데거 씨가 가르친 안즈의 요리는 맛있으니 그럴 일은 없겠지만.

다만, 소문이 퍼지기까지 시간이 걸릴 가능성은 있다.

"아버지의 요리는 맛있지만, 제 솜씨는 아직……."

"안즈가 만들어준 요리도 충분히 맛있었어. 그러니까 자신감을 가져도 돼."

"고, 고맙습니다. 저, 열심히 할게요."

"다만, 바빠서 힘들어도 급여는 오르지 않을 거니까."

"아, 알겠습니다."

주위에서 웃음이 일었다.

안즈에게는 그렇게 말했지만 가게의 매출에 따라 올려줄 생각이다. 안즈에게는 확실하게 결혼 자금을 모으도록 해야 하니까. 어떤 남자와 결혼을 하게 되더라도, 돈은 있어서 곤란할 일은 없다. 결혼해서 가게를 관두게 되더라도 말이다.

그 후, 가게 인테리어 이야기를 했다.

"보다시피 아무것도 없으니 안즈와 모두가 상담을 해서 정해도 돼요."

가게 안엔 아무것도 없었다. 우리가 앉아 있는 휴게실 의자와 테이블은 전부터 여기 있던 것이지 가게용 의자와 테이블이 아니었다.

"저희가 정하나요?"

"안즈의 가게잖아. 좋을 대로 해도 돼. 정하고 티루미나 씨에게 말해주면, 티루미나 씨가 업자에게 발주해줄 거야."

가구 상점인지 목수 쪽인지는 모르지만, 그 부분은 티루미나 씨에게 맡긴다.

"역시, 내가 하는구나."

티루미나 씨가 한숨을 쉬었다. 그에 대해 나는 웃으며 넘겼다. 안즈는 미안해하고 있었다.

"주방도, 갖고 싶은 도구가 있다면 말해줘."

"일단, 집에서 손에 익은 도구는 가져왔는데, 아무래도 전원의 몫은 아니라서 부탁드리고 싶어요."

"알았어. 그럼 필요한 도구를 알아봐 줄래? 가능하면 요리를 담을 그릇이나 컵을 지정해주는 것도 부탁할게."

"저기, 그릇 같은 것도 제가 정해도 되나요?"

"당연하지. 하지만 가격은 티루미나 씨와 상담해야 해."

"네, 알겠습니다."

그 외, 메뉴 만들기와 역할 분담 등은 안즈가 며칠 내로 정하기로 했다.

가게 이야기가 끝나자 다음으로 고아원 이야기가 나왔다.

고아원의 아이들이 꼬끼오를 돌보고 있는 것과 어제 만난 곰 옷차림을 한 아이들은 『곰 씨 쉼터』에서 일하고 있다는 것을 설명했다.

"그래서 유나, 고아원의 일이라는 게 뭘 하면 되는 거야? 아이들과 같이 새를 돌보면 되는 거야?"

가장 연장자인 니프 씨가 질문을 했다.

"일은 아이들이 할 테니까 여러분은 고아원의 일손을 보태거나 유아반을 보살펴 주셨으면 좋겠어요. 물론 아이들도 하겠지만, 빨래나 청소, 식사를 만들어주셨음 해요. 아이들의 수가 많아서 힘들 테니까요. 그리고 시간이 남으면 간단한 읽기 쓰기와 산수 같은 걸 가르쳐주셨으면 해요."

일단 빈 시간에 공부는 하고 있으나 원장 선생님 혼자서는 모든 아이들에게 눈을 돌릴 수 없는 것이 현재의 상황이다. 읽기 쓰기가 안 되면 계약서로 사기를 당할 가능성이 있고, 산수가 안 되면 거래로 사기를 당할 가능성이 있었다. 고아원 아이들이 장래에 어떤 일을 하든 필요한 스킬이다. 글을 읽을 수 있다거나 산수가 가능하다면 장래에 도움이 될 것이다. 일의 폭도 넓어질 테고 말이다.

"의외로 힘들겠네."

지금은 원장 선생님과 리즈 씨 두 사람만으로 일을 하고 있다. 힘들 것이다.

“아이들은 말이지, 무슨 생각을 하고 있는지 알 수 없기도 하고, 엄청 활기차기도 해. 아이들을 돌보는 건 매우 힘들 거야.”

니프 씨는 경험이 있는지 생각에 잠겼다. 그리고 조금 슬픈 표정을 지었다.

분명, 도적에게 구출된 사람들 중에는 아이를 잃은 사람도 있었다. 어쩌면 니프 씨가 그럴지도 모른다. 물론 그런 것을 묻거나 하지는 않았다.

그렇게 이야기도 끝나고, 나는 고아원 아이들을 소개하기 위해 일행을 데리고 고아원으로 향했다.

139 곰 씨, 안즈 일행을 고아원으로 안내하다 1

설명을 끝내고 안즈 일행을 데리고 고아원으로 갔다.

"티루미나 씨는 피나와 슈리의 어머니이신 거죠?"

"맞아, 미릴러에서는 신세를 진 것 같던데 고마워."

"아뇨, 요리만 만들었는걸요."

안즈는 손을 저으며 부정했다.

"그래도, 요리가 맛있었다고 했어."

"아버지와 비교하면 아직 멀었죠."

"그렇지 않아. 안즈의 요리도 맛있어."

"유나 씨……."

내 말에 안즈는 기뻐했다. 딱히 겉치레 말을 한 게 아니다. 정말로 안즈의 요리는 맛있다.

"후후, 그럼 나도 안즈의 요리를 기대해야겠네."

"으……, 열심히 해볼게요."

그렇게 대화를 나누다 보니 고아원이 보였다. 고아원이 보이기 시작했다는 건 필연적으로 그것도 보인다는 뜻이었다.

"여기에도 곰이 있어."

"곰이다."

"여기 곰도 귀엽네."

새롭게 지은 고아원 앞에는 아이들의 요청에 의해 곰 석상이 세워져 있었다.

"역시, 가게에도 곰 석상을 만들자."

세노 씨가 모두에게 말했다.

"진짜, 유나의 가게라면 필요하지."

티루미나 씨까지 그렇게 말하기 시작했다.

이대로라면 안즈의 가게에서까지 곰 석상을 만들 처지가 되어버린다. 쓸모없는 저항이란 걸 알면서도 나는 안즈에게 도움을 요청했다.

"가게는 안즈의 가게이기도 하고, 곰이 있으면 이상하잖아요. 안즈도 그렇게 생각하지?"

안즈가 거절하면 만들지 않아도 될 이유가 생긴다.

"……저는, 딱히 곰이 있어도……."

안즈는 내 눈을 피하면서 대답했다. 이럴 수가, 안즈에게 배신을 당했다.

"안즈도 그렇게 생각한다는 거지?"

티루미나 씨가 승부에서 이겼다는 듯 미소를 지었다. 티루미나 씨, 밀레느 씨의 영향을 받고 있는 거야? 설마 내가 모르는 곳에서 의기투합을 하고 있는 거 아냐?

"그렇게 되면 역시 곰에게 들게 할 건 생선이려나?"

세노 씨가 곰이 들 것을 생각했다.

“생선을 빼놓을 순 없지만, 오징어나 문어도 좋지 않나?”
“그럼 조개도 만들어야지.”
“그러면 전부 만들면 괜찮지 않나?”
티루미나 씨가 전원의 의견을 정리했다. 으음, 그건 제가 만드는 거죠……. 클리프 때문에 억지로 터널 앞에 곰 석상을 만들게 됐을 때가 기억 저편에서 떠올랐다.
세노 씨가 중심이 되어 여러 안이 나왔다. 안즈도 티루미나 씨도 적으로 돌아서서 나에게 거부할 힘은 사라지고 없었다.
“곰 석상 이야기는 됐으니 안으로 들어가죠.”
벌써 고아원의 문 앞까지 도착했다. 그런데도 이야기를 멈추지 않는 모두를 저지하고 고아원으로 들어가라고 했다.

안즈 일행을 이끌고 고아원으로 들어가 아이들의 놀이방으로 향했다. 바닥에 앉아 있는 원장 선생님을 중심으로 아이들이 모여서 그림책을 읽고 있었다.
“유나 씨, 어서 와요.”
“원장 선생님, 안녕하세요.”
나를 눈치챈 아이들이 달려왔다.
“곰 언니!”
아이들은 내 배와 다리, 팔에 안겨 왔다. 이것이 곰 장비가 아니었다면 눌려 넘어졌겠지. 다 큰 어른이라도 서너 명의 아이들이 안겨 오면 쓰러질 수밖에 없다.

역시 곰 장비라고 해야 하나, 아이들이 안겨 오는 것 정도로는 쓰러지거나 하지 않았다. 그런 나를 모두가 미소를 지으며 보고 있었다.

특히 그중에서 니프 씨의 표정이 신경 쓰였다. 슬픈 듯, 무리하게 웃고 있는 것처럼 보였다.

"오늘은 어쩐 일이세요? 게다가 뒤에 계신 분들은……."

원장 선생님은 내 뒤에 있는 안즈 일행에게 시선을 보냈다.

나는 모두를 간단하게 소개했다. 미릴러 마을에서 왔으며, 크리모니아에서 가게를 경영할 것이라고 설명했다.

"이분들이 바로 그분들이셨군요."

원장 선생님에게는 미리 얘기를 했었다. 그리고 모린 씨의 빵 가게와 같이 아이들을 일하게 하고 싶다고도 말했다. 물론 강제는 아니다. 어디까지나 진로 중 하나가 된다면, 이라고 생각했다.

게다가 안즈도 그렇지만, 다들 언제까지 있을 거라고 단정할 수 없었다. 결혼, 혹은 미릴러 마을로 돌아갈지도 모른다. 그때까지 일을 가르쳐주길 바랐다.

"안즈예요, 잘 부탁드립니다."

"세노입니다."

"포르네입니다."

"베틀이에요."

"니프라고 합니다."

일행은 각자 자기소개를 했다.

"저는 이 고아원에서 아이들을 돌보고 있는 보우라고 합니다. 여러분에 대해선 이미 들었어요. 유나 씨의 가게에서 일하시는 거죠? 힘드시겠지만 열심히 해주세요."

원장 선생님이 모두에게 인사를 했다.

"그래서, 이분들에게도 고아원의 일을 도와달라고 하고 싶은데요."

"고아원의 일을요?"

원장 선생님은 조금 놀란 듯 목소리를 높였다.

가게에 관해서는 이야기했지만 고아원의 일에 관해서는 이야기하지 않았다. 니프 씨 일행에게 승낙을 받고 진행하려고 했기 때문이다.

"저 때문에 원장 선생님도 리즈 씨도 힘드시잖아요. 리즈 씨에게는 꼬끼오 돌보는 일도 부탁하고 있기도 하고……."

"신경 써주셔서 고마워요. 하지만 괜찮습니다. 모두 착한 아이들이기도 하고, 무엇보다도 유나 씨와 티루미나 씨가 도와주셔서 저는 힘들다고 생각하지 않아요. 유나 씨를 만나기 전에는 밥을 먹는 것도 어려웠었죠. 지금은 그런 걱정도 없어지고, 이렇게 아이들과 같이 있는 시간도 늘었어요."

원장 선생님은 무릎 위에 앉아 있는 아이의 머리를 쓰다듬었다.

그렇게 말해도 힘들다는 건 알고 있었다. 처음 만났을 때의 힘듦과 지금의 힘듦은 질이 다르겠지만, 힘들다는 것에는 변함이 없었다.

나와 티루미나 씨가 하고 있는 건 아이들에게 일을 주고 있는 것뿐, 아이들을 직접 돌보고 있는 것은 아니었다.

"원장 선생님이 쓰러지시면 곤란하잖아요."

"원장 선생님, 쓰러져?"

"선생님……."

내가 원장 선생님이 쓰러진다고 말한 순간, 주위에 있던 아이들이 앉아 있는 원장 선생님에게로 다가갔다. 그리고 걱정스럽게 원장 선생님의 옷을 잡거나 팔에 안겼다.

"괜찮아요, 쓰러지지 않아요."

원장 선생님은 아이들이 안겨 와도 흔들림 없이 확실하게 아이들을 받아줬다. 곰 옷을 벗은 나보다도 강할지도…….

원장 선생님이 곤란하다는 듯 아이들의 머리를 쓰다듬으며 달랬다. 그 모습에 미소가 지어졌다.

"원장 선생님은 아이들을 위해서 쓰러지지 말아주세요. 저는 그걸 도와드릴 테니까요."

"유나 씨…… 고맙습니다."

원장 선생님의 승낙도 받았기 때문에, 다음으로 새를 돌보고 있는 아이들이 있는 곳으로 안즈 일행을 안내했다.

고아원 옆에 자리한 꼬끼오가 있는 담장 쪽으로 갔다.

"이 안에 있는 거야?"

"새가 도망치지 않게 하기 위해서구나."

담장 안으로 들어서자 아이들이 꼬끼오를 붙잡아 꼬끼오 우리에 넣고 있는 모습이 보였다. 최근에 꼬기오의 수가 늘어나서 꼬끼오 우리를 나눠서 청소하고 있다.

"새를 꼬끼오 우리에 다 넣고 점심 먹자."

"네~."

리즈 씨는 아이들과 함께 새를 꼬끼오 우리에 넣고 있었다. 아이들 중 한 명이 우리를 알아차렸고, 이내 리즈 씨도 우리를 눈치챘다.

"유나 씨? 게다가 티루미나 씨?"

리즈 씨가 꼬끼오를 붙잡은 채로 우리를 바라봤다.

"티루미나 씨, 오늘은 용건이 있다고 하시지 않았나요?"

"지금 그 용건으로 여기에 와 있는 거야."

"그러세요?"

"그래서, 꼬끼오알 거래는 괜찮았니?"

티루미나 씨가 일 관련으로 물었다. 오늘의 꼬끼오알 거래는 리즈 씨가 갔다.

"네, 괜찮아요. 제대로 수를 확인하고 길드 쪽에 건넸습니다."

"고마워."

"아뇨, 피나도 도와주었는걸요."

"그런데, 우리 아이들은?"

"꼬끼오 우리 안에서 일을 하고 있어요."

우리가 리즈 씨와 대화를 하고 있자 아이들이 모여들었다.

"유나 씨가 와서 기쁜 건 알지만, 얼른 하지 않으면 점심이 늦어질 거야."

리즈 씨는 아이들에게 다시 일하도록 말했다. 내가 「힘내」라고 말하자 아이들은 고개를 끄덕이고 일로 돌아갔다.

"유나 씨가 오면 모두들 열심히 하게 돼요."

리즈 씨가 웃으며 말했다.

"모두들 성실하게 일하고 있네요."

"그리고 모두 유나 씨를 좋아하는 것 같아요. 조금 전 원장 선생님이 계신 곳에 있던 아이들도 유나 씨가 방에 들어선 순간에 달려오기도 했고."

세노 씨와 안즈가 아이들을 보고 그렇게 말했다.

"제 옷차림이 곰이라서 그래요."

"그렇지 않아. 항상 유나가 오면 아이들은 기뻐하면서 평소보다 열심히 일을 하니까."

티루미나 씨가 미소를 지으며 말하자 리즈 씨도 고개를 끄덕였다.

"평소엔 장난을 치는 아이도 있지만, 유나 씨가 오면 성실해져요."

리즈 씨까지 그렇게 말을 하니 부정을 할 수 없어졌다. 나는 항상 열심히 하는 아이들의 모습만 봤다.

"그래서, 유나 씨, 이분들은 누구시죠?"

나는 리즈 씨에게 안즈 일행을 소개하고 원장 선생님에게 한 것과 같은 설명을 했다.

"고아원의 일을 도운다고요?"

"네, 리즈 씨와 원장 선생님에게는 부담을 주고 있으니까요."

"아뇨, 유나 씨를 만나기 전의 일을 생각하면 전혀 힘들지 않아요. 그때는 살기 위해서 고생했어요. 먹을 것도 없고, 노력하고 또 노력해도 먹을거리는 손에 들어오지 않았어요. 하지만 지금은 다른걸요. 힘들긴 해도 열심히 일하면 먹을거리가 손에 들어와요. 아이들에게 음식을 제공할 수 있어요. 매일 맛있는 식사를 할 수 있는 것도 유나 씨 덕분이에요. 그러니 힘들어도 열심히 일할 수 있어요."

리즈 씨는 원장 선생님과 같은 말을 했다. 정말로 두 사람이 쓰러지기라도 한다면 곤란한데…… 두 사람에게는 그런 자각이 없었다.

그 뒤, 나는 안즈 일행에게 리즈 씨와 아이들이 어떤 일을 하고 있는지 설명을 해주었다.

"그럼, 여기도 유나 씨가 만든 거예요?"

"밥을 못 먹고 굶는 아이들을 본 유나 씨가 아이들이 배불리 먹을 수 있도록 일을 주셨어요. 그 덕분에 지금은 아이들이 배불리 먹을 수 있게 되었죠."

"기브 앤 테이크예요. 저는 여러분 덕분에 꼬끼오알을 손에 넣을 수 있으니까요."

"후후, 그렇네요."

리즈 씨는 깨달은 듯한 표정을 지었다.

"그나저나, 이렇게 많은 새를 돌보고 계시네요."

"그래야 꼬끼오알이나 새를 식재료로 사용할 수 있거든요. 맛있는 요리를 만들어 주셔야 해요."

"히, 힘내볼게요."

안즈에게는 열심히 맛있는 요리를 많이 만들도록 부탁해야지.

140 곰 씨, 안즈 일행을 고아원으로 안내하다 2

꼬끼오 우리 옆에 있는 꼬끼오알을 관리하는 오두막에 들어서자 피나가 의자에 앉아 무언가를 하고 있었다. 그 옆에는 슈리가 달걀 케이스를 정리하고 있었다.

“두 사람 모두 열심히 하고 있네.”

“어머니?”

피나가 돌아보았다.

“게다가 안즈 언니?”

“피나, 슈리, 오랜만이야.”

피나와 슈리는 안즈가 있는 곳으로 뛰어왔다.

“네, 오랜만이에요.”

“앞으로 유나 씨의 가게에서 일하게 됐으니까 잘 부탁해.”

“네, 잘 부탁드릴게요.”

“응, 잘 부탁해.”

두 사람은 안즈와의 재회를 기뻐했다. 그 후 나는 안즈와 함께 일하게 될 니프 씨 일행을 소개했다.

“그래서, 피나는 뭘 하고 있었던 거야?”

“오늘 남은 꼬끼오알을 계산하고 있었어요. 유나 언니, 가지고 가실래요?”

일단 상업 길드나 가게에 납품할 꼬끼오알의 수는 정해져 있었다. 물론, 모린 씨의 가게 쪽에서 추가로 필요로 하면 우선적으로 돌리게 되어 있다.

"가게 쪽은 괜찮아?"

"네, 예정했던 몫은 가지고 갔고, 재고도 있는 것 같아서 괜찮아요."

그리고 남은 꼬끼오알은 내가 가져간다. 곰 박스에 넣어두면 알을 신선하게 유지할 수 있었다. 나는 감사히 남아 있는 꼬끼오알을 받았다.

이제부터 리즈 씨는 점심 준비를 한다고 했다.

"유나 씨 일행도 드시고 갈래요?"

리즈 씨의 질문에 어떡할지 모두를 바라봤다.

"그렇다면 제가 돕게 해주세요."

안즈가 점심 식사 준비를 돕겠다고 했다. 리즈 씨가 내게 곤란한 듯한 눈빛을 보냈다. 손님에게 돕게 해도 되는지, 아니면 거절해야 하는지 고민하고 있는 모양이다. 하지만 리즈 씨에게 안즈에 대해 알게 하기에는 좋은 기회였다.

"그럼 인원이 많으니까 리즈 씨를 돕는 걸 부탁해도 될까?"

"네!"

내 말에 안즈는 기쁜 듯 리즈 씨 쪽을 바라봤다.

123...

"그러면 안즈 씨, 부탁드릴게요."

리즈 씨가 안즈를 데려고 고아원으로 향했다.

우리는 아이들의 일이 빨리 끝날 수 있도록 도왔다. 그 뒤, 일을 끝낸 아이들과 함께 고아원으로 돌아왔다.

"잠깐 안즈의 상태 좀 보고 올게. 바쁠 것 같으면 돕고."

세노 씨가 주방으로 향했다. 그 뒤를 포르네 씨, 베틀 씨가 따라갔다. 니프 씨도 따라가려고 했지만 어린 남자아이가 니프 씨의 손을 잡고 있었다.

"니프 씨는 아이들과 놀고 있어요."

"요리는 우리가 거들고 올게요."

"그래도……."

"아이의 손을 빼내면 불쌍하잖아요."

두 사람은 니프 씨를 두고 세노 씨의 뒤를 따랐다. 참고로 내 손을 잡고 있는 아이도 있었다. 남겨진 우리는 식사 준비가 다 될 때까지 아이들과 함께 놀게 됐다.

아이들은 나의 옷을 잡아당기거나 안겨 왔다. 이렇게 활기찬 아이들을 매일 상대하고 있는 원장 선생님과 리즈 씨는 대단하다. 나는 불가능할 것 같다. 그렇게 한창 놀고 있는데, 니프 씨가 아이들에게 둘러 싸여 즐거워하고 있는 모습이 보였다.

처음엔 어색해하는 표정이었지만, 서서히 진짜 미소를 짓게 되었다.

안즈 일행이 도와 준비한 점심 식사는 모두 맛있었고, 아이들에게도 호평이었다. 그 후 니프 씨와 아이들이 좀 더 친해지기 위해, 오늘은 아이들과 함께 놀거나 고아원 일을 하기로 했다.

친해지려면 같이 있는 게 제일이다. 내가 가장 약한 분야이지만 곰 옷 덕분에 아이들이 잘 따랐다.

세노 씨와 포르네 씨는 아이들과 꼬끼오를 돌보러 갔고, 베틀 씨와 니프 씨는 유아반 아이들과 함께 놀았다. 티루미나 씨는 가게와 상업 길드에 일이 있어서 헤어졌다. 피나와 슈리도 티루미나 씨를 따라갔다.

안즈도 가게에 필요한 도구를 알아보러 가게로 돌아갔다.

그 후, 해 질 녘까지 고아원에 있던 우리도 돌아가기로 했다. 아이들이 고아원 밖까지 나와 배웅해주었다. 짧은 시간이었지만 세노 씨 일행을 받아들여 준 모양이다. 특히 니프 씨는 유아반 아이들이 좋아했다.

역시, 아이가 있었기 때문에 아이 돌보는 게 익숙한 건가?

"또 오세요."

"응, 또 올게."

니프 씨는 아이들의 머리를 쓰다듬고 약속했다. 모두들 손을 흔들며 헤어졌다.

"원장 선생님도, 리즈 씨도 친절하신 분들이었어."

"아이들도 말을 잘 듣고 귀여웠어."

"제멋대로 하는 아이도 있었는데, 원장 선생님 말은 순순히 따랐어."

"그래도, 확실히 두 사람으로는 그 인원이 힘들어 보여."

모두가 조금 전까지 있었던 고아원에 대한 감상을 말했다. 이 정도라면 가게 일과 겸임하는 것도 괜찮으려나? 그렇게 생각하고 있는데 니프 씨가 내 쪽을 바라봤다.

"니프 씨?"

니프 씨가 걸음을 멈추고 진지한 눈으로 나를 바라봤다.

"유나, 상담하고 싶은 게 있는데, 나는 가게를 도우면서가 아니라 아예 고아원의 일을 돕는 걸 전문으로 하면 안 돼?"

니프 씨의 말에 모두의 걸음이 멈췄고, 다들 니프 씨를 바라봤다. 니프 씨는 세노 씨 일행의 시선을 알아차리고 입을 열었다.

"딱히 너희와 가게 일을 하고 싶지 않은 게 아니라, 그…… 아이들과……."

니프 씨는 열심히 설명했다. 돕고 싶다는 것은 전해졌다. 솔직하게 아이들을 돌보는 것을 하고 싶은 거겠지. 모두에게도 그런 마음이 전달된 건지 다들 미소를 지었다.

"저는 괜찮아요. 아이들이 니프 씨를 많이 좋아했죠."

"문제없어요."

"응, 괜찮아요."

세노 씨 일행에게도 동의를 받았다.

"정말 괜찮아?"

니프 씨는 모두를 바라보며 되물었다.

"니프 씨, 겨우 웃은 것 같았어요. 지금까지 무리해서 웃고 있는 느낌이었거든요. 그런데 아이들과 같이 있는 니프 씨는 진심으로 웃고 있었어요."

같이 유아반과 놀고 있던 베틀 씨가 말했다. 계속 지켜봤구나.

"뭐, 지금까지 무리해서 웃고 있는 것 같은 얼굴이긴 했지."

세노 씨 일행도 베틀 씨의 말에 동의했다.

"그랬어?"

"모르는 건 본인뿐이에요."

"이쪽에 오면 그동안 안 좋았던 일도 잊고 웃어주려나 생각했어요. 니프 씨가 미소를 지을 수 있는 방법이 고아원 아이들과 함께 있는 것이라면, 저는 흔쾌히 니프 씨를 보내드릴 거예요."

포르네 씨와 베틀 씨의 말에 세노 씨가 고개를 끄덕였다.

"모두들……."

"그러니까 니프 씨는 아이들이 있는 곳에 가주세요."

니프 씨는 모두를 바라봤다.

"안즈에게는 제가 말해둘게요."

"유나, 그리고 모두들, 고마워."

니프 씨는 억지 미소가 아닌 진짜 미소로 고맙다고 인사를 했다. 그렇게 니프 씨는 가게로 돌아가지 않고 고아원으로 돌려보내기로 했다.

"하지만 가게가 바빠지면 도우러 갈 테니까, 열심히 인기 있는 가게로 만들어야 해."

"안즈랑 같이 곰의 손이라도 빌리고 싶을 정도로 바쁜 가게로 만들게요."

"믿음직하네."

니프 씨는 미소를 지어 보인 후 아이들이 있는 고아원을 향해 달려갔다.

가게로 돌아와 안즈에게 니프 씨에 대해 보고하자, 안즈도 기뻐하며 승낙해주었다. 안즈 역시 니프 씨가 걱정이었던 모양이다.

다음 날, 안즈 일행을『곰 씨 쉼터』로 안내했다.

오전 중이라면 손님들도 없을 테니 소개할 수 있었다. 하지만 준비 중일 테니까 폐를 끼치지 않을 정도로만 할 생각이다.

"여기가 유나네 가게구나."

"빵을 팔고 있다고 했지?"

가게 앞에는 빵을 품은 곰 석상이 있었다. 안즈 일행은 곰 석상을 바라봤다.

"역시 우리 가게는 생선으로 해야 돼."

세노 씨가 빵을 들고 있는 곰 석상을 보면서 말했다.

나는 그 말을 무시하고 뒷문을 통해 가게 안으로 들어갔다. 안으로 들어서자 곰 유니폼을 입고 빵을 만들고 있는 아이들과 빵을 굽고 있는 모린 씨와 카린 씨가 있었다.

"유나 언니?!"

내가 주방에 들어서자 한 아이가 알아차렸다.

"안녕?"

"그리고, 저번에 본 언니들?"

아무래도 지난번에 가게 밖에서 만난 것을 기억하고 있는 모양이다. 나보다도 기억력이 좋다.

"유나, 이번에도 아침 식사하러 온 거야?"

모린 씨가 말을 건네 왔다. 나는 자주 가게를 열기 전에 아침 식사를 하러 온다.

"네, 그리고 추가로 4인분 괜찮을까요?"

나는 안즈 일행의 몫도 부탁했다. 안즈 일행에게 『곰 씨 쉼터』의 빵을 먹어보게 하고 싶어서 아침 식사를 하지 말아달라고 얘기해 두었다.

"먹고 싶은 만큼 먹어도 돼."

"고맙습니다."

"그 네 명은 유나의 손님인 거야?"

"알고 계시겠지만, 저의 또 다른 가게에서 일하기 위해 미릴러에서 와주셨어요."

"아, 그 가게 말이구나. 멀리서 오셨네."

모린 씨가 있었던 왕도보다는 가까운걸요.

"그래서 소개도 할 겸, 가게 견학이에요."

나는 안즈 일행을 모린 씨와 카린 씨, 아이들에게 소개했다. 서로 인사를 나눈 후에는 가게 안을 안내했다.

"가게 안도 곰투성이네."

가게 안에는 테이블부터 벽까지, 모든 공간에 곰이 장식되어 있었다.

"그래도 귀여워."

포르네 씨가 테이블에 장식된 생선을 입에 물고 있는 곰을 톡 쳤다.

"우리 가게에도 뒀으면 좋겠어요."

만들어달라는 거 아니지?

그 뒤, 가게를 둘러본 우리들은 모린 씨의 갓 구운 빵을 얻어먹었다.

"이 빵 맛있네."

"응, 모든 빵이 맛있어."

"저번에 먹은 빵이 이 빵이었던 거구나. 모두들 맛있다고 이야기했어요."

모린 씨의 빵은 안즈 일행에게도 호평인 것 같아 다행이다.

141 곰 씨, 밀레느 씨의 난입에 진이 빠지다

안즈 일행이 온 지 며칠이 지났다. 니프 씨는 고아원에서 살며 매일 아이들을 돌보고 있다.

가게는 안즈 일행의 여러 가지 희망사항을 들은 후, 개점을 위한 준비가 순조롭게 진행됐다. 주방에 필요한 도구도 다 샀고, 손님에게 낼 식기 등도 정했다. 물품 주문을 할 때마다 안즈가 돈 계산을 하곤 얼굴이 새파래졌다. 테이블과 의자를 주문했을 때는「더 싼 물품이어도 괜찮아요」라고 말했다.

딱히 돈에는 궁하지 않아서, 정말 안즈가 가게에 필요하다고 생각한 건 다 샀다. 게다가 돈은 안즈 일행이 벌어줄 테니까 괜찮다.

오늘은 주문했던 테이블과 의자가 도착하는 날이라 가게에 얼굴을 내밀러 갔다.

"그 커다란 테이블은 이쪽에 부탁드릴게요. 작은 테이블은 그쪽으로……."

가게에 도착하자 안즈의 지시에 따라 테이블과 의자가 설치되고 있었다. 테이블과 의자가 놓이고 나니 가게다워졌다.

"테이블과 의자 배치도 괜찮네."

"새 테이블이에요."

안즈가 기쁜 듯 테이블을 매만졌다.

"이제 미릴러에서 해산물과 쌀이 도착하면 언제든지 가게를 열 수 있겠구나."

그밖에 다른 준비도 순조롭게 진행되어서, 해산물만 들어온다면 당장에라도 가게를 시작할 수 있었다.

"무슨 말을 하는 거야? 아직 정하지 않은 게 있잖니."

그때, 누군가의 목소리가 끼어들었고, 소리가 들린 쪽을 바라보자 가게 입구에 밀레느 씨가 서 있었다.

"안즈, 오랜만이야."

밀레느 씨는 안즈에게 인사를 하고 우리가 있는 쪽으로 다가왔다.

"유나도 안즈도, 뭔가 중요한 걸 잊지 않았어?"

그 이전에 어째서 밀레느 씨가 여기에 있는 거죠? 그 이전에 우리 대화를 듣고 있었나요? 어디서부터 추궁을 해야 좋을지 모르겠다. 안즈 일행도 밀레느 씨의 등장에 놀라워했다.

"어째서 밀레느 씨가 여기에 있죠?"

우선 가장 궁금한 것을 물어봤다.

"안즈가 크리모니아로 왔다는 이야기를 티루미나 씨에게 들어서 말이야. 만나러 왔지. 사실은 조금 더 빨리 올 생각이었는데, 터널 때문에 바빠서 좀처럼 올 수 없었어."

뭐, 터널이 개통하면 사람의 통행도 많아지겠지. 그렇게 되면 상업 길드는 바빠질 거야.

"그래서, 중요한 걸 잊었다니, 무엇을 말이세요?"

"그야 가게 이름과 유니폼이지."

확실히 밀레느 씨가 말한 대로 가게의 인테리어만 생각하고 가게 이름을 생각하지 않았다. 하지만 어떻게 이름을 정하지 않았다는 걸 알았지?

"가게 이름은 알겠는데, 그 유니폼이라는 건……?"

싫은 예감밖에 들지 않는데…….

"유나의 가게이니까 유니(곰)폼이 필요하지."

기분 탓인가, 지금 곰이라고 들린 것 같은데……. 아마도 환청이겠지. 기분 탓일 거야.

"하지만 확실히 가게 이름은 잊고 있었어요. 가게에 이름은 필요하겠죠."

안즈가 밀레느의 말에 호응해버렸다. 이 흐름이 위험하다는 것을 안즈는 눈치채지 못했다. 안즈는 일을 척척 잘 하는 길드 마스터인 밀레느 씨의 모습밖에 알지 못했다.

하지만 밀레느 씨의 말도 틀렸다고는 할 수 없었다. 확실히 가게의 이름과 간판은 필요하다. 개점을 해도 간판이 없으면 무슨 가게인지 알지 못하겠지.

"안즈의 가게니까 안즈가 이름을 정하면 돼."

"제가요?"

『곰 씨 쉼터』도 내가 정한 이름이 아니다. 게다가 이름에 대한 고집 같은 건 없다. 이상한 이름이 아니라면 뭐든 괜찮았다.

"응, 안즈가 정해도 돼."

"갑자기 그런 말을 하셔도……."

안즈는 주위에 도움을 요청하듯 바라봤다.

"데거 씨의 가게 이름은 뭐였어? 데거 씨의 맛을 이어받은 거니까 2호점이라던가, 크리모니아 지점으로 해도 괜찮지 않아?"

"으음, 숙소에 이름은 없어요."

"그래?"

나는 세노 씨 일행을 바라봤다. 다들 수긍하는 모습이었다.

"나는 몰라."

"안즈네 숙소라던가 데거 씨네 숙소로 통하고 있어서……."

포르네 씨의 말에 모두들 고개를 끄덕였다. 그러고 보니 아트라 씨도 근육쟁이 숙소라고 불렀던 기억이 있다. 만약 제대로 된 이름이 있었더라면…… 데거 씨에게 동정이 들었다.

"그럼, 가게 이름은 어떻게 할까?"

"곰으로 괜찮지 않아? 유나네 빵 가게도『곰 씨 쉼터』잖아. 그렇다면 이 가게도 곰이 붙은 이름으로 해도 되지 않을까 하는데. 가게 앞에 곰 석상도 있기도 하고 말이야."

밀레느 씨가 쓸데없는 말을 꺼냈다.

그렇다. 가게 앞에는 커다란 생선을 안은 귀여운 곰 석상이 서 있었다. 세노 씨가 반강제로 석상을 만들게 했던 것이다. 일행들도 반대 의견을 내지 않고, 심지어 생선 요리를 파는 식당이라는 걸 알기 쉽겠다는 말을 해서 거절할 수도 없었다. 하지만 다 만들고 나서 생각해봤는데, 곰은 필요 없지 않나? 생선만으로도 충분했던 것 같은 기분이 들었다.

"『곰 씨 쉼터』라는 이름이 마음에 들었어. 가게 안팎으로 곰 장식물이 있어서 안정감이 느껴지는 가게였잖아."

"하지만 이 가게는 가볍게 식사를 하거나 휴식을 취하는 가게가 아니야."

"그런 거라면 평범하게 『곰 씨 식당』으로도 괜찮지 않아? 이 가게는 식당이니까 말이야."

포르네 씨가 무난한 이름을 꺼냈다.

"그래도, 그것만 있으면 심심하지 않아?"

"『곰 씨의 해산물 식당』?"

"해산물 이외의 요리도 낼 거야."

"그럼 『곰 씨와 생선 가게』 같은 건?"

세노 씨, 네이밍 센스가 없군요.

"『곰 씨의 배부른 요리점』"

"딱 적당한데? 곰 님도 배부르게 되는 가게라는 느낌이 드네."

가게 이름 후보들이 계속해서 나왔다. 나오는 건 역시 곰이지만. 그리고 의논한 결과, 처음에 나온 『곰 씨 식당』으로 정해졌다.

"그럼 간판은 내 쪽에서 준비할 건데, 괜찮아?"

"괜찮지만, 티루미나 씨에게 이야기 좀 부탁드려요."

기본적으로 결정권을 가지고 있는 건 티루미나 씨다. 일단 내 허가를 받으러 오지만, 내가 아무거나 허가를 해버리기 때문에 티루미나 씨의 엄격한 체크가 들어간다.

"알고 있어. 그럼 이제 가게 이름도 정했으니, 나머지는 가게에서 입을 유니폼이네."

밀레느 씨의 눈빛이 바뀌었다. 설마 밀레느 씨는 안즈 일행에게도 『곰 씨 쉼터』의 아이들처럼 곰 옷차림을 하게 할 생각인 건가?

그냥 상상을 한번 해봤는데, 안 될 것 같은데…….

"유니폼이요? 그냥 일반적인 앞치마를 입으면 되죠."

안즈의 의견에 마음속으로 한 표를 던졌다.

"그러면 재미가…… 『곰 씨 식당』의 이미지와 맞지 않잖아."

지금 이 사람, 분명히 재미라고 했었지? 곰의 귀는 놓치지 않았다고. 하지만 밀레느 씨는 이야기를 이어갔다.

"이 부분은 역시 곰 옷이라고 생각해."

""""…….""""

네 사람은 드디어 밀레느 씨가 무슨 말을 하고 싶어 하는지 이해를 한 모양이다. 나는 밀레느 씨가 무슨 말을 하는지 이미 눈치채고 있었다.

세간에는 『곰 씨 쉼터』의 곰 유니폼이 내 아이디어인 것처럼 알려져 있다. 그 당시의 의논을 모른다면 내 가게이니 필연적으로 내가 낸 고안이라 생각하는 건 어쩔 수 없다.

"그거라면…… 즉, 그 아이들처럼 곰 옷을 입으라는 건가요?"

"무리예요!"

포르네 씨가 바로 대답했다.

"그건, 조금…… 나이가……."

베틀 씨도 쓴웃음을 지었다.

"나는 조금 입고 싶긴 해."

세노 씨의 말에 모두들 놀랐다. 어째서 밀레느 씨까지 놀라는 거죠? 세노 씨 이외엔 부정적인 반응이었다. 이건 이것대로 내 옷차림을 부정하고 있는 것 같아서 슬픈데…….

"딱히, 평범한 옷에 앞치마라도—."

"안 돼! 그러면 유나의 가게가 아닌 게 되는걸!"

안즈는 밀레느 씨의 기세에 당황했다.

안즈는 그녀가 상업 길드의 길드 마스터라는 걸 알고 있어서 강하게 대응하지 못하고 있었다.

눈앞에 있는 여자는 미릴러 마을의 상업 길드를 다시 일으켜 준 사람이다. 미릴러를 위해 여러 가지 일을 해줬다는 것은 모두 알고 있다. 식재료의 수배도 해주었다. 터널과 주변의 개척도 크리모니아의 상업 길드가 중심이 되어 해주었다. 그런 은인을 눈앞에 두고 거절할 수 있으려나?

만약 내가 안즈의 입장이라면 거절할 수 없을 것 같다. 밀레느 씨를 저지하는 게 어렵다는 건 과거의 일이 증명하고 있다. 그래서『곰 씨 쉼터』의 유니폼이 곰 파카가 되어버린 것이다.

안즈는 도움을 요청하듯 나를 바라봤다.

"으음, 밀레느 씨, 모두들 내키지 않은 것 같으니……."

"아아, 모처럼 안즈를 위해 준비했는데……."

밀레느 씨는 아이템 봉투에서 곰 파카를 꺼내 펼쳤다. 확실히 사이즈가 컸다. 어른용 곰 파카였다.

그런데 이거, 일부러 만든 거야?

"안즈, 한번 입어볼래?"

"아뇨, 그게…… 죄송해요."

안즈는 밀레느 씨가 들고 있는 유니폼을 힐끔 보더니 즉시 거절했다.

뭐지? 지금 마음이 아팠어. 이거, 안즈가 입든 안 입든 내가 정신적으로 대미지를 입는 것 같지 않아?

거절당한 밀레느 씨는 아쉬워했다. 하지만 이것으로 포기할 밀레느 씨가 아니다. 밀레느 씨와의 공방이 계속됐다.

그 후, 결국 곰 자수가 들어간 앞치마로 결정됐다. 그것이 쌍방의 타협점이었다.

안즈 일행은 지친 표정을 하고 있었다. 나는 마음속으로 모두의 애통함을 위로하며 기도했다. 하지만 나의 HP도 0에 다다랐다. 모두가 곰을 부정할 때마다 내 HP가 줄어들고 있던 것이다.

142 곰 씨, 자수를 부탁하다

안즈 일행이 일할 복장은 곰 자수가 들어간 앞치마로 결정됐다.

그러고 보니, 자수라고 하니까 떠오르는 게 하나 있었다. 쿠션에 곰 자수를 놓아준 고아원의 여자아이였다. 학원의 호위 임무 때 도움이 된 곰 자수가 들어간 커다란 쿠션……. 그 쿠션 덕분에 편안한 자세로 마차를 타고 이동할 수 있었다.

"밀레느 씨, 그 자수 말인데요. 어디에 부탁하실 건가요?"

"『곰 씨 쉼터』의 곰 옷을 만들어준 재봉실에 부탁할 셈이야. 그건 왜?"

"고아원의 여자아이가 만들어준 게 있는데……."

나는 곰 박스에서 곰 자수가 들어간 쿠션을 꺼냈다. 쿠션에는 귀여운 곰이 자수되어 있었다.

"뭐, 뭐야! 이거!"

밀레느 씨가 손을 뻗어 쿠션을 낚아챘다.

"고아원에 있는 셰리라는 여자아이에게 받았어요."

"귀여워, 솜씨 좋네."

밀레느 씨는 쿠션의 자수를 만지면서 감상을 말했다. 내가 봐도 충분히 귀여운 곰이었다. 아마도 내 가게에 있는 장식물을 참고로 한 거겠지.

"만약 자수를 부탁하실 거면 이 아이에게 부탁해도 되지 않을까요?"

셰리는 수선에 재주가 있고 방구석에서 항상 재봉을 하고 있다. 고아원에 놓여 있는 쿠션과 커튼 같은 것에 자수가 들어간 건 모두 셰리의 작품이다.

나는 쿠션만이 아니라 곰 자수가 들어간 타월도 선물 받았다.

"이 곰 자수가 있는 앞치마를 입고…… 일을……."

포르네 씨는 빤히 쿠션을 바라봤다.

"귀여워."

"그래도, 창피하지 않을까?"

"응, 조금……."

찬성 의견은 세노 씨 정도였다. 나머지 세 사람은 창피해서인지 참여하려 하지 않았다. 밀레느 씨는 그런 세 사람을 보고 기분 나쁘다는 표정을 내비쳤다.

"그럼 아이들과 같은 옷으로 할까?"

밀레느 씨의 말에 네 사람의 표정이 확 변했다.

"아, 아뇨, 이 자수 앞치마가 좋아요."

"저도요."

"맞아, 귀엽기도 하고 괜찮아."

"응, 나도 앞치마가 나을 것 같아."

전원의 의견이 일치했다.

“그럼 앞치마의 자수는 셰리에게 부탁하자.”

밀레느 씨의 말에 반대하는 사람은 아무도 없었다. 반대하면 아이들과 같은 곰 옷차림이 기다리고 있기 때문이다. 그렇게 나와 밀레느 씨는 셰리를 만나러 잠시 고아원에 가기로 했다.

셰리의 일은 새 돌보기다. 그래서 우리는 꼬끼오 우리로 향했다. 일이 한차례 마무리되었는지 모두들 놀고 있었다. 근처에 있는 아이에게 셰리가 어디 있는지 물어보니 고아원으로 돌아갔다고 했다.

고아원에서는 니프 씨가 원장 선생님과 리즈 씨와 함께 이야기를 나누고 있었다.

우리를 알아차린 세 사람에게 셰리가 있는 곳을 물었다.

“셰리라면 방에 있을 거예요.”

우리는 셰리의 방 위치를 듣고 2층으로 향했다.

“셰리, 안에 있니?”

문을 노크하고 안으로 들어갔다.

“유나 언니?”

안으로 들어가니 침대에 앉아 자수를 두고 있는 여자아이가 있었다. 셰리였다. 나이는 열두 살 정도로, 내게 곰 자수가 들어간 쿠션을 준 여자아이다.

“잠깐 괜찮을까?”

“응, 괜찮은데…….”

갑자기 나와 밀레느 씨가 찾아와서 셰리는 불안한 얼굴을 했다.

분명 밀레느 씨의 얼굴이 무서워서일 거다. 내 탓은 분명 아닐 것이다.

"수를 놓고 있었구나?"

"응, 좋아하니까."

셰리의 손을 보니 자수를 두던 천이 있었다.

"잠시 보여줄래?"

나와 밀레느 씨는 셰리의 손을 들여다봤다. 천에는『곰 씨 쉼터』에 있는 곰이 자수되어 있었다.

"곰?"

"가게에 장식할까 해서."

"이거라면 팔아도 되겠어."

밀레느 씨가 셰리의 자수를 보고 그렇게 말했다. 밀레느 씨의 눈이 장사꾼의 눈으로 변했다.

"잘하는구나."

"고맙습니다."

셰리는 볼을 빨갛게 물들이며 기뻐했다.

"저기, 셰리에게 부탁이 있는데, 괜찮을까?"

밀레느 씨가 셰리의 작은 손을 잡으면서 가게의 앞치마에 대해 설명했다.

"제가 말인가요……?"

셰리는 놀란 표정을 지었다.

"응, 부탁할 수 있을까?"

"하지만……."

셰리는 고개를 숙였다. 나는 셰리에게 다가가 물었다. 만약 싫다면 강제로 시키고 싶지는 않았다.

"자수를 하는 게 싫어?"

"……싫지 않아. 하지만……."

"그럼 왜 그래?"

싫지 않다. 그렇다면 어째서? 라는 의문이 떠올랐다.

"만약 내 자수가 평이 좋지 않아서 가게의 평판을 떨어뜨린다면, 고아원이 없어져버릴지도 몰라."

셰리는 진지한 얼굴로 말했다. 이 아이는 그런 생각을 하고 있었구나. 그러면 안 된다고 생각했지만 기뻐서 웃음이 나왔다. 고아원과 가게를 걱정해주는 게 기뻤다.

"셰리, 괜찮아."

나는 셰리의 머리를 곰 인형 장갑으로 부드럽게 쓰다듬어주었다.

"유나 언니?"

"그런 걸로 없어질 가게가 아니야. 내가 만든 가게잖아. 빵 가게에 엄청 많은 손님들이 와주고 있다는 건 알고 있지?"

"응."

"꼬끼오알도 잘 팔리고?"

"응."

"그런 내가 만든 가게야. 그 내가, 셰리가 자수를 놓아주길 바라는 거야. 실패할 거라 생각해?"

"하지만, 내가……."

나는 곰 박스에서 셰리에게 받은 쿠션을 꺼냈다.

"그건……."

"나, 이걸 받았을 때 기뻤어. 엄청 잘 만들었다고 생각했어. 이렇게 귀여운 곰 자수가 들어간 앞치마를 만들어주지 않을래?"

"유나 언니……."

셰리의 얼굴이 위로 조금 들렸다.

이제, 마지막 한마디인가.

"만약 실패한다면 밀레느 씨 때문이야. 밀레느 씨의 생각이니까 말이야. 그렇지만 성공하면 셰리의 덕이야."

"잠깐, 유나……."

옆에서 밀레느 씨가 무언가 말하고 싶어 했지만 무시하고 이야기를 이어갔다.

"게다가, 실패할 리가 없잖아. 이렇게 귀여운데."

나는 자수가 들어간 쿠션의 곰을 매만졌다.

"정말 내가 만들어도 괜찮아? 나는 초보자야."

"괜찮아."

셰리의 불안함이 담긴 질문에 상냥하게 말해주었다. 그에 셰리는 입술을 깨물었다. 생각하고, 고민하고, 스스로 대답을 내렸다.

"……응, 알았어. 나, 할게. 유나 언니를 위해서 열심히 할게."

드디어 얼굴을 마주 보고 이야기해주었다.

"고마워."

나는 한 번 더 머리를 쓰다듬어주었다. 셰리의 얼굴에 웃음이 떠올랐다. 하지만 그렇게 좋은 분위기를 깨는 사람이 있었으니…….

"그럼, 셰리는 내가 데려갈게."

지금까지의 좋은 대화를 다 쓸모없게 만들려는 듯이 밀레느 씨가 그런 말을 꺼냈다.

"으앗, 유나 언니!"

셰리는 밀레느 씨에게 손목을 붙잡히자 당황했다.

"밀레느 씨, 어디로 데려가시는 거예요?!"

"재봉실. 앞치마를 상담하러 가려면 필요하잖아. 그러니까 셰리는 내가 데려갈게."

밀레느 씨는 다시 한 번 셰리의 손을 이끌었다.

"으앗, 기다려주세요. 잡아끌지 말아주세요!"

셰리는 그 힘에 저항도 못하고 밀레느 씨에 의해 방에서 이끌려 나가버렸다. 셰리의 목소리는 고아원 밖으로 나갈 때까지 한동안 들려왔다. 남겨진 나는 리즈 씨에게 밀레느 씨가 셰리를 데려갔다는 것과 수를 놓아야 하니 당분간 새 돌보기는 쉬도록 해달라고 부탁했다.

143 곰 씨, 가게를 개점하다

셰리가 밀레느 씨에게 이끌려 가버린 지 며칠이 지났다.

그 후, 셰리에 의해 곰 자수가 들어간 앞치마가 완성됐다. 용케도 단시간에 완성해주었는걸. 앞치마는 가게에서 일하는 네 사람의 것만이 아니라 응원을 하러 와준 니프 씨의 몫도 준비되었다. 재봉실을 경영하는 부부도 셰리의 작업 속도에 놀랐다고 했다.

게다가 셰리는 자수만이 아니라 앞치마를 만드는 것도 도왔다고 했다.

셰리는 원래 재봉을 잘했다고 한다. 이야기를 들어 보니, 아이들이 망가뜨린 옷 수선도 셰리가 원장 선생님 대신 했다고 한다. 예전엔 옷 같은 건 살 엄두도 안 났을 테니, 수선은 당연한 일이었던 모양이다. 지금은 제대로 새 옷을 사주고 있지.

그 후, 앞치마를 완성한 지금도 셰리는 재봉실을 다니고 있다.

아무래도 가게의 부부에게서 앞으로도 자신들의 가게에서 일하지 않겠냐고 권유를 받은 모양이었다. 처음에는 셰리도 당황했지만, 원장 선생님께 「후회하지 않도록 선택하렴」이라는 말을 듣고 재봉실에서 일하기로 정했다고 한다.

아직 자신에 대해 자신감이 없는 건지 「저 같은 게……」라고 중얼거렸다. 하지만 어머니께 배운 것을 인정받아 기뻐하는 것 같았다. 어디까지 해낼 수 있을지 모르지만 앞으로는 자수만이 아니라 옷을 만드는 법과 여러 가지를 배워갈 거라고 했다. 셰리는 수줍어하면서 내게 말해주었다.

내가 「셰리의 실력과 열심히 노력하는 것을 인정받았구나」라고 말하자 기쁘게 웃었다.

가게 준비도 문제없이 진행되고 있고, 개점을 위해 안즈 일행도 힘을 내고 있었다.

물론, 나도 힘내고 있다. 가게 밖에 곰을 만든다거나 가게 안에 곰을 만든다거나……. 중요한 거니까 두 번이나 말했지.

생선 요리를 팔 가게라는 걸 알리기 위해 입구 앞에 만든 커다란 생선을 품은 곰 석상 외에, 이번에는 가게 안에도 곰 장식물을 만들었다. 이제 만든다고 하면 한 마리든 두 마리든 같기 때문에 도망치는 건 포기했다. 만든 것은 묵직하게 앉은 곰이 밥공기와 젓가락을 들고 있는 모습의 석상이다.

정말이지 곰투성이가 될 것 같다.

『곰 씨 식당』의 개점일을 하루 앞두게 되었다.

주 식재료인 해산물과 쌀도 미릴러 마을에서 도착했다. 엘레젠트 산맥의 산 정상 부근에서 손에 넣은 스노 다루마의 얼음 마석이 도움이 되었다. 산이 높아 평범한 모험가라도 마석을 구하러 가기 힘든 산맥이었다.

그런 높은 산이 있어서 지금까지 미릴러 마을과 크리모니아 마을은 교류를 가지기 힘들었다. 하지만 지금은 터널이 완성되어서 교류도 늘어나기 시작했다. 일 때문에 서로의 마을을 오가기도 하고, 양쪽 모두에게 좋은 영향이 나타나고 있다고 클리프가 말했다.

이것도 상업 길드, 모험가 길드가 힘을 합쳐서 열심히 해주고 있기 때문이겠지. 그 위에서 지시를 내리는 사람이 클리프라고 생각하면 이상한 기분이 들었다.

터널은 클리프가 관리하게 되어 있지만, 상업 길드도 한몫 끼고 있다.

상업 길드는 해산물과 소금 판매를 하러 간다. 다만 소금의 제조와 판매는 국왕의 아래에 있는 클리프의 지시에 따라 이루어진다고 했다.

바닷물에서 소금이 어떻게 만들어지는지 자세한 방법은 모르지만, 만드는 법에 따라서는 험난한 노동이 된다고 소설과 만화에서 읽은 적이 있다.

그래서 소금 이야기를 들었을 때 미릴러 마을의 주민들에게 폐를 끼치지 말아달라고 전달했다. 일단 클리프에게는「그렇게 하지 않으면 자연 붕괴로 터널이 파묻힐 거야」라고 언질을 주기도 했다. 협박이라고도 하지.

뭐, 클리프가 그런 일을 할 거라고는 생각하지 않기 때문에 걱정은 그다지 하고 있지 않다.

개점일이 다가오면서 가게 선전도 하고 있다. 밀레느 씨에게 부탁해서 상업 길드와 관계자 자리 쪽 벽에 전단을 붙였다. 티루미나 씨는 신세를 지고 있는 정육점과 채소 가게에 전단을 붙여달라고 했다고 한다.

나는『곰 씨 쉼터』에서 시식회를 열었다.

안즈가 생선을 손질해서 생선 요리를 만들고, 주먹밥이나 죽순밥, 영양밥 등을 만들어서 무료로 시식을 실시했다.

마지막에는 해산물을 재료로 만든 전골 요리를 만들어 손님에게 나눠줬다.

손해를 보고 이득을 얻으라는 말이 있을 정도다. 아무리 맛있어도 미지의 요리에 돈을 내기는 어려운 법. 하지만 무료로 먹어 보고 맛있으면 다음에는 돈을 내고 먹으러 와준다. 게다가 먼저 먹어 본 손님이 다른 사람들에게 퍼뜨려준다면 대성공이다. 한번 먹어주기만 한다면 안즈의 요리는 인정받을 것이다.

개점 당일, 시식회와 선전 덕분에 많은 손님들이 찾아왔다.

『곰 씨 쉼터』 때와 동일하게 루리나 씨와 길에게 가게 앞 경호를 부탁했다. 보수는 요리 일주일분으로 계약했다. 그렇게 두 모험가가 입구에 서 있어서 소란을 피우는 자는 없었고, 커다란 혼란은 없었다.

영업이 시작되자 나도 뒤편에서 일을 도왔다. 생선 손질법을 배우긴 했지만, 안즈 일행만큼 능숙하게는 불가능했다. 그래서 채소와 고기 요리의 사전 준비를 도왔다.

요리는 의외로 영양밥 종류가 인기가 있었다. 그 다음으로는 간장이 입이 맞는지 간장 맛 요리를 주문하는 사람이 많았다. 간장에 이어서 해산물 요리도 많은 주문이 들어왔다.

하루가 끝나고 보니 가게 안은 난장판이었다.

고아원의 일을 돕는 니프 씨도 도우러 와줬지만, 너무나도 바빠서 테이블 위에 푹 쓰러졌다. 요리는 안즈와 베틀 씨와 내가 거들고, 서빙은 포르네 씨와 세노 씨가 중심이 되어 열심히 일했다. 응원하러 와준 니프 씨도 서빙을 도와주었다.

"피곤해~."

"죽겠어."

"이렇게 바쁠 줄이야."

"임금 인상을 요구하고 싶어."

모두가 나를 원망하는 눈으로 바라봤다. 그런 눈으로 봐도 곤란해요. 처음에 말했을 텐데, 안즈의 요리는 맛있어서 인기가 많을 거라고. 하지만 시식회가 예상 이상의 반응을 불러온 모양이다.

"원망하려면 안즈를 원망하세요. 시식회 때 안즈가 전력을 다해서 그러니까요."

“그거야, 많은 사람들이 먹어줬으면 해서 그랬는걸요.”

“그래서, 안즈. 가게는 잘 해나갈 수 있을 것 같아?”

“처음엔 불안했는데, 이렇게 제 요리를 기쁘게 드셔주셔서 기분 좋아요.”

“너무 많아서 힘들었지만 말이지.”

“뭐, 처음엔 신기하니까 가게에서 멀리 떨어진 곳에서도 와주긴 하지만, 생선과 쌀의 유통이 이루어지면 여러 가게에서 일반적으로 먹을 수 있게 될 거예요. 그렇게 되면 가게도 진정이 되겠죠. 그때야말로 맛 승부가 될 테니까, 안즈의 솜씨를 보일 부분이에요.”

“열심히 할게요.”

안즈는 피곤한 얼굴로 활기차게 대답했다.

이만하면 가게는 괜찮겠지.

144 곰 씨, 블랙 타이거를 해체하려고 하다

안즈의 가게에는 순조롭게 손님들이 방문했다.

다만, 첫날만큼의 소란은 없었다. 그 이유는 여러 곳에서 쌀과 생선의 판매가 시작되기도 했고, 안즈처럼 미릴러 마을에서 온 사람들이 크리모니아에서 가게를 열기 시작했기 때문이다. 라이벌의 출현은 어쩔 수 없는 부분이다.

나로서는 크리모니아에 해산물이 널리 퍼지는 것은 기쁜 일이었다. 가게가 망하지 않도록 안즈 일행이 열심히 일해 준다면 그걸로 됐다. 데거 씨의 맛을 이어받은 안즈의 요리가 다른 가게에 질 거라고는 생각하지 않는다.

하지만 인생 어디에 함정이 있을지 모른다. 뭐, 겸허한 안즈가 자만심을 가질 거라고는 생각되지 않지만, 뭐가 함정이 될지는 모른다. 그 부분은 세노 씨 일행이 도와줄 것이다. 게다가 여차하면 내 지식도 있었다— 라고 말하고 싶지만, 내 지식으로는 뻔했다.

요리 공부를 더 해뒀으면 좋았을 걸이라고 지금에서야 생각하고 있다.

가게도 진정이 되었기 때문에, 오늘은 뒤로 미뤄두고 있던 블랙 타이거의 해체를 할까 생각했다.

잊고 있었던 건 아니지만, 호위 임무에서 돌아오니 안즈가 크리모니아에 와서 가게 준비로 바빠지는 바람에 블랙 타이거를 해체할 시간이 없었다.

블랙 타이거의 해체를 하기 위해 피나가 곰 하우스로 와주기로 했다. 항상 생각하는 거지만, 열 살짜리 여자아이에게 마물 해체를 부탁하는 건 괜찮은 걸까? 이미 몇백 마리나 해체를 부탁하고 있어서 늦은 감은 있다. 게다가 피나는 이제 해체 일을 하지 않아도 생활을 할 수 있었다.

티루미나 씨가 건강을 되찾아 일을 하고 있고, 재혼을 해서 새 아버지인 겐츠 아저씨도 있었다. 때문에 피나가 일을 할 필요는 없었다. 하지만 피나도 거절하지 않고 있고, 나도 내가 먼저 「이제 됐어」라고는 말할 수 없었다. 그래서 피나가 거절하거나 싫어하지 않으면 계약은 파기하지 않을 생각이다.

그렇게 피나를 느긋하게 기다리고 있자, 약속대로 곰 하우스에 와주었다.

"유나 언니, 좋은 아침이에요."

"피나, 좋은 아침."

활기찬 인사는 기분을 좋게 만드네.

"그래서, 제게 용건이라는 게 뭐예요?"

피나에게 해체를 부탁하려고 했을 때 주위에 사람이 있어서 블랙 타이거에 대해서는 말을 할 수 없었다. 그래서 피나에게는 용건이 있으니까 곰 하우스로 와달라고만 전달했었다.

"피나에게 해체를 부탁하고 싶은 마물이 있어."

"울프 해체인가요?"

"조금 다르지만, 비슷한 거라고 할 수 있나."

울프나 블랙 타이거나 비슷한 생물이다. 조금, 색과 크기가 다를 뿐이다.

……아마도.

피나를 데리고 곰 하우스 옆에 세워진 곰 모습을 한 창고로 향했다. 그리고 창고 안으로 들어가 곰 박스에서 블랙 타이거를 꺼냈다. 블랙 타이거는 쿵 하고 조금 커다란 소리를 내며 작업대 위에 올려졌다. 울프와 달리 무게가 꽤 있었다.

"유, 유나 언니?!"

피나는 블랙 타이거를 보고 놀란 목소리로 나를 불렀다.

역시, 놀라겠지.

피나는 블랙 타이거와 나를 번갈아 바라봤다.

"블랙 타이거를 쓰러뜨렸는데, 해체를 부탁해도 될까? 물론 보수는 줄 테니까, 부탁할게."

피나가 블랙 타이거를 가만히 쳐다봤다.

"혹시, 안 되는 거야?"

"아뇨, 아버지가 울프도 타이거 울프도, 그리고 블랙 타이거도 동종 계통의 마물이니 해체 방법은 같다고 하셨어요. 그래서 해체 방법은 괜찮을 거예요. 하지만 다른 이유로 불가능할지도 모르겠어요."

피나는 블랙 타이거를 만져보며 대답했다.

타이거 울프의 상위 마물 같은 거니까 가능할 거라고 생각했는데……. 이렇게 되면 모험가 길드로 가져가야 하는 건가…….

"잠깐, 시험해 봐도 될까요?"

"물론, 괜찮아."

내가 허락하자 피나는 아이템 봉투에서 해체용 나이프를 꺼냈다. 그리고 블랙 타이거의 배에 나이프를 꽂아 나이프를 움직이려고 했지만 움직이지 않았다.

피나는 「으~으~」 하고 신음 소리를 냈다. 하지만 아무리 힘을 줘도 배를 가를 수 없었다. 피나는 포기한 듯 나이프에서 손을 뗐다.

"유나 언니, 역시 저로는 무리예요."

"설마, 해체할 수 없는 이유라는 게 단단해서야?"

확실히 전투를 했을 때도 피부가 단단했다.

"네. 블랙 타이거의 털가죽은 단단해서 제가 가지고 있는 나이프로는 해체가 불가능해요."

즉, 피나의 해체 기술이 문제가 아니라 더 예리하고 좋은 나이프가 필요하다는 뜻이군.

"털가죽을 벨 수 있는 나이프가 있다면 가능하다는 거네."

"아마도, 타이거 울프와 같을 거라고 생각하니까요."

해체가 불가능한 이유를 알면 이야기는 빨랐다. 해체를 할 수 없는 나이프밖에 없다면 해체를 할 수 있는 나이프를 준비하면 되는 것이다.

"그럼, 블랙 타이거를 해체할 수 있는 나이프를 사러 가볼까."

"유나 언니, 블랙 타이거를 해체할 수 있는 나이프는 엄청 비싸서 못 사요."

피나는 고개를 가로로 저으며 무리라고 말했다.

"내가 사줄 테니까 걱정 마. 항상 해체해 주고 있는 것에 대한 답례야. 자, 가자."

나는 블랙 타이거를 곰 박스에 다시 담은 후, 피나의 손을 곰 인형 장갑의 입으로 잡았다. 그리고 향한 곳은 처음 이 마을에서 나이프와 검을 구입한 대장간이었다. 가게 안으로 들어서자 약간 키가 작은 넬트 아줌마가 맞아주었다. 이 대장간은 드워프 부부가 경영하고 있다.

"어서 와요. 어머, 피나와 곰 아가씨잖아. 오늘은 무슨 일일까?"

"오늘은 피나의 새로운 해체용 나이프를 사러 왔어요."

"피나의 것 말이니? 하지만 저번에 피나의 나이프는 갈아줬을 텐데……. 망가졌니?"

넬트 아줌마가 피나를 향해 물었다.

"아뇨, 그게, 망가지지는 않았어요."

"그럼 어째서 새로운 해체 나이프가 필요한 거니?"

"그게, 철 나이프로는 해체를 할 수 없는 마물이 있어서, 더 예리한 나이프가 필요해요."

철 나이프로는 해체할 수 없다는 것을 전했다.

"도대체, 뭐를 해체하는 거야……. 설마, 드래곤이라도 해체하는 건 아니겠지?"

말해도 되나? 소란스러워지지 않으려나?

"말하지 않으면 몰라. 블랙 바이퍼를 쓰러뜨린 아가씨잖아. 이제 와서 뭘 숨기는 거야."

"일단, 비밀로 해주셨음 해요."

나는 주의를 당부하며 블랙 타이거에 대해 설명했다.

"또 말도 안 되는 걸 쓰러뜨렸구나. 블랙 타이거라니……. 그럼 철 나이프로는 무리겠네. 동(銅) 나이프나 미스릴 정도는 되어야겠어."

오오, 미스릴! 판타지에서도 레어 광석이라고 하는 미스릴이다. 게임에서도 미스릴 검이라는 게 있었지. 그립네. 그런데 이 세계에도 미스릴 나이프가 있었구나.

미스릴이 있으면 구입할 나이프는 미스릴 나이프로 결정이지.

"그럼 그 미스릴 나이프를 살 수 있을까요?"

검도 있을까? 다소 비싸더라도 미스릴 검도 있으면 살 텐데.

"유나 언니, 미스릴 나이프는 비싸요. 동 나이프로도……."

피나가 내 팔을 잡고 흔들었다.

"안 돼. 앞으로의 일을 생각하면 미스릴 나이프가 있는 편이 나아."

"유, 유나 언니, 저에게 도대체 무엇을 해체 시킬 셈이세요……."

드래곤일지도 모르고, 갑각류의 마물일지도 모른다. 앞으로도 단단한 마물의 해체를 부탁할 수도 있었다.

"미안, 팔고 싶은데 미안해. 지금은 미스릴 재고가 떨어졌어."

"없나요……."

역시, 레어 소재라 손에 넣기 힘든 건가. 가격이 높더라도 사고 싶었는데…….

"동 나이프로도 잘릴 거야."

"아뇨, 미스릴 나이프를 원해요."

나는 확실하게 말했다.

"하지만 이 마을에서 미스릴 나이프를 구매하는 건 어려울 거야."

"그런가요?"

"희소한 광석인 것도 있지만, 지금은 모든 광석이 부족하거든. 그래서 미스릴 광석이 언제 들어올지 미지수야."

"미스릴 광석만이 아니라 모든 광석이 부족한가요?"

"지금은 재고가 있어서 그렇게 소란스럽지는 않지만, 희소한 광석부터 재고가 없어지고 있는 상황인 것 같아."

그러고 보니 지난번에 안즈네 가게 조리 도구를 추가로 구입했을 때 티루미나 씨가 가격이 올랐다는 말을 했던 기억이 있다.

그다지 신경 쓰지 않아서 무시했는데, 가격이 올랐다는 건 이게 원인이었던 건가?

"하지만 어째서 광석이 부족한 거예요?"

전쟁 준비를 위해 철 같은 것을 다 캐서 모으고 있다는 이야기는 가끔 들었지만, 그래도 이 나라는 어디와도 전쟁을 하지 않고 있는데……. 내가 모르는 것뿐일지도 모르지만 말이다.

"글쎄, 광산에서 문제가 일어나서 파지 못하고 있다고 들었어."

"그 문제라는 게 뭐예요?"

"그것까지는 듣지 못했어. 상업 길드라면 자세한 정보를 가지고 있을지도 몰라."

어떻게 할까. 이유를 알게 됐다고 해서 미스릴 나이프가 손에 들어오는 것도 아니고……. 왕도의 대장간으로 가 보면 팔고 있으려나?

곰 이동문도 있으니 잠깐 다녀와 볼까?

"고맙습니다. 잠깐 왕도에 다녀올게요."

"왕도에?! 아, 곰 아가씨에겐 곰 소환수가 있었지. 그렇다면 잠깐만 기다려."

넬트 아줌마는 잠깐 놀랐지만 스스로 대답을 이끌어냈다. 조금 틀리지만 이동문에 대해서 이야기할 수는 없으니 그대로 수긍했다.

그녀는 가게 안쪽에 있는 방으로 들어갔다. 그러자 방에서 골드 아저씨를 두드려 깨우는 소리가 들려왔다.

잠시 후, 방이 소란스러워지더니 이윽고 조용해졌다. 무슨 일인가 궁금해하고 있는데 아무 일도 없었다는 듯 넬트 아줌마가 돌아왔다.

"기다렸지? 이거 가지고 가."

넬트 아줌마는 편지 한 통을 건넸다.

"이건?"

"왕도에 가는 거라면, 가잘이라는 남자가 경영하는 대장간이 있으니까 거기에 가봐도 좋아. 이 편지를 건네면 조금은 융통성 있게 해줄 거야."

"가잘이라고요?"

"우리와 같은 출신이야."

즉, 드워프 말인가요.

"단, 거기도 광석이 부족할 가능성이 있으니까 기대는 하지 말아줘."

"네, 고맙습니다."

나는 감사 인사를 하고 편지를 받아 들었다. 그 후, 가게를 나와 피나의 머리 위에 손을 올리며 입을 열었다.

"그럼, 지금부터 왕도에 가볼까?"

"지금부터 말인가요?!"

"곰 이동문이 있으니까 괜찮아."

"그렇긴 하지만……."

"왜? 뭐 문제라도 있어?"

"보통은 가벼운 마음으로 왕도 같은 곳에 갈 수 없어요."

"음, 뭐 어때. 정 뭐하면 한 번 더 왕도 견학이라도 할까?"

그렇게 나는 피나의 손을 잡고 곰 하우스로 돌아가 이동문을 통해 왕도로 이동했다.

145 곰 씨, 미스릴 나이프를 구하러 왕도에 가다

미스릴 나이프가 필요해 크리모니아에서 왕도로 왔다— 라고 해도 조금 전에서 몇 분밖에 지나지 않았다. 곰 이동문에 감사해야지.

나와 피나는 곰 하우스를 나왔다.

"왕도다."

곰 하우스에서 나온 피나는 조금 기뻐하는 듯했다. 나는 몇 번이나 왔는데, 피나는 국왕의 탄신제 이후 처음이다.

"뭔가 이상한 기분이 들어요. 조금 전까지 크리모니아에 있었던 게 믿기지 않아요."

"오랜만에 온 왕도이기도 하니, 어디 들렀다 갈까?"

딱히 서두르는 건 아니었기 때문에 제안을 해봤다. 하지만 피나는 그 제안을 거절했다.

"걷는 것만으로도 즐거우니까 괜찮아요."

확실히, 그저 적당히 걷는 것도 하나의 즐기는 방식일지도 모른다. 관광지에 가면 그곳의 풍경을 즐기는 것 말이다.

우리는 왕도의 풍경을 즐기면서 넬트 아줌마가 알려준 대장간으로 향하고 싶었으나, 실은 그곳이 어디 있는지 몰랐다. 넬트 아줌마에게 가게의 위치를 물었지만 모른다는 한마디로 정리됐다.

다만, 상업 길드에 등록했을 테니 상업 길드에 물어보면 알 수 있을 거라고 했다. 그런 이유로 우리는 상업 길드로 향했다.

왕도의 메인 거리에 도착했다. 마차가 지나다니는 커다란 길로, 상업 길드에 가려면 이 길을 건너야 했다. 이 큰 도로에 상업 길드가 있기 때문이다.

메인 거리이기 때문에 사람들의 통행이 많았다. 사람이 많다는 것은 나를 바라보는 사람들이 많다는 말이 된다. 그리고 여전히 들려오는 말소리는 익숙한 것들이었다.

거기 어머님, 자제분에게 사람을 손가락으로 가리키면 안 된다고 가르쳐주세요.

거기 있는 분, 사람을 볼 때 놀라는 건 멈춰주시죠.

거기 당신, 사람을 보고 웃으면 안 된다고 못 배웠나?

거기 이봐요, 이거 어디에서도 안 파니까, 옷 가게에서도 안 팔 거니까, 옷 가게에 가지 마세요.

옆 사람도, 자기 것도 사달라 부탁하지 마세요.

네, 곰입니다.

네, 창피해요. 하지만 포기했습니다.

귀엽나요? 고맙습니다.

껴안고 싶으세요? 그만둬 주세요.

다른 사람에게 알리러 간다고요? 가지 말아주세요.

지키고 있을 테니까 가라고? 동물이 아닙니다. 포획할 셈인가요?

만지고 싶어요? 만지는 거 엄금입니다.

들려오는 말소리에 마음속으로 대답했다. 그런 바보 같은 짓을 하면서 좀 더 나아가자, 상업 길드의 커다란 건물이 보이기 시작했다. 역시 왕도의 상업 길드답게 커다란 건물인 만큼 사람들도 많았다. 사람이 많다는 것은 더욱더 시선이 내게로 모인다는 말이 된다.

하지만 여기까지 와서 들어가지 않을 수는 없었다. 피나를 데리고 상업 길드로 들어가려는 순간—.

"유나 씨!"

누군가가 뒤에서 말을 걸어왔다. 누구지? 하고 돌아보자, 이전에 호위 임무를 했던 시아, 마릭스, 티몰, 카틀레야가 숨을 헐떡이며 서 있었다.

"시아, 그리고 모두들, 여긴 어쩐 일이야?"

달려와서 그런지 시아의 머리가 엉망이 되어 있었다.

"그건 저희가 할 말이죠. 어째서 피나와 같이 왕도에 계신 거예요?"

하긴 그렇지. 네 사람은 왕도에서 살고 있으니 여기 있는 건 당연한 것일 테고, 내가 왕도에 있는 게 이상하겠지.

피나는 고개를 숙이고 조금 긴장한 모습으로 시아에게 인사를 했다. 지난번에 사이가 좋아졌다고는 하나 귀족과 평민이다. 역시 두 사람의 사이에는 약간의 벽이 존재했다.

인사를 한 후 피나가 곤란한 듯 내 뒤로 물러섰다. 뭐, 시아 이외의 사람들은 모르니까 어쩔 수 없지.

"다들 잘 지냈니?"

"뭐, 일단은."

"유나 씨, 오랜만이에요."

"유나 씨, 오랜만입니다."

모두들 활기차게 인사를 해주었다. 하지만 신경이 쓰이는 게 있었다. 나는 마릭스에게 시선을 옮겼다.

"마릭스, 그 얼굴의 멍은 뭐야?"

"아아, 이거."

마릭스는 보라색으로 변한 오른쪽 볼을 가리켰다.

"아버지에게 맞았어요. 「네 멋대로 행동해서 모두를 위험에 빠지게 하고, 모험가인 유나 씨의 지시도 따르지 않았다니. 귀족이 뭐라도 되는 줄 아는 거냐」라고 말이에요."

"그래서 맞았다고?"

마릭스는 볼을 비비면서 웃었다.

"사실이니까 어쩔 수 없죠. 하지만 칭찬도 받았어요. 곤란에 빠진 사람을 못 본 척하고 아무것도 안 하는 것보다는 행동을 하는 게 좋다고요. 그래도 자신의 실력, 동료의 실력, 적의 정보 등 모든 것을 파악한 후에 행동을 하라고 하셨어요."

그러고 보니 엘레로라 씨도 같은 말을 했다.

하지만 그건 어쩔 수 없었다. 아무도 블랙 타이거가 나타날 거라고는 생각하지 못했다. 마릭스도 고블린이니까 쓰러뜨릴 수 있다고 생각해서 행동한 것이다. 누구든 블랙 타이거가 있다는 걸 알았더라면 무모한 짓은 하지 않았을 것이다.

"하지만 처음에 마릭스의 얼굴을 봤을 때는 놀랐어. 다음 날, 학원에서 보니 얼굴이 부어 있었는걸."

"놀라긴 했지. 지금과는 비교도 안 될 정도로 심했으니까."

"무슨 일인가 했어."

티몰이 학원에서의 일을 말하자 카틀레야와 시아도 동의했다.

"그럼 지금 상태는 괜찮다는 거네."

확실히 호위 임무가 끝난 지 좀 됐다. 그런데도 멍이 아직 남아 있다니, 도대체 마릭스네 아버지는 얼마나 세게 때린 거야.

지금 상태로도 만지면 아플 것 같다.

"이제 괜찮은 거야?"

"응, 괜찮아. 조금 아픈 정도니까."

마릭스는 자신의 볼을 살짝 쓸었다.

"괜찮긴. 조금 만지는 것만으로 그렇게 소란을 피우더니……."

"눈물이 맺혀 있었었지, 아마?"

"당연하지! 맞은 다음 날에 만지면 아픈 건 당연한 거잖아."

시아와 카틀레야는 그때의 일을 떠올리며 웃고 있었지만, 경험이 없어도 알 것 같았다. 부어오른 얼굴을 만지면 아플 거다. 상상하는 것만으로 내 볼이 아파 오는걸……. 남의 상처를 보는 것만으로 자신까지 아프게 느끼는 건 뭘까.

"다른 애들은 괜찮았어? 혼나거나 하지 않았어?"

"선생님과 엘레로라 님께 혼났어요."

"저는 어머님에게 유나 씨의 도움이 되지 못했다고 혼났어요."

"저는 마릭스의 행동을 저지하는 게 제 역할이었다면서 불합리한 꾸지람을 받았어요. 저는 마릭스의 보호자가 아닌데……."

"그래도 모두들 맞지는 않았잖아. 너무들 하네."

마릭스가 토라진 듯이 말했다. 그 모습에 모두가 웃었다.

뭐, 이야기 내용으로 봤을 때 마릭스는 파티 리더이고 모두의 행동에 책임을 지는 역할이었다. 그런 이유도 있어서 아버지가 때린 것 같다.

일본의 부모처럼 『우리 아이만』의 교육이 아니라 제대로 교육을 하고 있구나.

만약 「우리 아들의 행동은 틀리지 않았어요. 호위를 한 모험가가 나쁜 거죠」라는 말을 했더라면 엘레로라 씨에게 받은 대여권과 국왕님의 대여권을 내보일 순서였다.

"그래서, 유나 씨와 피나는 어째서 왕도에 있는 거예요?"

"물건을 사러 왔어. 해체용 나이프가 좀 필요해서."

"해체용 나이프를 사기 위해 왕도까지 오셨어요?"

네 사람이 어이없다는 표정을 지었다.

뭐, 곰 이동문에 대해 모르면 그렇겠지.

"뭐, 시간이 비어서."

"보통 시간이 빈다고 왕도까지 오나요?"

"뭐, 곰돌이와 곰순이가 있으니까 간단하게 올 수 있기도 하고 말이야."

곰 이동문에 대해서는 말할 수 없으므로 입에서 거짓말이 술술 나왔다.

"유나 씨가 있으면 괜찮을 거라곤 생각하지만, 여자아이 둘이서 여행은 위험해요."

티몰과 카틀레야가 놀란 듯 나와 피나를 바라봤다. 그래, 확실히 여자아이 둘이서 크리모니아에서부터 왔다고 생각하면 보통은 위험하다고 생각하겠구나.

"유나 씨에게는 곰들이 있으니까 괜찮겠지."

마릭스가 도움의 손길을 내주었다.

"하긴, 그렇긴 하네. 유나 씨에게는 곰돌이와 곰순이가 있지."

카틀레야가 그렇게 말하며 그리워했다. 아직 그 정도로 오래 지나지 않았단다.

"시아와 너희를 호위했을 때 무찌른 블랙 타이거가 있잖아. 그걸 해체하려고 했더니 철 나이프로는 해체가 불가능하대. 그래서 해체용 나이프를 사려고 했는데 크리모니아에서는 팔지 않아서, 가잘 씨라는 드워프가 운영하고 있는 대장간이 있다고 들어서 사러 왔어."

내 말에 시아는 손을 이마에 대고 생각하기 시작했다. 그리고 톡 하고 손을 쳤다.

"아, 저 알고 있어요."

"시아, 알고 있어?"

"네, 전에 한번 가본 적이 있어요. 괜찮으시면 안내해드릴게요."

"그래, 나도 알고 있어. 그 드워프 말이군. 아버지가 솜씨 좋은 대장간이 있다고 했지."

아무래도 마릭스도 알고 있는 모양이다.

"안내를 해주는 건 고맙지만, 다들 어디 가던 중 아니었어?"

네 사람이 다 같이 있다는 건 어딘가에 갈 예정이었을 터였다.

"잠깐이라면 괜찮아요. 다들 괜찮지?"

"물론이지."

"나도 좋아."

"유나 씨에게는 신세를 졌으니 그 정도는……."

아이들이 그렇게 말해주자, 나는 그 말에 기대기로 했다. 그리고 원래 들어갈 예정이었던 상업 길드을 바라봤다.

그도 그럴 게, 저 인파 속으로는 들어가고 싶지 않은걸.

상업 길드는 사람들의 출입이 많았다. 상업 길드로 들어가는 사람, 나오는 사람……. 그때마다 내게로 시선이 향해지는 건 말할 것도 없었다.

146 곰 씨, 대장간에 가다

나는 시아 일행의 말에 기대어 가잘 씨라는 드워프의 대장간으로 안내받았다.

"그래서, 너희는 하굣길이었어? 그렇지만 아직 이른데……."

시아 일행은 교복을 입고 있었다. 학원이 몇 시에 끝나는지 알지 못하지만, 아직 점심도 되지 않았다.

"오늘 수업은 쉬게 됐어요. 그래서 지금부터 근처 숲에 있는 마물을 토벌하러 가던 중이었어요."

"저희, 모험가 길드에 등록했거든요."

"경험을 쌓기 위해서예요. 전과 같은 일을 겪고 싶지 않으니까요."

전과 같은 일이라면, 블랙 타이거를 말하는 건가?

"열심히 해도 블랙 타이거는 쓰러뜨릴 수 없겠지만요."

"아무도 그런 괴물과 싸울 생각은 없어. 적어도 지금보다 조금 더 강해져서, 사람들을 지킬 수 있게 되고 싶은 거지."

마릭스가 힘을 주며 말했다.

"그래서, 모험가 길드라고?"

"네, 하지만 아버지에게 허락을 받는 데 고생했어요."

마릭스는 아버지로부터 모험가 길드에 등록하는 허가를 받는 데 얼마나 고생했는지를 말하기 시작했다. 또 맞을 것 같았다는 둥, 아버지와 검으로 싸웠다는 둥, 전술을 가르침받았다는 둥 여러 가지로 힘들었던 모양이다.

"고생한 건 나지. 마릭스네 아버지는 기사단의 대장이니까 괜찮지만, 우리 아버지는 재무성에서 일하고 있다고. 그 아들인 내가 마릭스가 꼬셨다고 한들 일시적으로라도 모험가가 되겠다고 하니, 좀처럼 허락받지 못했다고."

"그건 미안했다고 몇 번이나 사과했잖아."

"다들, 고생했네."

"시아는?"

"저는 아버님에게 비밀로 하고 어머님께 허락을 받았어요."

클리프……. 딸이 상담을 청하지 않다니, 불쌍하네.

"그래도 의뢰는 근처 숲에 있는 하급 마물만이라는 한정 조건이지만요."

모두의 이야기에 따르면 근처 마을에 있는 마물은 울프와 약간의 짐승뿐이라고 했다. 그래서 이 숲은 초보자의 숲이라고 불리며 모험가 랭크 F, E만 들어갈 수 있다고 한다. 이것도 왕도의 모험가를 기르기 위함이란다.

확실히 왕도 주변에 낮은 랭크의 마물이 없어지게 되면 신입 모험가가 왕도에서 사라질 테고, 인재가 자라지 않게 될 것이다. 모험가 길드는 제대로 생각해서 운영하고 있군.

나도 크리모니아에서 울프를 마구잡이로 잡았다가 혼이 났던 적이 있다. 신입 모험가를 위해 울프 사냥은 자숙해달라고 헬렌 씨에게 부탁을 받았다. 그때는 나도 신입이었는데 그런 말을 들었다. 뭐, 그거랑 같은 거겠지.

"그럼 다들 랭크 E가 된 거야?"

"뭐, 랭크 E정도는 간단하지."

"대단하네."

뭐, 고블린을 쩔쩔매지 않고 쓰러뜨렸으니 그 정도의 실력은 있지.

"유나 씨는 우리보다도 연하인데 랭크 C잖아요. 칭찬을 받아도……."

지금 뭐라고 하셨나요?

연하?

아무래도 마릭스는 머리만이 아니라 눈도 안 좋은 것 같다. 이 세계에 안과가 있나? 얼른 데려가지 않으면 늦을 것 같은데.

전에 길드 카드를 보여줬잖니. 나이는 안 본 거야?

"하긴 그렇네요. 연하의 랭크 C인 유나 씨에게 칭찬을 받아도 미묘하네요."

어라? 눈에 병을 가지고 있는 사람이 여기에도 있었네.

"나도 그렇게 생각하지만…… 이제 막 모험가가 된 거니까 어쩔 수 없지."

이상하네, 또 눈이 안 좋은 사람이 늘었잖아. 유일하게 내 나이를 알고 있는 시아는 웃음을 짓고 있었다.

그렇지만 이 부분은 내 체면이 걸렸으니 부정해둬야겠다.
“잠깐 괜찮을까?”
“뭐죠?”
“모두들, 나를 몇 살이라고 생각하고 있는 거야?”
“열세 살이잖아요.”
“아니면 열네 살이겠죠.”
“모험가 규정으로 생각하면 열세 살이겠네요. 그 이하는 무리니까요.”
일행 뒤에서 시아가 혼자 웃음을 참고 있었다.
“저기, 어디를 봐서 내가 열세 살이라는 거야?”
나는 가슴을 펼치고 몸을 크게 보였다.
“설마, 더 어려?!”
“그건 말도 안 되지. 마릭스. 모험가 규정도 있으니까.”
“설마, 유나 씨, 나이를 사칭해서…….”
세 사람은 의심의 눈초리를 보냈다.
“열다섯 살이야. 어떻게 보든 열다섯 살이잖아.”
“““…….”””
세 사람이 내 말에 굳었다.
“으음, 유나 씨, 저희와 같은 나이라고요?”
“맞아.”
“농담이겠죠.”

"알겠다. 유나 씨는 엘프였구나."

"아니야, 버젓한 인간이라고."

이 세계의 인간은 아니지만.

"시아, 너 알고 있었던 거야?!"

"응, 처음 만났을 때 들었으니까."

"그 이전에 모두에게 길드 카드를 보여줬잖아."

처음 만났을 때 보여줬을 텐데?

"그때는 직업이 신경 쓰여서……."

"길드 랭크가 신경 쓰여서……."

"아니, 분명, 그 곰 장갑 때문에 보이지 않았어요."

티몰이 내 곰 인형 장갑을 바라봤다.

아아, 하긴 손에 쥐고 보여준 기억이 있었다. 그렇게 되면 윗부분에 있는 이름과 나이가 보이지 않았을 수도 있다. 즉, 나이는 보지 않았다는 것이다.

"그래도 우리와 같은 나이라뇨, 믿기지 않아요."

"응."

나는 나이보다 아주 조금 작을 뿐이야. ……진짜야.

우리는 큰 도로에서 벗어나 주택가와는 다른 건물이 늘어선 길을 걸었다. 공업 지대라는 느낌이 드는 건물들이 나란히 있었다. 뭐, 대장간이 주택가 중심에 있으면 매일 철을 두들기는 소리로 민

페겠지. 그렇게 생각하니 대장간이 이 부근에 있는 것도 이해했다.

"그나저나 블랙 타이거의 해체라……. 보통 나이프로는 무리인가?"

"그게 가능했으면 왕도까지 미스릴 나이프를 사러 오지 않았겠지."

"그건 그렇네요. 블랙 타이거에게 손쉽게 날붙이가 통하면 쓰러뜨리는 데 고생하지는 않겠죠."

"마릭스도 바보 같은 말 하지 말고 조금은 공부하는 편이 좋아."

"그 정도는 알고 있어. 물어본 것뿐이라고."

마릭스는 두 사람에게 무시당하고 뾰로통해졌다.

"미스릴이라……. 나도 미스릴 검이 갖고 싶다."

"마릭스에겐 일러."

"이르지."

"나도 그렇게 생각해."

"뭐야, 다들. 아버지에게도 전에 같은 말을 들었는데. 그래도 좋은 무기가 있으면 나도 조금은……."

마릭스는 검을 위로 번쩍 쳐드는 시늉을 했다.

"실력이 없는 것을 무기 탓으로 돌리면 안 돼."

모두에게서 한소리가 나왔다.

이윽고 우리는 공업 지대의 한 모퉁이에 있는 대장간에 도착했다.

"모두들 고마워. 여기까지라면 이제 괜찮아. 숲으로 가는 거지?"

내 말에 학생들은 서로의 얼굴을 바라봤다. 나를 따라올 건지 생각하고 있는 모양이다.

“뭐, 시간 비는 날이 별로 없기도 하니까 가자.”

리더인 마릭스가 정했다. 그에 카틀레야는 미묘한 표정을 지었다.

“어쩔 수 없지. 실은 유나 씨에게 곰들을 꺼내달라고 하고 싶었는데…….”

과연, 카틀레야는 곰돌이와 곰순이를 보고 싶었군. 그건 카틀레야만이 아니라 시아도 마찬가지였던 모양이다.

나는 대장간까지 안내해준 답례로 꼬맹이로 변한 곰돌이와 곰순이를 소환해서 두 사람이 쓰다듬을 수 있도록 해주었다.

곰돌이와 곰순이를 다 쓰다듬은 두 사람은 만족한 얼굴로 초보자 숲으로 향했다.

마릭스와 티몰이 부러워하듯 바라보고 있는 게 재밌었다.

“그럼, 우리도 이만 안으로 들어갈까.”

“네.”

나와 피나는 대장간으로 들어갔다. 안은 어두컴컴했다. 하지만 실내에 검이나 방어구가 보였다. 무기 전문이 아니구나.

“저기, 계세요?”

사람이 보이지 않아서 말을 건넸다. 그러자 안에서 키가 작은 남자가 나왔다. 저 신장은 틀림없이 드워프다.

“가잘 씨이신가요?”

“그렇네. 너희는 누구지? 그런 기묘한 옷을 입고.”

기묘하다는 말은 처음 들었다.

"제 복장은 신경 쓰지 말아주세요. 이걸 봐주시겠어요?"

나는 넬트 아줌마에게 받은 편지를 건넸다.

"……"

가잘 씨는 곰 인형 장갑에 쥐어진 편지를 빤히 바라봤다. 편지를 보고 있는 건지 내 곰 장갑을 보고 있는 건지 알 수 없었다.

"저기, 크리모니아 마을에 있는 넬트 씨와 골드 씨의 편지예요."

그때 넬트 아줌마가 가게 안으로 들어가서 골드 아저씨를 두들겨 깨워서 적게 했지……. 가잘 씨는 곰 인형 장갑에서 편지를 받아 들더니 내용을 읽었다.

"이야기는 알겠지만 무리야. 여기 왕도에서도 미스릴 광석이 부족해."

"왕도에서도 말인가요?"

역시 왕도에서도 광석이 부족해지고 있는 모양이다.

"가장 가까운 광맥에서 광석이 채취되고 있지 않아. 철이나 다른 광석이라면 어떻게든 되겠지만, 희소가치가 높은 미스릴 광석은 재고가 적은 데다 채취도 안 되고 있어. 공교롭게도 내 가게에는 재고가 없어. 골드의 부탁이라 만들어주고 싶은데, 역시 무리야."

왕도에서도 무리인 건가…….

"그런데 어째서 광산에서 채취가 안 되고 있는 거예요?"

"아무래도 골렘이 동굴에서 나왔다고 하는 것 같아. 그래서 팔 수 없게 됐다고 들었어."

골렘. 무기물 생물로, 흙이나 돌, 혹은 철 등의 광석으로 만들어진 마물이다. 광산에 골렘이 나타나서 팔 수 없다고 한다.

"토벌하는 건 어떻게 진행되고 있는지 아시나요?"

"거기까지는 몰라. 모험가가 토벌하러 갔다고는 들었는데, 토벌을 완료했다는 이야기는 듣지 못했어."

그렇게 강한 건가?

확실히 철로 된 골렘이라면 성가시려나?

"자세한 걸 알고 싶거든 모험가 길드로 가보게. 여기는 정보를 얻는 곳이 아니야."

그건 지당한 말이었다. 그럼 상황 확인을 하려면 모험가 길드로 가야 하는 건가……. 어쩐지, 일이 순서대로 돌아가고 있는 것처럼 느껴졌다.

"유나 언니, 딱히 무리해서 사지 않아도……."

"안 돼. 사람은 갖고 싶다고 생각한 건 갖고 싶다고 생각 했을 때 손에 넣어야 돼."

책과 물건은 갖고 싶다고 생각했을 때 사지 않으면 나중에 사도 만족감이 낮았다. 게다가 손에 넣기 힘든 것일수록 손에 넣고 싶어진다.

으음, 하지만 어쩌지? 내가 원하는 건 미스릴 나이프지 광산의 정보가 아니었다.

"으음, 대장간에서 이런 이야기를 묻는 것도 좀 그렇지만, 왕도에 있는 다른 대장간에도 미스릴이 없을까요?"

"있을지도 모르지만 알지도 못하는 사람에게는 팔지 않을 거라고 생각하네."

크리모니아에서도 손에 넣을 수 없었는데 왕도에서도 불가능했다. 이렇게 되면 광산까지 가야 하는 건가. 어느 쪽이든 모험가 길드에 가봐야 했다.

나는 가잘 씨에게 감사 인사를 하고 가게를 나왔다.

147 곰 씨, 모험가 길드에 가다

그런 이유로 또다시 상업 길드가 있는 큰 도로까지 돌아왔다. 모험가 길드도 이 큰 도로에 있기 때문이다. 이럴 줄 알았으면 처음부터 모험가 길드로 가면 좋았을 걸이라는 생각이 들지만, 결과론이니까 어쩔 수 없지.

"으음, 피나는 여기서 기다릴래?"

나는 모험가 길드 앞에 서서 피나에게 물었다. 지난번에 모험가 길드에 왔을 때 모험가와 시비가 붙었던 게 떠올랐다. 피나 같은 어린아이에게 손을 뻗는 모험가는 없을 테지만, 만약을 위해서다.

"괜찮아요. 유나 언니와 같이 있을래요. 게다가 혼자서 있는 쪽이 더……."

모험가 길드 앞이라 그런지 몇몇 모험가들이 우리를 보고 있었다. 하긴, 피나를 혼자 내버려 두는 쪽이 더 불안하다. 나는 피나를 데리고 모험가 길드에 들어가기로 했다.

뭐, 무슨 일이 있어도 피나만은 지킬 거지만.

오랜만에 왕도의 모험가 길드에 들어서자 내게로 시선이 모였다. 그 표정은 다양했다. 먼저 나에 대해 알고 있는 자와 모르는 자로 나뉘었다.

"저게 뭐야?"

"곰이 들어왔어."

"설마, 저게 소문의 곰?"

"뭐야? 소문이라는 게."

"너, 모르는 거야?"

"소문만큼 못 미더운 건 없지."

"부들부들, 오들오들."

"너는 왜 저런 귀여운 곰을 보고 겁에 질려 있는 거야?"

"그건……."

"평범하게 귀여운 곰 옷차림을 한 여자아이잖아."

"게다가, 어린애?"

"귀여운 여자아이가 아니야."

이렇듯 건물 안 의자에 앉아 있는 모험가들의 목소리가 들려왔다. 지난번 일로 조금은 소문이 퍼진 모양이다. 피나가 불안한 듯 내 곰 인형 장갑을 쥐어 왔다.

"저게 소문의 곰이로군. 말 걸어볼까?"

"엮이지 않는 편이 좋을 거야."

"나는 하늘을 날고 싶지 않아."

"시비 걸려면 혼자서 해."

"뭐야, 너희들까지 쫄아 있는 거야?"

"너 모르냐? 『곰 주의』."

"『곰 주의』?"

"위험하니까 다가가지 마."

"하늘을 날고 싶은 거라면 난 말리지 않겠어."

곰 주의라니, 대체 어느 산에 세워져 있는 간판이야?

내 입으로 말하긴 그렇지만, 곰 인형 복장을 한 여자아이가 위험하다니 이상하잖아. 확실히 지난번에 나한테 시비 걸어온 모험가는 하늘을 날게 하긴 했지만, 그건 나한테 싸움을 걸어온 모험가가 잘못한 거지.

"엮이지 않는 게 좋을 거야. 예전에 시비 걸었던 모험가가 살해당했다고."

"분명, 잡아먹혔다고 들었어."

"아니야, 잘게 다져졌다고 들었어."

"잘게 다져서 먹은 건가."

뭔가, 이상한 이야기가 되어 있지 않아? 내가 한 건 줄 없는 번지 점프 정도였는데?

설마, 크리모니아 때의 이야기가 섞여 있는 거 아냐?

전에 나를 『블러디 베어』라고 불렀던 모험가가 있었지. 그렇게 생각해보니 데보라네 사건을 알고 있는 모험가가 왕도에 있어도 이상하지는 않았다.

그때, 데보라네의 얼굴이 부어오를 정도까지 때렸으니, 그게 잘게 다져졌다는 것으로 되어 있는 걸지도 모른다. 아니면 줄 없는 번지 점프로 찌그러졌다는 게 그런 의미가 된 건가?

어느 쪽이든 허위 사실 유포에도 정도가 있지. 게다가 먹었다니…… 곰도 아니고. 먹거나 하지 않는다고.

그건 그렇고 곰 인형 옷을 입은 내가 온 것만으로 너무 소란스러운데? 이대로라면 차분히 광산 이야기를 묻는 것도 불가능하잖아. 어떻게 할까 생각하고 있는데 구석에 있는 방문이 열리고 옅은 녹색 머리의 여자가 나왔다. 귀가 긴 것이 특징이었다.

"당신들, 소란스럽잖아! 조용히 하도록."

여자는 방에서 나오자마자 모험가들을 향해 소리쳤다. 그녀는 왕도 모험가 길드의 길드 마스터이자 엘프인 사냐 씨였다. 사냐 씨에게는 국왕의 탄신제 때 신세를 졌다.

그건 둘째 치고, 역시 길드 마스터다. 사냐 씨의 말에 길드 안은 조용해졌다.

"도대체, 뭡니까. 나는 일을 하고 있는데. 소란을 피우면 내쫓겠어요."

사냐 씨는 길드 안을 빙 둘러보다가 내가 있는 곳에서 시선이 멈췄다.

"유나?"

"으음, 오랜만이에요."

일단, 인사를 해두었다.

"어째서 여기에? 설마 일하러 온 거야? 그 아이는 유나와 함께 있던 아이지? 분명, 피나라고 했던가?"

피나는 머리를 가볍게 숙여 인사했다.

한 번밖에 안 만났는데 이름까지 제대로 기억하고 있었다. 나라면 틀림없이 기억하지 못했을 것이다.

"그렇군. 유나가 와서 길드가 소란스러워졌던 거구나."

사람을 악의 원흉인 것처럼 말하지 않았으면 좋겠는데……. 나는 길드 안으로 들어왔을 뿐이라고요.

뭐, 나 때문이 아니라고는 완전히 말하지 않겠어. 아주 조금, 내 모습으로 소란스러워졌을 수도 있지. 하지만 이번엔 아무 짓도 안 했으니까 나는 나쁘지 않아요.

"당신들도 곰 옷차림을 한 여자아이가 들어온 것 정도로 소란 피우지 말도록."

"그렇지만, 길드 마스터……."

"그 곰에 대해서는 여러 소문이……."

그 소문에 대해 들었던 것 같기도 하면서 안 들은 것 같기도 하네. 미묘한 기분이군.

"저번에 이 곰 여자아이에게 시비를 건 모험가가 하늘로 내던져진 것은 사실이야. 우수한 모험가라는 것도 사실이고. 나와 아는 사이라는 것도 사실이야. 그러니, 이 아가씨가 왔다고 일일이 소란을 피우지 말 것. 이건 길드 마스터의 명령이에요. 이 아가씨에게 손을 뻗는다면 나보다 무서운 사람이 나올지도 몰라. 그때는 도와주거나 하지 않겠어."

사냐 씨는 길드 마스터답게 모험가에게 공언했다. 하지만 길드 마스터인 사냐 씨보다 무서운 사람이니, 대체 누구지? 설마 국왕을 말하고 있는 건가? 설마, 정말로 국왕이 등장하면 큰일이 날 것 같은데…….

"그래서, 유나는 어쩐 일이야? 일 때문이야?"

"잠깐, 모험가 길드에 묻고 싶은 게 있어서 왔는데요."

길드 안으로 들어서자마자 소란스러워졌는데 그게 다가 아니었다. 나는 길드 안을 둘러봤다. 더 이상 광산의 이야기를 묻는 것 정도로 끝나지 않게 됐다.

"하아……. 이야기라면 내가 들을게. 두 사람 모두 방으로 와줘."

사냐 씨는 한숨을 쉬더니 우리를 구석에 있는 방으로 안내해주었다.

길드 마스터의 방은 나름 넓었다. 안쪽 창문 근처에 커다란 책상이 놓여 있었고, 좌우 벽면에는 자료로 보이는 것들이 정리된 책장이 있었다. 방 중앙에는 테이블과 의자가 놓여 있었다. 자그마한 회의 공간인 것 같았다. 사냐 씨는 구석에 있는 자신의 의자에 앉지 않고 중앙에 있는 내빈용 의자에 앉았다. 그리고 우리를 보며 의자에 앉으라고 권했다.

"적당히 앉아."

나와 피나는 그 말에 따라 적당히 의자에 앉았다.

"그래서, 길드에 묻고 싶다는 게 뭐야?"

나는 지금까지의 경위를 이야기하고 모험가 길드에 온 이유를 설명했다.

“블랙 타이거를 해체하기 위해 미스릴 나이프를 구하고 있었단 말이지.”

사냐 씨는 어이없다는 듯 나를 바라봤다.

“잘도 그런 마물을 쓰러뜨렸구나. 분명 블랙 타이거를 해체하려면 보통의 나이프로는 불가능하지. 그래서 미스릴 나이프를 구하러 피나와 왕도까지 일부러 왔다는 거로군.”

이 이야기를 하면 모두가 같은 반응을 보이네. 곰 이동문으로 한순간에 왔다고는 아무도 상상하지 못할 테니 어쩔 수 없지만 말이다.

“그래서, 대장간에서 광산에 골렘이 나타났다는 말을 들었는데요.”

“맞아. 광산에서 골렘이 나타났어. 광부의 증언에 따르면 구멍을 파면서 나아가는데 커다란 동굴을 발견했대. 그런데 그 동굴에 골렘 한 마리가 있어서 공격을 해 왔다고 했어.”

“그럼 그 골렘이 광산에서 난동을 피우고 있다는 건가요?”

한 마리만이라면 일반적으로 모험가가 쓰러뜨릴 수 있을 법한데…… 아니면 길을 막아서 봉쇄하던가, 여러 가지로 대처 방법이 있지 않나?

“그렇지, 광산에 들어선 자를 공격해 온대. 그나마 다행인 건 골렘이 밖으로 나오지 않는다는 점이랄까.”

뭔가…… 던전 게임 같은데? 던전 게임에서도 어째선지 마물은 밖으로 나오지 않지.

아니면, 무언가를 지키고 있는 건가? 골렘은 주로 수호자로서 게임과 소설에 나온다.

"모험가가 토벌하러 가지 않았나요?"

"이미 몇 명이 토벌하러 간 상태야. 단지……."

사냐 씨는 조금 말하기 어려워했다.

"골칫거리인 모양이야. 아무래도 한 마리만 있는 게 아니라……."

"여러 마리가 있는 거예요?"

"이미 몇 마리를 쓰러뜨렸다는 보고를 받았어. 현재로서는 광산에 골렘이 얼마나 있는지 파악되지 않은 상태야."

골렘의 무한 출몰인가? 이게 게임이었다면 폭업 사냥터라고 기뻐했을 테지만, 현실에서 일어나면 귀찮을 뿐이다. 하물며 그곳에서 생활하고 있는 사람에게는 민폐와도 같은 이야기다.

"게다가 안으로 좀 더 들어가니까 아이언 골렘이 나와서 토벌이 늦어지고 있는 모양이야."

아이언 골렘이라…… 동굴 안에서는 싸우는 게 성가시려나.

동굴 안에서 불 속성 마법은 사용 못 할 테고, 물리적인 흙 마법으로는 어디까지 대미지를 입힐 수 있을지 모르겠고, 바람 마법으로 철을 벨 수 있을지도 미지수였다. 물은 말할 필요 없고, 얼음도 흙 마법과 같을 테고……. 이렇게 되니 철을 벨 수 있는 미스릴 검이 갖고 싶어진다. 하지만 미스릴 무기를 손에 넣으려면 그 골렘을 쓰러뜨려야 했다. 이것 참, 무한 반복이군.

“참고로 광산에 가면 미스릴 광석을 얻을 수 있나요?”

내 목적은 미스릴 광석의 정보이지 골렘의 정보가 아니다.

“으음, 글쎄……. 그 부분은 상업 길드가 관여하는 거라서…….”

이번엔 상업 길드입니까……. 어쩐지 순회 당하고 있는 기분이 들었다.

뭐지, 점점 귀찮아 지는데? 이거, 당분간은 포기하는 게 나으려나? 블랙 타이거의 해체도 그렇게 급한 일이 아니고, 게다가 나는 곰 이동문이 있으니까 언제든지 왕도에 올 수 있기도 하고, 골렘 토벌이 끝날 무렵에 오는 게 제일인가?

왕도까지 와서 손에 넣지 못한 건 아쉽지만 이번엔 어쩔 수 없었다.

“피나, 이번엔 포기하고 왕도 구경이나 하고 돌아갈까?”

나는 그런 결론에 도달했다. 그렇게 결정하고 의자에서 일어선 순간, 누군가가 문을 노크했다.

“들어와요.”

사냐 씨가 문 밖으로 대답했다. 방으로 들어온 사람은 내가 알고 있는 인물이었다.

“어머, 유나랑 피나?”

“엘레로라 씨?!”

방으로 들어온 사람은 노아와 시아의 엄마인 엘레로라 씨였다.

148 곰 씨, 골렘 토벌을 부탁받다

“두 사람이 여긴 어쩐 일이야?”

엘레로라 씨가 놀란 표정으로 나와 피나를 바라봤다.

하지만 그건 이쪽이 할 말이기도 했다.

“엘레로라 씨야말로 모험가 길드에 어쩐 일이세요?”

“나는 사냐에게 용건이 있어서.”

“저는 모험가 길드에 묻고 싶은 게 있어서요.”

엘레로라 씨는 이쪽으로 다가오더니 피나 옆에 놓인 의자에 앉았다. 피나는 나와 엘레로라 씨 사이에 끼게 되었다.

“피나, 잘 지냈니?”

“네.”

피나는 조금 긴장한 표정으로 대답했다.

“노아는 잘 지내고 있니?”

“네, 저번에도 같이 놀았어요.”

가끔 두 사람이 같이 있는 모습을 본 적이 있다. 때때로 두 사람은 곰 하우스에 와서 곰돌이, 곰순이와 놀기도 한다. 내가 봤을 때도 사이가 좋은 듯 보였다.

“앞으로도 그 아이를 잘 부탁할게.”

“네.”

피나는 웃는 얼굴로 고개를 끄덕였다.

"엘레로라 님, 오늘은 어떠한 용무로 오셨나요?"

사냐 씨가 엘레로라 씨에게 물었다.

"그때의 건은 어떻게 되었나 싶어서."

"그때의 건이라면…… 광산 말씀이신가요?"

"응, 광산을 이대로 내버려 두는 건 나라로서도 곤란하니까, 병사를 보내 대처하려고 생각 중이야."

"일단, 랭크 C 모험가들이 대처하고 있습니다."

"인원은?"

"총 두 파티로, 네 명과 다섯 명인 파티입니다."

"으음, 그렇다면 당분간은 상황을 지켜봐야 하나……. 그래도 무리라면 이쪽에서 대처해줄게."

그런 문제라면 병사든 기사든 마법사든 나라에서 내보내면 될 것을……. 그렇게 하면 빨리 해결돼서 나도 미스릴을 손에 넣을 수 있을 텐데…….

두 사람에게 그런 내 생각을 말하자, 기본적으로 마물이 나타나면 모험가 길드의 일이 된다고 했다. 나라의 병사가 토벌해버리면 모험가들의 일거리가 없어져버리기 때문에, 긴급한 일이 아닌 이상 나라는 움직이지 않는다고 한다.

이것은 모험가 길드와 나라 간의 암묵적인 이해로 정해져 있는 것이었다.

그래서 이번 골렘 문제도 우선은 모험가 길드가 토벌해야 했다. 만약 모험가로 일이 해결되지 않는다면 나라가 움직이게 된다. 성가신 관계이지만 시스템적으로 어쩔 수 없었다.

게다가 정말로 비상사태가 벌어졌을 때 나라에 병사가 없으면 곤란해진다.

"그래서, 유나는 여기 어쩐 일이야?"

이번엔 내가, 이걸로 몇 번째인지 모르지만, 이곳에 있는 이유를 설명했다.

"미스릴 말이구나."

엘레로라 씨가 뭔가가 함축되어 있는 미소를 내게 지어 보였다. 싫은 예감이 든다.

"그럼 유나, 미스릴이 갖고 싶으면 부탁 좀 들어주지 않을래? 미스릴이 들어오면 우선적으로 줄게."

"부탁이라는 게 골렘 토벌을 말하는 건가요?"

이야기의 흐름을 보아 이것밖에 떠오르지 않았다.

"맞아, 랭크 C 파티가 가 있으니 괜찮겠지만, 가능하면 유나 같은 강한 모험가에게 부탁을 하고 싶거든."

"미스릴은 갖고 싶지만, 딱히 제가 아니어도, 랭크가 높은 다른 모험가들에게 부탁을 하면……."

아직 랭크 B 이상의 모험가를 본 적은 없지만, 왕도라면 있을 거 아냐?

"그게, 부탁하는 게 좀 어려워."

"……?"

나는 고개를 갸웃거렸다. 부탁할 수 없다니, 의미를 모르겠네.

"일단, 무리인 이유는, 상위 랭크의 모험가들은 방랑벽이 있는 사람이 많아. 미개척 토지로 떠나거나, 강한 마물을 찾아다니나 해서 언제 돌아올지 모르기도 하고, 있는 곳도 파악할 수 없어. 마법사는 마법 연구로 집에 틀어박혀서 나오질 않고. 무엇보다 상위 랭크 모험가는 이상한 사람들이 많아서 부탁하는 게 어려워."

엘레로라 씨의 「이상한 사람」이라는 발언에 엘레로라 씨와 사냐 씨가 동시에 내게로 시선을 보냈다.

어째서, 두 사람 모두 나를 보는 거지? 아니, 시선은 하나 더 있었다. 옆에서 나를 보고 있는 피나가 있었다. 어째서, 피나까지 나를 보고 있는 거야? 나, 슬퍼지는데……? 나는 이상한 사람이 아니야. 곰이야.

"뭐, 그리고 상위 랭크의 모험가가 적은 이유도 있지."

그래서 이제껏 상위 랭크의 모험가를 만난 적이 없던 거구나. 더욱이 상위 랭크의 모험가와 만날 수 있을 정도로 모험가 길드에 자주 가지도 않았고……. 모험가에게 묻거나 하지도 않으니 내가 모르는 것뿐일 수도 있지만.

"게다가 있다고 해도 랭크가 높은 모험가는 돈도 많아서 좀처럼 일을 받아주지 않아."

이야기를 들어 보니 내게도 해당하는 부분이 많았다.

나도 돈은 충분히 있으니 기본적으로 일을 하고 싶지 않았다. 세계를 보고 싶은 기분도 알고, 모험도 하고 싶었다. 새로운 마법 연구도 재밌을 것 같다. 스스로 강함을 추구하지는 않지만, 곰 장비가 얼마나 센지 확인하고 싶은 마음도 있었다. 그렇게 생각하자 나도 상위 랭크의 모험가들의 마음을 이해할 수 있었다.

하지만 이건 어디까지나 사고방식이지, 내가 이상한 사람이라는 건 아니다.

"그러니까 유나, 부탁을 들어주지 않을래?"

미스릴을 원하니까 받아들여도 괜찮지만, 문제는 동굴 안에 골렘이 있다는 건데…….

일반적으로 흙과 바위로 만들어진 골렘이라면 문제없겠지만, 철로 만들어진 아이언 골렘을 쓰러뜨릴 수 있을지는 모르겠다. 내가 고민하고 있자, 꾹꾹 하고 곰 옷이 잡아 당겨지는 느낌이 들었다.

"피나?"

피나를 바라보자, 작게 고개를 젓고 있었다.

"유나 언니, 위험해요. 저, 미스릴 나이프는 필요 없으니까 위험한 일은 하지 마세요. 블랙 타이거의 해체라면 길드에 부탁하면 될 거예요."

필요 없다고 하니, 무리해서라도 꼭 주고 싶어지는 이 사람의

심정은 대체 뭘까……. 게다가 앞으로의 일을 생각하면 미스릴은 필요할 것 같았다.

"괜찮아. 나, 강한 거 알지?"

나는 피나의 머리 위에 곰 인형 장갑을 톡 얹었다.

"그 의뢰, 받아들일게요."

"유나, 고마워. 다행이야. 그럼 그동안, 피나는 우리 집에서 맡고 있을게."

""앗!""

엘레로라 씨의 말에 나와 피나의 놀라는 목소리가 겹쳐졌다.

"설마, 데려갈 작정이었던 거야?"

엘레로라 씨는 옆에 있는 피나를 품에 안으며 놀란 듯 물었다. 데려갈 생각은 아니었지만, 「곰 이동문으로 크리모니아에 데려다 줄 겁니다」라고는 말하지 못했다. 그래서 나는 「부탁드릴게요」라고 대답해버렸다.

"유나 언니?!"

피나는 내 말에 놀란 표정을 지었다. 그렇지만 곰 이동문에 대해 이야기할 수 없고, 데려갈 수도 없었다. 그렇다고 해서 혼자 왕도에 둘 수도 없었다. 선택지가 없었다.

"바로 돌아올게."

"그래도, 어머니가……."

"괜찮아."

한 번 더 크리모니아로 돌아가 티루미나 씨에게 피나를 빌려달라고 부탁하면 될 것이다. 거절당하면 곤란하겠지만, 부탁을 하면 어떻게든 되겠지.

그 후, 나는 집에 짐이 있다고 말하고 피나와 곰 하우스로 돌아왔고, 곰 이동문을 이용하여 크리모니아로 돌아가 티루미나 씨에게 며칠 동안 피나를 빌려달라고 부탁했다. 티루미나 씨에게 흔쾌히 승낙을 받아서 다행이었다. 그리고 다시 곰 이동문으로 왕도로 돌아와 피나를 엘레로라 씨에게 맡기는, 귀찮은 행동을 하는 처지가 되었다.

"으으, 어째서 일이 이렇게……."

피나는 귀족인 엘레로라 씨의 저택에 묵게 되어 슬픈 얼굴을 하고 있었다.

"후후, 피나에게 잘 어울릴 것 같은 옷이 있는데……."

"피나를 너무 괴롭히지 말아주세요."

"그런 짓 안 해. 유나가 일을 하는 동안 열심히 피나를 돌봐주기만 할 뿐이지. 게다가 크리모니아에서는 노아와 사이좋게 지내주는 것 같으니 보답을 해야지."

"별로 답례는…… 오히려 제가 노아 님에게 신세를 져서……."

"안 돼. 피나네 가족에게 보답을 할 수 없으니까 피나가 받아줘야지."

"유나 언니……."

그런 난처한 얼굴로 봐도 곤란해.

"얼른 돌아올게."

"으……, 유나 언니. 얼른 돌아오세요."

돌아올 때까지 피나의 정신이 멀쩡하기를……. 얼른 돌아올 테니 기다리고 있어.

나는 납치당한 공주(피나)님을 구하기 위해 홀로 광산으로 향했다.

어쩐지, 목적이 바뀐 것 같은 기분이 들지만, 신경 쓰지 않고 출발했다.

곰곰곰베어 6

번외편

곰 씨, 밀과 곰빵을 만들다 1

내 이름은 밀, 열두 살 여자아이예요. 유나 언니가 만든 빵 가게에서 일하고 있죠.

유나 언니가 고아원에 찾아온 뒤로 시간이 꽤 흘렀습니다. 유나 언니는 저희에게 새를 돌보는 일과 따뜻한 식사와 옷, 방을 만들어 주셨어요. 게다가 빵 가게를 연 뒤로는 일을 도와주길 원한다고 말했습니다.

가능하면 읽기 쓰기와 산수를 할 줄 아는 아이가 좋다고 하셨어요. 저는 모두 가능합니다. 무엇보다 요리를 좋아하는 아이이길 바라시네요. 저는 손을 들었습니다.

"저, 하고 싶어요."

그렇게 눈 깜짝할 사이에 멤버가 정해지고, 저를 포함한 여섯 명이 빵 가게에서 일하게 됐어요. 우선은 빵 만들기를 가르쳐 주시는 모린 씨라는 여성분과 그녀의 딸인 카린 언니, 두 분을 소개해 주셨습니다.

모린 씨는 엄하시지만 매우 자상하신 분이에요. 카린 언니는 엄청 밝은 성격이고요. 카린 언니는 빵 만드는 법도 가르쳐 주시지만 손님을 대하는 법, 인사하는 법, 돈 관리법, 청소 방법 등 일에 필요한 것들을 알려주십니다. 확실하게 외우지 않으면 큰일이 일어난다고 하셨어요. 인사를 제대로 하지 않으면 손님을 불쾌하게 만듭니다. 빵 계산이 틀리면 누군가에게 손해를 끼쳐버립니다. 또한 가게가 더러워지면 손님들이 방문해 주시지 않게 됩니다. 카린 언니에게 가게에 대해 중요한 것들을 여러 가지 배웠습니다. 그 옆에서는 모린 씨가 웃고 계셨어요. 어째서일까요?

가게가 개점했습니다. 엄청난 기세로 푸딩과 빵, 피자 주문이 들어왔습니다. 힘드네요. 카린 언니가 저희에게 지시를 내려줘서 혼란스러워하지 않고 일을 할 수 있었습니다. 만약 카린 언니가 없었다면 큰일이 났을 거예요.

"달리고 있는 곰 님의 테이블 좀 닦아줄래?"

"네!"

"자고 있는 곰 님의 테이블도 정리해줘."

어느 테이블인지 바로 파악할 수 있도록 카린 언니가 테이블 위에 장식되어 있는 곰 님으로 지시를 내려줍니다. 저희도 바로 움직입니다.

어느 테이블에 어느 곰이 있는지 전부 기억하고 있습니다. 점심시간이 가장 힘들지만, 점심시간이 지나면 진정이 됩니다.

저희가 만든 빵과 푸딩이 이렇게나 많이 팔리다니, 기쁘네요. 꼬끼오알로 만든 푸딩은 특히 인기가 많아요. 조금? 꽤? 가격이 비싼 것 같지만, 티루미나 씨는 적정 가격이라고 말씀하셨어요.

이렇게 돈이 많이 들어오니 불안해집니다. 지금까지 이렇게 큰돈은 본 적이 없습니다.

티루미나 씨가 말씀하시길, 이 돈이 저희 고아원을 운영하는 자금이 된다고 하셨어요. 따뜻한 식사, 따뜻한 옷이 된다고요. 유나 언니가 오기 전 상황으로는 돌아가고 싶지 않습니다. 그러니 저는 열심히 일할 거예요.

가게에서 일할 때는 곰 옷차림을 하게 되어 있습니다. 무척 귀여운 복장이에요. 유나 언니와 닮아서 조금 기쁘기도 합니다. 하지만 카린 언니는 창피하다며 안 입는다고 했습니다.

창피한 복장인 걸까요?

이 곰 유니폼은 손님들에게 인기가 있습니다. 손님들에게 자주 귀엽다는 말을 듣습니다. 조금 쑥스럽긴 해도 기쁩니다.

오늘도 무사히 일이 끝나고, 내일은 쉬는 날입니다.

6일 동안 일을 하면 하루 쉬도록 되어 있습니다. 몸을 쉬게 하는 것도 중요하다고요. 휴일에는 자유입니다. 고아원 일을 도와주거나 여러 가지 일을 합니다. 이번에는 만들고 싶은 빵이 있어서 가게로 갔습니다.

가게에 도착해 보니, 카린 언니가 빵을 만들고 있었습니다. 휴일에는 카린 언니가 고아원에서 먹을 빵을 구워주십니다. 연습이 된다고 하셨어요.

"밀, 어쩐 일이야?"

"저기, 만들고 싶은 빵이 있어서요."

지난번에 고아원에 제가 만든 빵을 가지고 돌아갔습니다. 남은 빵과 연습한 빵은 고아원 모두가 먹을 수 있도록 되어 있습니다. 그때 고아원의 어린 여자아이가 말했어요.

"곰 님 빵은 없어?"

순간 무슨 말을 하는지 몰랐습니다. 이야기를 들어보니 곰 모양을 한 빵을 말하는 것이었습니다. 아직 어려서 『곰 씨 쉼터』의 이름과 빵 가게를 합쳐 불러 「곰 님 빵」이 된 모양입니다.

그래서, 저는 곰 님 빵을 만들기 위해 가게에 왔습니다.

곰 유니폼을 입고 빵을 만들 준비를 합니다.

우선은 빵 생지를 주무릅니다. 그리고 곰 모양을 만듭니다. 여기가 이렇게 되고, 발을 만들고, 손을 만들고, 동그란 꼬리를 붙이죠. 얼굴이 잘 만들어지지 않습니다. 애초에 곰 님 같지 않습니다. 동물로는 보이지만 곰 님으로는 보이지 않네요.

저는 가게 안에 있는 곰 장식물을 보러 갔습니다.

엄청 귀여운 곰 님들이에요. 유나 언니가 말하기를, 이렇게 무서운 존재를 귀엽게 만드는 걸 데포르메라고 하셨어요. 어떻게 하면 이렇게 귀엽게 만들 수 있죠?

저는 곰 님을 잘 관찰하고 가게 안 테이블 위에서 곰 님 빵을 만들었습니다. 하지만 아무리 따라해 봐도 능숙하게는 만들지 못하네요.

제가 곰 님 빵 만들기에 고전하고 있는데 누군가가 말을 걸었습니다.

"밀, 뭐 하고 있어?"

얼굴을 들어보자 유나 언니였습니다.

제가 순순히 대답하자 유나 언니가 제 손 쪽을 바라봤습니다. 조금 창피하네요.

"이 곰 님을 따라서 곰 님 빵을 만들고 있었어요."

"곰?"

유나 언니가 이상하다는 듯한 얼굴을 했습니다.

"고아원에서 곰 님 빵을 먹고 싶다고 해서 만들어 보려고 했는데, 유나 언니가 만든 곰 님처럼 예쁘게 안 만들어져서……."

제 말에 유나 언니는 제가 만든 곰 님 빵을 봤습니다. 전혀 닮지 않아서 창피합니다.

"그…… 너무 자세히 보지 말아주세요."

"입체는 어려우려나?"

"네, 어려워요. 특히 얼굴이 안 만들어져서……."

다른 부분도 이상하게 만들어졌지만 특히 얼굴이 심합니다. 유나 언니를 보니 생각에 잠겨 있네요. 엄청 고민하고 계세요. 그렇게 제 곰 님 빵이 심각해서 고민하고 있는 걸까요?

"이거, 가게에서 파는 건 아니지?"

“네, 고아원 아이들에게 주고 싶어요.”

“정말이지?”

유나 언니가 몇 번이고 확인을 해 옵니다. 저는 고개를 끄덕였습니다. 잘 모르겠지만, 유나 언니는 결의에 찬 듯한 표정을 지었습니다.

“잠깐, 빵 생지 좀 나눠줄래?”

“네.”

제가 조금 덜어서 건네주자, 유나 언니는 두 가지 색깔의 빵 생지를 가볍게 따로 주무르기 시작했습니다.

하얀 빵 생지는 곰순이와, 갈색 빵 생지는 곰돌이와 닮으려나 싶어서 준비해뒀던 겁니다. 유나 언니가 갈색 빵 생지를 볼처럼 둥글게 만든 후 가볍게 눌러주듯 짓누르자 원형 생지가 만들어졌습니다. 그 원형에 새로운 작은 생지를 붙이고, 하얀 빵 생지를 덧붙이며 빵의 형태를 만들어 갔습니다.

여기까지 만들어지니 저도 알 수 있었습니다.

“곰 님의 얼굴이네요.”

유나 언니의 손이 곰 님 얼굴을 만들어냈습니다. 유나 언니의 손은 마치 모린 씨의 마법의 손 같습니다.

“이대로 구우면 완성이야. 곰의 전신을 만드는 것보다 얼굴만 있는 쪽이 간단하지.”

얼굴을 본 것만으로 곰 님이라는 것을 알겠습니다. 게다가 간단해 보이네요. 저라도 만들 수 있을 것 같습니다.

“저도 만들어 봐도 될까요?”

“물론이야.”

저는 유나 언니를 따라하며 빵 생지를 주물렀습니다. 생지 두 가지를 사용해서 곰 님의 얼굴을 만들었습니다. 유나 언니와 약간 다른 것 같긴 하지만, 간단하게 곰 님의 얼굴을 만들 수 있었습니다.

“그럼, 구워볼까?”

“네!”

카린 언니가 빵을 굽는 화덕을 빌려주셨습니다.

“뭘 만든 거니?”

“굽기 전까지는 비밀이에요.”

저는 빵이 다 구워지는 것을 기대하며 화덕 앞에서 기다렸습니다. 덥긴 하지만 참을 거예요.

빵이 점점 구워지는 것을 알 수 있습니다.

화덕에서 꺼내자 곰 님의 얼굴을 한 빵이 만들어졌습니다. 카린 언니가 훔쳐봤습니다.

“곰 님 빵이구나. 잘 만들었네. 그래도 오른쪽이 더 잘 만든 것 같아.”

“오른쪽은 유나 언니가 만든 거예요. 왼쪽은 제가 만들었고요.”

“연습하면 밀도 능숙해질 거야. 누구든 처음부터 잘 할 수 있는 사람은 없어.”

유나 언니를 보고 있으면 뭐든 다 할 수 있는 것처럼 보입니다. 유나 언니가 못하는 게 있기는 할까요?

저, 유나 언니처럼 되고 싶어요.

“그럼, 시식해볼까?”

“네.”

평범한 빵과 다른 건 없지만 어쩐지 아깝다는 기분이 들었습니다. 하지만 유나 언니는 신경 쓰는 기색 없이 곰 님의 귀를 베어 물었습니다.

어쩐지, 불쌍하네요.

“나도 괜찮을까?”

카린 언니도 유나 언니가 든 곰 님을 떼어 먹었습니다.

“잘 구워졌네.”

“안에 뭔가를 넣어도 맛있겠어.”

확실히, 안에 무언가를 넣어도 맛있을 것 같습니다.

“밀은 안 먹어?”

유나 언니가 손에 빵을 들고 먹지 않는 제게 물었습니다.

“조금, 아까워서…….”

“그 마음은 알겠지만, 안 먹으면 아깝잖아. 게다가 시식 정도는 해줘야지.”

그렇네요. 맛있게 만들어졌는지 확인해야 합니다. 저도 곰 님의 귀를 떼어 먹었습니다. 맛있어요. 하지만 곰 님의 귀가 없어져 버렸습니다.

슬프지만 맛있습니다.

그 뒤, 카린 언니도 합세해서 빵 안에 넣을 재료를 생각하고, 맛을 어떻게 할지 의논해서 여러 곰 님 빵을 만들었습니다. 실패도 조금 있었지만, 모두 맛있는 곰 님 빵이 만들어졌습니다. 이거라면 좋아해주겠죠?

만든 빵을 고아원에 가지고 돌아왔습니다. 어린아이들이 작은 손으로 곰 님 빵을 들었습니다. 하지만 크기가 커서 먹기 힘들어 보이길래, 곰 님 빵을 눈앞에서 반으로 갈랐더니 울음을 터뜨렸습니다.

"곰 님이~!"

모두 울었습니다. 저는 열심히 미안하다고 사과했습니다. 시식할 때 반으로 갈라 먹었기 때문에 그때의 버릇이 남아 있던 모양입니다. 저도 처음에 곰 님 빵을 먹을 때에는 불쌍하다고 생각했는데, 금세 잊어버렸네요.

저는 새로운 곰 님 빵을 꺼내줬습니다. 아이들은 빵을 소중히 대해줬지만, 먹지 않으면 의미가 없습니다. 어린아이들은 「곰 님, 미안해」라고 사과하며 먹었습니다.

며칠 후, 가게에 곰 님 빵이 진열되었습니다. 그것을 본 유나 언니는 미묘한 표정을 지었습니다. 어째서일까요?

곰 씨, 밀과 곰빵을 만들다 2

『곰 씨 쉼터』 근처에 왔다. 오늘은 정기 휴무일이라 가게는 열지 않는다. 그런데 가게 뒤편으로 가니 갓 구워진 빵 냄새가 풍겨왔다.

누가 빵을 굽고 있나?

배도 조금 고프기도 하니 얻어먹을까.

내가 뒷문을 통해 주방으로 들어서자, 카린 씨가 빵을 굽고 있었다. 카린 씨는 휴일에 빵 만들기 연습을 할 때가 있다. 만들어서 고아원으로 가져가면 아이들의 감상을 들을 수 있어서 도움이 된다고 했다.

“카린 씨, 좋은 아침. 빵 좀 먹을 수 있을까요?”

“유나 씨? 마음껏 들어도 좋아요.”

나는 카린 씨가 구운 빵을 입에 넣었다. 응, 맛있어. 역시 모린 씨의 딸이야.

“카린 씨, 혼자예요?”

“어머니는 나가셔서 저 혼자예요. 아, 그런데 밀이 와 있어요.”

“밀이요?”

“네, 뭔가 만들고 싶다면서 플로어 쪽으로 갔어요.”

나는 신경이 쓰여서 플로어로 향했다. 밀이 「안 되네」, 「어렵네」라고 중얼거리고 있었다.

"밀, 뭐 하고 있어?"

내가 묻자 빵을 만들고 있다고 했다. 밀의 손 쪽을 보자 동물로 보이는 형태를 한 빵이 있었다.

아무래도 내가 테이블 위에 장식해둔 넨드로이드풍의 곰 장식품을 따라해 빵을 만들려는 모양이다.

이유를 물으니 고아원의 아이에게 곰 님 빵이 먹고 싶다는 말을 들었다고 한다. 그래서 밀은 내가 만든 곰을 따라서 빵을 만들려고 하고 있었다고 말했다.

하지만 얼굴이 어려워 제대로 만들어지지 않아 곤란해하고 있던 것 같다.

도와주고 싶었지만 곰 형태의 빵을 만드는 부분이 문제였다. 어째서 곰인지 묻고 싶지만 대답은 알고 있다. 내 영향이겠지.

"이거, 가게에서 파는 건 아니지?"

"네, 고아원 아이들에게 주고 싶어요."

"정말이지?"

나는 재차 확인을 했다. 밀은 고아원에 가져갈 거라고 했다. 가게에서 팔기 위한 게 아닌 것 같다. 그렇다면 만들어줘도 되려나? 나는 밀에게서 색이 다른 빵 생지를 받았다. 그리고 곰의 얼굴을 만들었다. 전신이 어렵다면 얼굴만 만들면 된다. 원래 세계에서 봤던 곰 모양 빵은 얼굴만 있는 쪽이 많았다.

이런 느낌이면 되려나……. 나 스스로 잘 만들었다는 생각이 들었다. 밀은 내가 만든 곰 모양 빵을 보며 기뻐했다.

얼굴이 조금 울퉁불퉁해 보이지만, 처음 만들면 다 이런 거겠지. 충분히 곰으로 보인다.

"유나 언니, 대단해요. 곰 님의 얼굴이네요."

밀에게도 제대로 곰의 얼굴로 보이는 모양이다. 밀이 따라해 보고 싶다고 했다. 밀은 작은 손으로 내가 만든 곰빵을 참고하며 만들었다.

"만들었어요."

제대로 곰의 얼굴이 되어 있었다.

"그럼, 구워볼까?"

나와 밀은 곰빵을 구우러 주방으로 향했다. 그리고 카린 씨에게 화덕을 빌려 곰빵을 구웠다. 밀은 화덕 앞에서 떠나려고 하지 않았다.

"유나 씨, 뭘 만든 거예요?"

"다 만들어지고 나서 알 수 있는 즐거움이랄까?"

밀이 기대하고 있는데 내가 먼저 알려줄 수는 없었다.

"유나 언니, 다 구워졌어요."

밀이 기쁜 듯 다 구워진 곰빵을 가져왔다. 확실히 곰의 얼굴로 구워졌다. 구워진 색깔도 알맞아 보였다. 카린 씨가 옆에서 훔쳐봤다.

"곰 님 빵이구나. 잘 만들었네. 그래도 오른쪽이 더 잘 만든 것 같아.”

“오른쪽은 유나 언니가 만든 거예요. 왼쪽은 제가 만들었고요.”

밀이 부끄러워하며 대답했다.

“연습하면 밀도 능숙해질 거야. 누구든 처음부터 잘 할 수 있는 사람은 없어.”

카린 씨가 밀을 격려했다. 빵의 시식해 본 후, 카린 씨까지 합세해서 고아원 아이들을 위해 여러 가지 곰빵을 만들었고, 밀은 빵을 모두 고아원으로 가져갔다.

아이들이 좋아해주면 좋겠다.

다음 날, 밀에게 아이들의 반응을 물었더니 미묘한 표정을 지었다. 왜지?

그리고 며칠이 더 지나고, 곰빵이 가게에서 판매되게 되었다.

어째서, 그렇게 된 거야.

곰 씨, 신인 모험가의 연습에 어울리다

오늘은 호른과 약속이 있다. 어제『곰 씨 쉼터』에서 호른을 만나 마법을 봐주면 좋겠다고 부탁을 받았기 때문이다. 나는 호른이 제대로 연습해서 실력이 늘었는지 신경이 쓰여서 그 부탁을 받아들였다.

만나기로 한 장소는 지난번에 마법 연습을 했던 장소다. 그곳이라면 주변에 아무것도 없어서 문제가 될 일은 없었다.

약속 장소에 도착하니 호른 옆에 한 사람이 더 있었다.

으음, 남자아이네. 분명 호른과 같은 파티의 진이었던가?

"저기, 왔어. 신."

진이 아니라 신이었구나. 거의 근접했으니까 정답이라고 해두자. 그런데 어째서 같이 있는 거지? 어쩌면, 내가 호른을 괴롭히고 있다고 생각한다거나 해서 걱정돼서 온 걸지도 몰랐다. 아무래도 나에 대해「블러디 베어」라든가「다가가면 위험하다」라든가 하는 여러 이야기를 다른 모험가들에게 들은 모양이다. 만약 그걸 믿고 있다면 걱정하는 건 어쩔 수 없는 일이다.

"유나 님, 와주셔서 감사합니다."

"약속했잖아. 그런데, 그쪽의 남자아이는? 호른의 동료였지?"

"애, 신."

호른이 신의 등을 밀었다.

"저기, 저도 견학해도 될까요?"

"마법을?"

"네, 호른이 마법을 사용하는 게 능숙해져서 어떻게 배웠는지 궁금해서요. 만약 비밀이라면 저는 돌아갈게요."

"딱히 상관없어. 대단한 걸 가르치는 게 아니기도 하고."

보통 마법 선생님이 어떻게 가르치는지 나는 모르고, 가르치는 방법이 맞는지도 모른다. 나는 내 스타일대로 마법을 가르치고 있는 것뿐이다.

나는 바로 호른의 실력을 확인하기 위해 조금 떨어진 위치에 흙 마법으로 강도 높은 1미터 정도의 언덕을 만들었다. 그리고 호른이 있는 곳으로 돌아왔다.

"자, 제대로 실력이 향상됐는지 확인할 테니까 저 흙 언덕을 향해서 마법을 써봐."

"네."

호른은 흙 마법을 사용했다. 호른 앞에 야구공 정도 크기의 흙뭉치가 생겼다. 호른은 그것을 고속으로 회전시키더니 흙 언덕에 맞췄다. 흙뭉치는 흙 언덕에 박혔다. 회전했다는 것은 흔적으로 알 수 있었다.

제대로 연습하고 있는 모양이다. 확실히 위력이 올라가 있었다.

"유나 님 덕분에 모두의 발을 묶는 일도 없어졌어요."

호른은 당장에라도 날아갈 것처럼 기쁘게 말했다.

"그럼 오늘은 응용을 가르쳐줄게. 이게 가능해지면 어느 정도의 마물은 쓰러뜨릴 수 있을 거야."

"정말인가요?"

"응, 어렵긴 하지만 말이야."

나는 가느다란 흙 봉을 만들어냈다. 끝은 뾰족했다. 화살이라기보다는 창을 가늘고 짧게 만든 느낌이다. 그 짧은 창을 고속으로 회전시켜서 날리자 흙 언덕을 관통했고, 언덕에는 작은 구멍이 생겼다.

"대단해."

"대단해요!"

"그럼, 해봐."

"네."

호른은 흙 언덕 앞에 서서 자세를 잡았다.

"우선은 가느다란 봉을 만들어. 그리고 끝을 화살처럼 뾰족하게 만들고."

호른은 가느다란 흙 봉을 만든 후 끝부분을 뾰족하게 다듬었다.

"그리고, 회전을 시켜서 날려."

"네."

호른은 만들어낸 흙창을 회전시켜서 흙 언덕을 향해 날렸다.

가느다란 흙창은 언덕에 명중했지만, 산산조각 났다.

"강도가 낮아. 아까 만든 흙뭉치만큼의 강도는 만들어야 해."

"얇으면 단단하게 만드는 상상이 잘 안 돼요. 흙뭉치는 중심을 향해 흙을 쥐는 상상을 할 수 있지만, 봉으로는 어려워요."

"그 부분은 연습을 해야 해. 이걸 할 수 있게 되고, 급소를 맞출 수 있게 된다면 전력이 꽤 오를 거야."

"오크도 잡을 수 있나요?"

"오크?"

"저희가 얼마 전에 베어 터널 주변 토벌에 참가했었는데, 그때 오크에게 습격을 당해 죽을 뻔했어요."

"괘, 괜찮았니?"

일본에서는 죽음이 나와 가까운 일이 아니었기 때문에, 죽을 뻔했다고 들으니 걱정이 됐다.

"네, 위험할 뻔한 상황에서 루리나 씨와 길 씨라는 모험가가 도와주셨어요."

"길 씨, 멋있었어요."

루리나 씨와 길에게 도움을 받았구나. 그러고 보니 루리나 씨도 베어 터널의 마물을 토벌하는 데 참가했다고 했었지.

"유나 님은 루리나 씨와 아는 사이시죠?"

"일단은, 모험가이니까."

데보라네가 내게 얻어맞고 드러누운 동안 루리나 씨와 함께 의뢰를 받기도 했고, 가게의 호위를 부탁하기도 했다. 그래서 조금 아는 사이라고는 말할 수 있긴 했다.

"오크를 쓰러뜨릴 수 있다면…… 아니, 그때 오크를 붙잡기만이라도 할 수 있었다면 도망칠 수 있었을 거예요."

나 같은 경우, 오크 정도는 일격으로 쓰러뜨려 버려서 아직까지도 오크가 얼마나 강한지 알지 못한단 말이지. 애초에 내가 호른과 같은 마법을 사용해도 비교할 수가 없었다. 나와 호른은 마력의 양이 달랐다. 마법에 담는 마력 양에 의해서 같은 마법이라도 위력이 달라진다.

"그렇지. 그건 호른 하기 나름이라고 생각해. 연습을 하지 않으면 지금 그대로일 테고, 그렇다고 해서 연습을 했으니 오크를 쓰러뜨릴 수 있게 됐다고는 확신할 수 없어. 할 수 있다고 말하고 하지 못한다면 큰일이 날 거야. 그러니 허투루 말할 수는 없어."

그래도, 호른은 내 말을 듣고 의욕이 생긴 모양이다.

호른은 열심히 연습을 시작했다. 마법 주문을 외우고 흙 언덕을 향해 몇 번이고 창을 날렸다.

"지금은 천천히 해도 되니까 강도, 회전 속도, 담는 마력의 양 등, 하나씩 주의하면서 마법을 사용해봐."

"네."

호른은 심호흡을 하고 천천히 마법 주문을 외우기 시작했다.

"저기요, 어째서 이렇게 간단하게 가르쳐 주는 거예요? 저희는 답례할 수 있는 게 전혀 없어요."

호른의 연습을 조금 떨어진 곳에서 지켜보고 있는데, 신이 말을 걸었다.

"딱히 답례를 바라고 가르치는 거 아니야."

"그럼 어째서 가르쳐 주는 거죠?"

"호른이라는 여자아이를 알게 됐으니까. 만약 내가 가르치는 걸 꺼려해서 호른이 죽어버리면, 나 스스로를 용서하지 못하게 될 거야. 그때 가르쳐 두면 좋았을 걸, 하고 후회할 걸 아니까 가르쳐 주는 거야."

"저희와 알게 된 지 얼마 안 됐잖아요."

"그렇지. 만약 호른이 나를 무시하거나 성격이 나쁜 아이였다면 나는 가르쳐 주지 않았을 거야. 죽었다고 해도 신경 쓰지 않아. 하지만 호른은 착한 아이니까, 죽지 않았으면 해."

나는 호른이라는 여자아이와 알게 되고 이야기를 나눴다. 그 아이가 죽지 않길 바라는 마음을 가지고 있다. 그래서 가르치고 있다.

"……그, 호른에게 마법을 가르쳐 줘서 고마워요."

신은 쑥스러워하며 고맙다는 인사를 했다.

"하지만, 너도 열심히 하지 않으면 호른을 방해하는 존재가 될 거야."

호른은 처음 만났을 때보다 성장했다. 어디까지 강해질지 알 수 없지만, 주변이 걸림돌이 될 가능성도 있었다.

"알고 있어요. 저번에 길 씨에게 여러 가지로 가르침을 받아서 특훈 중이에요."

"그래?"

나는 흥미가 생겨서 길에게 어떤 것을 배웠는지 물었다.

"……."

근력을 키워라. 지구력을 길러라. 상대를 봐라. 기술은 경험에서 얻어라. 그럼에도 이기지 못한다면 동료에게 의지해라. 기본적으로 올바른 것을 가르치고 있는 모양이다.

"그래서, 뛰거나 검을 휘둘러서 지구력과 근력을 기르고 있어요."

"그럼, 잠깐 나랑 시험해볼래?"

호른의 연습을 바라보고 있는 것만으로는 시간이 남았다. 호른이 살아남아 부상당하지 않도록 하기 위해서는 주위도 강해져야 했다. 그래서 신의 실력이 신경 쓰였다.

"유나 님과 시합이요? 유나 님은 마법사잖아요."

"나는 검도 사용할 수 있어."

나는 곰 박스에서 나무줄기를 꺼내 적당한 크기로 잘라 1미터 정도 길이의 나무 막대를 만들었다. 그리고 바람 마법을 휘감자, 나무 막대는 슈루루루 하고 깎이며 죽도처럼 둥글게 쥐기 쉬운 봉이 만들어졌다. 그중 하나를 신에게 던졌다. 받아 든 신은 내 행동에 놀란 모양이다.

"자, 그럼, 마법은 쓰지 않을 테니까 어디서든지 공격해 와도 좋아."

"정말 괜찮나요? 봐주지 않을 거예요. 부상당해도 몰라요."

신은 나무 막대를 감아쥐더니 나를 향해 휘두르기 시작했다.

나는 그 공격을 가볍게 막았다. 가벼운 시합이 시작됐다.

"……."

신은 헐떡이며 지면에 쓰러졌다. 결과를 말하자면 약하다. 강함의 기준은 모르지만 약하다.

"어, 어째서 유나 님은 그렇게 움직일 수 있는 거죠?"

나는 숨 한 번 헐떡이지 않았다.

"단련 방법이 다르니까."

네, 뻥입니다. 몸을 단련한 적 따위 없죠. 하지만 체력은 거짓이더라도 기술은 게임 속에서 얻은 겁니다. 그러니까 모든 게 거짓인 건 아니죠.

"그럼, 신경 쓰이는 부분이 있는데, 내 조언을 들을래?"

"제길."

어쩐지, 분해 보인다.

"들을 거야? 안 들을 거야?"

"부, 부탁할게요. 제게 조언을 해주세요."

신은 고개를 숙여 부탁했다.

"그럼, 몇 가지 말해볼게. 쓸데없이 검에 힘이 너무 들어갔어.

힘을 뺄 때는 빼야지 계속 힘주고 있으면 안 돼."

"검에 힘을 주는 건 당연한 거잖아요."

"사람에게는 악력이 있어. 계속 강하게 쥐고 있으면 악력은 점점 줄어들지. 악력이 없어지면 검을 쥐는 게 불가능해져. 팔도 괜히 검을 계속 휘두르면 지쳐서 휘두르지 못하게 돼. 전력으로 뛰면 체력이 떨어져서 뛰지 못하게 되는 거야."

"그러니까, 길 씨가 말한 대로 뛰거나 해서 근력을 기르고 있는 거잖아요."

"하지만 지금은 길처럼 무거운 검을 들거나, 몇 번이고 검을 휘두르는 건 못하잖아."

길이 100이라고 한다면 신은 10이다. 비교 대상이 틀렸다.

"……그러니까, 열심히 하고 있다고요."

"열심히 하고 있는 건 문제가 아니야. 하지만 바로 길과 같아질 수는 없고, 앞으로도 그럴 수 있다고는 장담할 수 없잖아."

애초에 체격부터 달랐다.

"그럼 어떻게 하라는 거죠?"

"그러니까, 그걸 보충하는 게 기술이야."

"기술……. 저, 누군가에게 가르침을 받거나 한 적이 없어서 기술이라고 해도 알지 못해요. 길 씨에게는 상대를 보라는 말을 들었지만, 어디를 봐야 좋을지……."

"신은 상대의 어디를 보고 있어?"

내 물음에 신은 생각에 잠겼다.

"……상대의 무기려나."

틀린 건 아니지만 틀린 것이기도 하다.

"보는 건 전부야."

"전부요?"

"그래. 무기는 물론이고, 무기를 쥐고 있는 손, 디디는 발, 상대가 어디를 보고 있는지 그 시선, 상대의 호흡, 나아가 상급자가 되면 더 봐야 할 곳이 있어."

"……유나 님은 전부 보고 있나요?"

"무심코 보긴 하지만, 상대의 다리가 움직이면 내가 움직일 타이밍을 알 수 있어. 검을 쥔 손을 보면 어느 정도의 힘을 담고 있는지 알 수 있지. 시선을 보면 어디를 노리고 있는지 알 수 있어. 한 곳을 보는 게 아니라 전체적으로 보면 좋아. 그럼 어느샌가 움직이는 부분을 볼 수 있을 거야. 물론 그것들로 모든 걸 알 수 있는 건 아니지만, 상대가 어떻게 나올지 예상은 할 수 있게 돼. 그러니 자신도 상대에게 보이고 있다는 것을 기억해 두는 편이 좋아."

한 곳만을 보면 다른 정보가 들어오지 않게 된다. 무기만 보고 있으면 상대가 그것을 역으로 이용해서 반격당할 수도 있다.

"그리고, 길처럼 체력이 없잖아. 그러니까 모든 곳에 힘을 주는 게 아니라 허점을 찔렀을 때, 찬스일 때 최대한의 힘을 담는 게 좋아. 쓸데없이 힘을 쓰지 않는 것도 기술 중 하나거든."

견제하는 데에 힘을 담을 필요는 없다. 틈을 만드는 것만으로 충분하다.

"그렇지만, 그건 사람이 상대일 때에요. 마물을 상대로는……."

"같아. 고블린과 오크라면 무기를 가지고 있을 때가 많아. 울프라면 내딛는 발을 보지. 게다가 마물은 무리지어 있는 경우가 많아. 전체를 보는 것에 익숙해지면 다수를 상대해도 시간을 잡아먹는 일이 없어질 거야."

전체적으로 보는 게 가능해지면 적이 여럿 있다고 해도 누가 공격을 해 오는지 알 수 있게 된다. 전체를 보는 건 중요하다. 싸우면서 동료의 상황도 파악할 수 있게 된다.

기본적으로 외톨이이긴 하지만, 게임에서 파티를 짜서 몇 번 싸워봤었기에 알 수 있었다.

"모험가 길드에서 한가해 보이는 모험가를 찾아서 연습을 부탁해도 좋아. 길도 말했잖아. 경험이 중요하다고. 실전 중에는 위험하지만, 연습이라면 부상 정도로 끝낼 수 있을 거야."

"……알았어요. 해볼게요."

신을 신경 쓰느라 호른을 보고 있지 않았지만, 호른은 착실하게 혼자서 마법 연습을 하고 있었다. 성실한 학생이군.

나는 호른과 신을 상대하면서 하루를 보냈다.

부상은 어쩔 수 없지만, 죽지 않길 바란다.

■작가 후기

『곰 곰 곰 베어 6권』을 구매해 주셔서 고맙습니다. 여러분 덕분에 무사히 6권을 보내드릴 수 있었습니다.

6권에서는 엘레로라 씨와의 약속대로 학생들의 호위를 하러 갑니다. 여전히 곰 옷차림이었기 때문에 유나는 학생들에게 무시를 당해버리죠. 그렇지만 그런 학생들 앞에 강한 마물이 등장합니다. 학생들은 목숨을 걸고 싸우려고 하지만, 곰 옷차림을 한 유나가 쓰러뜨려 버립니다.

호위 편은 인터넷 연재와는 조금 다른 전개로 진행되니 기대해 주시면 좋겠습니다.

후반에서는 미릴러 마을에서 온 안즈와 가게를 여는 이야기가 되겠습니다. 티루미나 씨와 밀레느 씨의 도움을 받으면서 『곰 씨 식당』을 완성해나갑니다.

그리고 무사히 가게를 개점한 유나는 호위 임무 때 토벌한 블랙 타이거의 해체를 피나에게 부탁하죠. 하지만 피나가 가지고 있는 철 나이프로는 해체가 불가능했습니다. 유나와 피나는 블랙 타이거를 해체할 나이프를 구하러 왕도로 향합니다. 그곳에서 유나는 새로운 일을 의뢰받습니다. 여기서부터는 골렘 편이 시작되지만, 후반부는 7권으로 이어지기 때문에 그때까지 기다려주세요.

마지막으로 책을 내기 위해 애써주신 모든 분들에게 감사를…….

029 선생님, 바쁘신 와중에 귀여운 일러스트를 그려 주셔서 감사합니다. 항상 어떤 일러스트가 완성될지 기대하고 있어요.

편집자님께는 오탈자로 항상 신세를 지고 있습니다. 그리고 『곰 곰 곰 베어 6권』을 출판하는 데 관련되신 많은 분들, 고맙습니다.

여기까지 책을 읽어주신 독자 분들께 감사의 마음을 보냅니다.

그럼, 7월에 7권으로 만나 뵐 수 있기를 기대하고 있겠습니다.

2017년 3월 좋은 날, 쿠마나노

■역자 후기

안녕하세요~. 역자 김보라입니다. 이번 6권으로 여러분과 인사를 할 수 있게 되어 정말 기쁩니다. 이번 권에서도 유나만의 독특한 행보가 이어졌는데, 여러분은 어떻게 읽으셨나요? 저는 매번 번역을 하면서 느끼는 거지만, 이『곰 곰 곰 베어』라는 작품은 일상생활이 반영된 부분이 의외로 많다고 느껴요. 특히 먹는 것에서(웃음)! 먹는 것에서 항상 공감을 합니다. 역시 동양인은 밥심이지라는 둥 말이죠(웃음). 이번 권에서는 본격적으로 안즈 일행이 크리모니아 마을로 와서 가게를 연 모습도 나왔는데, 저는 앞으로 또 어떤 메뉴들이 추가될 것인지도 하나의 포인트로 두고 다음 권을 기다리고 있습니다. 여러분은 어떤 부분에 포인트를 두고 읽으시나요? 앞으로도 더욱 다양한 이야기가 전개되기를 기대하며, 저는 다음 권에서 뵙겠습니다~! 여러분, 행복한 하루 되세요!

2017년 좋은 날

역자 김보라 올림

곰 곰 곰 베어 6

1판 1쇄 발행 2018년 10월 10일
1판 4쇄 발행 2020년 9월 2일

지은이_ Kumanano
일러스트_ 029
옮긴이_ 김보라

발행인_ 신현호
편집부장_ 윤영천
편집진행_ 김기준 · 김승신 · 원현선 · 권세라 · 유재슬
편집디자인_ 양우연
국제업무_ 정아라 · 전은지
관리 · 영업_ 김민원 · 조은걸 · 조인희

펴낸곳_ (주)디앤씨미디어
등록_ 2002년 4월 25일 제20-260호
주소_ 서울시 구로구 디지털로 26길 111 JnK디지털타워 503호
전화_ 02-333-2513(대표)
팩시밀리_ 02-333-2514
이메일_ lnovelpiya@naver.com
L노벨 공식 카페_ http://cafe.naver.com/lnovel11

ISBN 979-11-278-4657-2 04830
ISBN 979-11-278-3067-0 (세트)

값 9,000원